上海市文化發展基金會圖書出版專項基金資助項目
二〇一九年華東師範大學江南文化研究院項目
“松江藝文志”（項目批准號：ECNU-JNWH-201904）

松江總集叢刊

彭國忠 主編

[清]陸英 徐克潤 等輯 趙厚均 楊君 劉宏輝 湯志波 唐玲 整理

淞南詩鈔 淞南詩鈔合編

張澤詩徵

上海古籍出版社

圖書在版編目(CIP)數據

淞南詩鈔;淞南詩鈔合編;張澤詩徵/(清)陸英等輯;趙厚均等整理.--上海:上海古籍出版社,2022.10

(松江總集叢刊)

ISBN 978-7-5732-0433-2

Ⅰ.①淞… Ⅱ.①陸… ②趙… Ⅲ.①古典詩歌-詩集-中國 Ⅳ.①I222

中國版本圖書館 CIP 數據核字(2022)第 166031 號

松江總集叢刊

淞南詩鈔

[清]陸　英 選　徐克潤 輯　朱孔陽 續輯

趙厚均 整理

淞南詩鈔合編

[清]沈　葵 輯

楊　焄、劉宏輝 整理

張澤詩徵

[清]章　耒 輯　吴昂錫 增訂　封文權 續輯

湯志波、唐　玲 整理

上海古籍出版社　出版發行

(上海市閔行區號景路 159 弄 1-5 號 A 座 5F　郵政編碼 201101)

(1) 網址: www.guji.com.cn

(2) E-mail: guji1@guji.com.cn

(3) 易文網網址: www.ewen.co

上海展强印刷有限公司印刷

開本 850×1168　1/32　印張 11.75　插頁 5　字數 214,000

2022 年 10 月第 1 版　2022 年 10 月第 1 次印刷

ISBN 978-7-5732-0433-2

I·3652　定價: 78.00 元

如有質量問題,請與承印公司聯繫

電話: 021-66366565

總序

地域總集，源遠流長。四部未名之前，已有總集之實。《詩經》十五國風，即是周、召、邶、鄘、衛、王（洛）、鄭、齊、魏、唐、秦、陳、檜、曹、豳十五個地方詩歌總集，共一百六十篇。逮至西漢，劉向編輯屈原、宋玉等人辭賦爲《楚辭》，而《詩》三百升爲經，《楚辭》遂成爲中國最古之集部，亦是最早之總集。「屈宋諸騷，皆書楚語，作楚聲，紀楚地，名楚物」（陳振孫《直齋書録解題》卷十五《楚辭類》引宋黄伯思《翼騷序》語），故《楚辭》既是南方楚地民歌總集，也是第一部明確在書名中標示地域名稱之總集。劉歆《七略》録「秦時雜賦九篇」「長沙王群臣賦三篇」，雖未編集，然亦有總集之實。曹丕將「一時俱逝」之徐、陳、應、劉諸人遺文編爲一集，以誌紀念，亦是總集。逮至晉代，荀勗分群書爲四部：六藝、小學爲甲部；諸子、兵書、術數爲乙部；歷史記載和雜著爲丙部；詩賦、圖贊、《汲冢書》爲丁部。東晉李充加以調整，以五經爲甲部，歷史記載爲乙部，諸子爲丙部，詩賦爲丁部。二家之丁部，即後世之集部。梁阮孝緒《七録》改王儉《七志》之「文翰」爲「文集」，其「文集録」下，已分楚辭部、别集部、總集部、雜文部四大類，是爲總集之名首次出現。《隋書・經籍志》易《七録》之「文集」爲「集部」，下設楚辭、别集、總集三大類。《七録》著録之總集十六種，六十四帙，六百四十九卷。《隋書・經籍志》著録總集一百七部，二千二百十三卷，反映出早期總集之發展。而齊《青溪詩》三十卷，《吴聲歌辭曲》一卷，實帶有地域性質。

李唐肇興，始以經、史、子、集名四部，「而藏書之盛，莫盛於開元，其著録者，五萬三千九百一十五卷，而唐之學者自爲之書者，又二萬八千四百六十九卷」，盛況之下，總集數量大增，然《舊唐書・經籍志》混一百二十四家總集于《楚辭》以來别集中；《新唐書・藝文志》著録總集七十九家一百七部，其中《丹陽集》《河岳英靈集》《李氏花萼集》《韋氏兄弟集》《竇氏聯珠集》《大曆年浙東聯唱集》《廖氏家集》《宜陽集》《泉山秀句集》，皆地域總集，雖多數僅一卷、二卷，然如《李氏花萼集》《韋氏兄弟集》各二十卷，《泉山秀句集》三十卷，規模較大；而殷璠所編《丹陽集》《河岳英靈集》二種，劉松編《宜陽集》，卷帙少而聲名久播。另有《汝洛集》《洛中集》《彭陽唱和集》《吴蜀集》《壽陽唱咏集》《峴山唱咏集》《荆潭唱和集》《盛山唱和集》《荆夔唱和集》《漢上題襟集》《松陵集》十一種，雖以地名爲稱，實非地域總集。

宋代奉行右文政策，文化文學發達，所存總集數量遠邁唐代，《宋史》著録者達四百三十五部，一万六百五十七卷。其與地域相關者有四類，一曰題咏地方名勝之總集，諸如《荆門惠泉詩集》《潤州金山寺詩》《滁州琅琊山古今名賢文章》《郢州白雪樓詩》《留題落星寺詩》《潯陽琵琶亭紀咏》《潯陽庾樓題咏》《滕王閣詩》《君山寺留題詩集》《桃花源集》《麻姑山集》《下邳小集》《鵝城豐湖亭詩》，此類最夥；二曰歷代咏寫某一地域之總集，如《吴都文粹》《會稽掇英集》《横浦集》《續横浦集》《清漳集》《樵川集》《括蒼集》《續括蒼集》《括蒼别集》《劍津集》《臨江集》《臨賀郡志》《相江集》《豫章類集》《桂林文集》《桂林集》《郴江前集》《郴江後集》《郴江續集》《澧陽集》，幾乎地各有集；三曰唱和集，地域僅僅作爲唱和發生之空間，此與唐代一樣，諸如王安石《建康酬唱詩》、王十朋《楚東唱酬集》、莫若冲《清湘泮水酬和》、陳讜《西江酬唱》、廖伯憲《岳陽唱和》等；四曰一地士人詩文作品，如《清江三孔集》《柴氏四隱集》《臨川三隱詩集》《梅江三孫集》。以上四類，幾乎囊括地域與總集關係之全部類型。此後，元明清三代，地域總集之種類概不能逸出宋代地域總集之外，然數量大增。史家陳衍《江上詩鈔補序》稱：「近世詩徵之刻，幾遍各省，下至一郡一邑，亦恒有之。」堪稱實録。二〇一六年國家圖書館出版社出版《歷代地方詩文總集彙編》共五百册，收録各地詩文總集二百十九種，涉及廿五省市地區，規模空前，然仍非地域總集之全部，吴肇莉《雲南詩歌總集研究》統計，明清時期雲南詩歌總集數量近七十種，民國時期雲南詩歌總集數量達一百二十種。一地如此，其他可見。

然收録地方詩文作品者，並不限於集部總集。史部方志中，亦有詩文作品。四庫館臣云：「古之地志，載方域、山川、風俗、物産而已，其書今不可見。然《禹貢》《周禮·職方氏》，其大較矣。《元和郡縣志》頗涉古迹，蓋用《山海經》例。《太平寰宇記》增以人物，又偶及藝文，於是爲州縣誌書之濫觴。元明以後，體例相沿。列傳侔乎家牒，藝文溢於總集。末大於本，而輿圖反若附録。其間假借誇飾，以侈風土者，抑又甚焉。王士禎稱《漢中府志》載木牛流馬法，《武功縣志》載織錦璿璣圖，此文士愛博之談，非古法也。然踵事增華，勢難遽返。」雖然《四庫全書》「去泰去甚，擇尤雅者録之。凡蕪濫之編，皆斥而存目」，但一些方志仍然編纂藝文作品，類同集部總集。是總集與史部有交集，以至《石鐘山志》「雖以志爲名，實總集也」；《吴都文粹》「雖稱文粹，實與地志相表裏」。

叢書中亦有地域詩文作品。總集與叢書，自名義言，截然爲二，總集之基本單位爲單篇作品，叢書之基本單位爲别集。然古之總集，已有闌入别集者；今人著述，或置叢書於總集之先列，如《中國古籍總目》，其「編纂説明」中言：「沿用四部分類法，經、史、子、集部外增設叢書部，各部下復設若干類屬，據著録規則編次入録諸書。」而集部目録之「編纂説明」首條稱：「集部下分楚辭、别集、總集、詩文評、詞、曲六類。各類所收諸書，依其内容或體裁分歸各『屬』。」總集條言：「總集類所收諸書，分爲叢編、通代、斷代、郡邑、氏族、尺牘、課藝諸屬。其中『叢編之屬』下分詩文合編及分編兩段，按通代、斷代順序編次；『通代之屬』依次著録歷代詩文總集、詩總集、文總集等；『斷代之屬』依次著録斷代詩文總集、詩總集、文總集等。」而「叢編之屬」，即是叢書，諸如《山曉閣文選十五種》《屈賈文合編》《七十二家集》《漢魏六朝一百三家集》等皆是。其「郡邑之屬」下，收繆謨《耆簪集》、王葉滋《雕篆集》之《華亭二家詩詞》當屬叢書，與《松風餘韵》前後相次。故今《松江總集叢刊》於地域叢編，凡屬松江者，概予收録。

地域總集與家族總集有交集，有的家族總集限於一地，故亦作爲地域總集收録。如前言唐代竇氏、宋代孔氏等。以松江爲言，杜世祺編《雲間杜氏詩選》專輯雲間杜氏詩，叢刊亦予入録。

地域總集與課藝之屬亦有交集，收録一地課藝文者甚夥，諸如《孝感瑞芝録翰林館課》《南畿代射録》等。其屬松江一地課藝總集者，亦當予以收録。

《四庫全書總目提要》嘗論總集之源流與價值云：

> 文籍日興，散無統紀，於是總集作焉。一則網羅放佚，使零章殘什，並有所歸；一則删汰繁蕪，使莠稗咸除，菁華畢出。是固文章之衡鑒，著作之淵藪矣。《三百篇》既列爲經，王逸所裒又僅《楚辭》一家，故體例所成，以摯虞《流别》爲始。其書雖佚，其論尚散見《藝文類聚》中，蓋分體編録者也。《文選》而下，互有得失。至宋真德秀《文章正宗》，始别出談理一派，而總集遂判兩途。然文質相扶，理無偏廢，各明一義，未害同歸。惟末學循聲，主持過當，使方言俚語，俱入詞章，麗制鴻篇，横遭嗤點，是則並德秀本旨失之耳。今一一别裁，務歸中道，至明萬曆以後，儈魁漁利，坊刻彌增，剽竊陳因，動成巨帙，並無門徑之可言。姑存其目，爲冗濫之戒而已。

對濫編總集之否定，固無不當；於總集之價值，則曰「網羅放佚，使零章殘什，並有所歸」，曰「删汰繁蕪，使莠稗咸除，菁華畢出」，若就地域總集而言，此二點尚不足稱賅備。地域總集價值之三，在以詩文集合體顯示一地整體創作水準，反映該地文化發展程度；其四，在對地方自然景物、風土民情、人文風尚之書寫；其五，在保存文學批評文獻。地域總集有爲詩人撰寫小傳者，有前附編者或鄉人或他人所撰詩話者，則總集兼詩文評功能。其六，在張揚地域文化聲氣，傳達鄉梓之情。館臣稱：「《丹陽集》惟録鄉人，《篋中集》則附登乃弟。雖去取僉孚衆議，而履霜有漸，已爲詩社標榜之先驅。其聲氣攀援，甚於别集。」揆諸人情，在所難免，要在評論家之權衡而已。蓋士生天地間，往往屈勢於門閥氏族、權力、金錢與地籍，唐時殷璠《河岳英靈集序》稱：「大同至於天寶，把筆者近千人，除勢要及賄賂者，中間灼然可尚者，五分無二，豈得逢詩纂集，往往盈帙。」於勢要、金錢之控制文學甚爲不滿。隴西李氏爲有唐望族，李揆自詡「門户第一，文學第一，官職第一」，肅宗皇帝亦歎賞「卿門地、人物、文學皆當世第一」，而盧肇以狀元及第，卻被先達審問「袁州出舉人耶？」故藉總集之編纂，張揚桑梓之情，亦無不可。

作爲地域範疇，松江有小大之别。唐天寶十載，置華亭縣，屬吴郡。乾元二年，改吴郡爲蘇州，隸浙江西道，華亭屬蘇州。五代吴越寶大初，置開元府于嘉興，華亭縣隸開元府。後晉天福五年，華亭縣改隸初設之秀州。南宋慶元元年，升秀州爲嘉興府，華亭縣屬嘉興府。元至元十四年，升華亭縣爲華亭府，領華亭縣。次年，華亭府改名松江府。至元二十九年，分華亭縣東北境置上海縣，屬松江府。明嘉靖二十一年，分華亭、上海兩縣部分土地，建青浦縣，設治青龍鎮。清順治十三年，分華亭縣西北部建婁縣，隸松江府。雍正二年，分華亭縣東南境白沙鄉、雲間鄉設奉賢縣，分華亭縣西南及婁縣之胥浦，設金沙縣。民國時期，撤松江府，併婁縣于華亭縣，隸江蘇省；後改華亭縣爲松江縣，隸滬海道；道撤，仍隸江蘇省；後或設松江行政督察專員公署、蘇南行政公署，松江縣均爲其屬縣，偶或直屬江蘇省。一九一九年，蘇南行政公署設松江專區，松江隸焉。一九五八年三月，撤松江專區，松江劃歸蘇州專區；十一月，轉歸上海市。一九九八年，松江撤縣設區。因此，「大松江」指松江府，「小松江」指松江縣、松江區。今「松江總集叢刊」所收，以今日松江區爲主，然歷史上以松江命名之總集，如《國朝松江詩鈔》等，不能不予收録。

歷史上松江總集之編纂，清代《國朝松江詩鈔》以爲起於明人《松風餘韵》，實則《宋史·藝文志》總集中已有《松江集》一卷，因著録過簡，不知區域與性質若何。今即據以上松江空間之界定，時間則以一九四九年爲斷，凡該年前輯纂之松江總集，皆予以入録。其原有作者小傳、詩話評論、詩間注釋等，悉仍其舊，不作删削。

彭國忠

辛丑年冬月

目録

淞南詩鈔合編

淞南詩鈔合編卷二……九七

淞南詩鈔合編卷三……

張澤詩徵

張澤詩徵卷三

張澤詩徵續編卷一……二九九

張澤詩徵續編卷二……三二〇

寓賢……三二〇

淞南詩鈔

〔清〕陸英　選　徐克潤　輯
〔清〕朱孔陽　續輯
趙厚均　整理

整理説明

《淞南詩鈔》，不分卷，兩册。清乾嘉間編，僅存鈔本，用「南社叢刻」紅格紙抄寫。今據以整理。淞南指原屬嘉定縣的吴淞江以南的區域，包括紀王廟鎮和諸翟鎮，後劃歸上海縣，今屬上海閔行區。清顺康间秦立編有《淞南志》八卷，可知其疆域、風俗、人物、藝文等。

是書卷前有「淞南詩人目次」，爲選録詩人名和簡單的生平介紹，書中在選録詩人名下的介紹與此大致相同。下署「淞南古白鶴邨録藏，海上侯承慶雲巖、朱孔陽邠裳合輯」。正文書名下署「雲間陸英竹君選，紫隄侯承慶雲巖手録，海上徐克潤藍谷輯，龍江朱孔陽邠裳續輯」。是書經始於陸英、徐克潤，工未畢，侯承慶、朱孔陽續成之。陸英，又名吟文，字竹君，雲間人，生平不詳。徐克潤，字田瑛，號藍谷。清乾隆三十五年松江府庠生。嗜詩酒，喜花木，工水墨山水，宗法宋人。著有《畫學源流》《雲間畫史》《藍谷詩草》等。侯承慶（一七八〇—？），字燦東，號雲巖，清嘉慶二十年（一八一五）上海縣庠生，始從徐克溶學，繼爲松江錢氏館甥，與内兄錢景、錢容相切磨，得入泮。歸里後，館村北顧氏，賓主相得，至老未嘗更易。工篆隸真楷。修上谷東西族譜，偕同里朱孔陽續輯《紫隄村志》《淞南詩鈔》。朱孔陽，字寅穀，號邠裳，清嘉慶二十年上海縣庠生。性慷慨。著有《書經串解》《歷朝陵寢考》《朱氏族譜》等。

是書選録明清淞南詩人詩作，後附閨秀和神鬼，其中秦梁、汪印、諸雲、陶涣文、諸五登、諸尚愷、諸仁訥、沈潮、汪承宗、張文彪、朱孔陽、侯承楷、沈葵、侯紳、侯鼒諸人有目無詩。書中凡涉及姓名字號的「侯」字皆作「候」，「崇禎」作「崇楨」，另有個別魯魚亥豕之誤字，均徑改。個别地方同一人的詩作前後連續，作者名卻重出，這應是編選者先後兩次選録同一詩人作品的結果，以致有些重見詩人名下有對前面詩人小傳的補充説明（如「侯玄涵」与「汪之蛟」下），可視作稿本編纂的痕迹，今一仍之。

趙厚均

淞南詩人目次

淞南古白鶴邨　録藏
海上　侯承慶　雲巖
　　　朱孔陽　邠裳　合輯

明

侯堯封

廷用子，字士隆，一字欽之，號復吾，别號鐵庵。隆慶辛未進士。由刑部主事歷四川監察道御史，出爲湖廣按察司副使，遷福建布政司參政。私謚貞孝。著有《手授易意》《西臺奏疏》《水利志》《皀藻集》《堂雅言》《鐵庵遺稿》。

童　時

鈍庵子，字尚中，號後江。諸生。蟠龍人。著有《皇明書畫史》。

秦　梁

渭四子，字子成。號貞山。庠生。

張美中

字文川。諸生，紀王鎮人。工文善詩。

侯孔詔

堯封長子，字孟宣，號一貞。萬曆己酉歲貢生。以子震暘貴，累贈徵仕郎、吏科給事中。陳繼儒爲立《卓行孝友傳》。

侯孔鶴

堯封五子，字白仙，號五弗，别號蘄州。好仙術，工書畫。董文敏其昌嘗推重之，曰：「我於書法當讓此人一頭地。」刻有草書《白邨堂帖》行世。

侯孔齡

堯封六子，字延之，一字贅生，號六好，别號思庵。嘗築梅雪村於蚪江之原，林泉陶寫，以此自得。著有《山林記》，載《博笑編》《仲與集》《避暑餘談》《明霞閣集》。

侯震暘

孔詔子，字得一，又字起東，號吴觀。萬曆庚戌進士。由行人擢吏科給事中，以建言謫外，崇禎朝以原官召用，前卒，追贈太常寺少卿。以子峒曾貴，加贈中憲大夫，崇祀鄉賢。國朝康熙辛未，敕建侯氏三忠祠於嘉定，及子峒曾、岐曾從祀。著有《天垣奏疏》。國朝命廷臣採列政典。

秦羽鼎

字賓侯，李孝廉流芳甥。承舅氏之學，能詩，工書，尤精篆筆。著《雙柑書屋詩集》。居方亭浦。

秦羽泰

羽鼎弟，字家侯。居朱家涇。博學工文，尤善草書。亦承舅氏李流芳之學。著有《瞟城世系》一卷，詩文集四卷。

侯萬鎔

孔時長子，字治成。喜爲詠歌，多交文學。與同社汪浩如、汪化卿、林梁士相友善。平生謙謹，有古人風，以古民稱之。

曹修儒

字公壽，號君丞，紀王鎮人。天啟年間諸生。性喜吟咏，師事陳眉公，卜居於細林山下。著有《春草堂詩集》。

侯鼎暘

孔鶴子，字文侯，號赤崖，别號天浮子。庠生。通政死國難，莫敢收殮，鼎暘冒死殯之，舁歸龍江。旋以姪孫玄瀞亡命逮繫，久乃免。著有《天浮子集》。尤工書法，片楮尺牘，點筆成趣。

侯艮暘

孔鶴四子，字兼山，號石庵。嘉庠生。工書，善畫，遠近争購，珍逾拱璧。國朝覃恩，予粟帛。年八十，有私謚貞壽。著有《假我草詩集》《吉凶至情文集》，吴門姚宗典、上海朱在鎬兩孝廉爲之序。

侯峒曾

震暘長子，字豫瞻，號廣成。天啟乙丑進士。由南京兵部武選司主事，起補吏部主事。遷郎中，任江西提學參議，改嘉湖道左參政，召爲順天府丞，未任。弘光延位，召爲通政司左通政，辭。乙酉殉國難。國朝予謚忠節。康熙辛未勑建侯氏三忠祠崇祀。著有《都下紀聞》《江西學政全書》《納言存稿》。刻有《侯氏三世葬録》。

侯岐曾

震暘三子，字雍瞻，號廣維。時與兩兄峒曾、岷曾同案入學，司李李文熊題爲江南三鳳。崇禎壬午，中南直副榜。國難後，因匿故人陳給事中子龍案被執，不屈，死之。私謚文節，崇祀三忠祠。著有《瞜城救時急務》《丙丁雜志》《半生道者侯雍瞻詩文集》。

侯崍曾

益暘長子，字漢瞻，號卧雲。明諸生。國朝以逋糧詿誤。著有《卧雲集》。

侯涵曾

艮暘子，字西青，號掌丸。工詩古文詞，尤精書法。不與時試，高致自尚。又號補亭。晚歲續修《上谷宗譜》。

侯世聞

明通榜萬鐘季子，原名永源，字聖逢，又字元升。臨終有《十別詩》遺於世，聞者傷之。

徐天麟

模長子，字陵如，號退谷。居徐家老宅。崇禎辛未進士，官南京兵部郎中，以終養告歸。著有《西郊草堂集》《廣蔭軒雜詠》。

侯玄演

峒曾長子，字幾道，廩膳生。乙酉從父死國難，私謚孝烈。時年二十有七。著有《玉臺清照》《幾道詩文集》。

侯玄潔

峒曾仲子，字雲俱。蘇郡庠增廣生。從父兄殉城，私謚孝毅。時年二十有五。著《遺民録》《玉溪生詩箋》。

侯玄瀞

峒曾幼子，字智含。庠生。國難後，又以叔父岐曾匿故人陳給事子龍案被牽，遂避隱杭州靈隱寺。尋卒。私謚孝隱。與伯仲稱三孝子云。著有父通政年譜、《侯智含集》《孝隱遺集》《南征日述》，刻有《詠物詩集》五卷。

侯玄洵

岐曾仲子，字文中。庠生。早卒。著有《侯文中集》。

國朝

侯玄汸

岐曾長子，字記原，號秬園。崇禎壬午由附監生中順天副榜。時嘉定復漕，伏闕疏寢，嘉民賴之。後以玄瀞亡命吴山，事亟，代瀞沈淵，幾死。晚年讀書秬園。康熙癸丑，聘修嘉定邑志。私謚潛確。著有《學古十函》《學易折衷》《西留詩草》《月蟬筆露》。

侯玄涵

岐曾幼子，原名玄泓，字研德，號掌亭。嘉庠生，私謚貞憲。昆季六人俱師事黄進士陶菴先生，時有江左六龍之譽。涵尤以經濟自任。著有《掌亭集》《枕中秘》《格致録》《國類雋》《玉臺金鏡録》。

侯　檠

玄洵子，字武功。少負雋才，有神童之目。年僅一十七而卒。婁東周博士肇詩以哭之。

沈　焕

字旭如。明嘉庠生，居袁家衖。國朝以逋糧詿誤。著《寧遠堂集》。

汪之蛟

日濬幼子，字化卿，一字長魚，號頤庵。休寧人。日濬納側室於龍江，生之鯤、之蛟，家焉。之蛟自少服賈，與侯兼山輩友善，以能詩聞。年七十有五。著《蚓鳴集》。

李　素

諸生，住塢城庵西北盈圩，借園其別業也。

朱　楫

字茂淵。庠生。康熙間援例入太學。

錢家猷

字皇士，一字綏臣。武庠生。工詩，善行草書。

侯臨暘

孔表長子，字子長，號與公，別號可大。邑諸生。工書，能詩，兼善花鳥小景，筆致淡永。

侯履暘

孔釋長子，字子禮，號坦公。諸生。著有《泣麟》《泣玉》兩編。

姚三聘

字莘尹。

徐荃徵

天麟姪，字君宰，號學三。居徐家老宅。

徐　炳

林子，字蔚文。默觀蕩人。青邑庠生。早世。

侯兑暘

孔齡幼子，字公羊，號石墨。明廪生，順治己丑歲貢，授雲南推官。乞改近，降桐城縣訓導，未及任卒。

汪　起

之鯤子，字穎侯，號信庵。晚號贅民老人。奉聘鄉飲賓，私謚端凝先生。

汪　印

孝廉之楨子，字玉符，號忝庭。

徐殷輅

原名燕，字武翼，一字蓉徽，後字乘堅，號沓江。太學生。著《閒吟草》。

徐士脩

荃徽子，字德垣。

侯　浩

峴曾長子，原名玄浩，字集善，一字天懿。邑庠武生。居朱家涇。

卞　煒

字舒藻，號東田。瑞芝里人。著《東田詩草》。

侯開國

玄涵長子，嗣洵後。原名榮，字大年，號鳳阿。國學生。候選州佐。居嘉定。著《樂山集》《鳳阿山房集》《經世導源録》《野乘彙編》，輯有《吴謬詩文鈔》。

諸　雲

日進子，字漢昭，□貢生。任□□縣儒學。

諸　章

日進子，字玉相，號琢亭。太學生。滙漕人。居西垌草堂，係朱葵軒故址。

俟　棠

玄涵子，字悦舟，號南蔭。邑庠生。工書，善畫。

陶　然

唐侯子，字浩存。居陶家橋，堂曰南村草堂，軒曰面圃軒。精醫，工篆筆。王西園品公與諸琢亭章、汪叟否永安爲平原一龍。

汪　珏

起四子，字聯璧，號岩。著有《駐驛軒小草》《紡愚集》。

汪永安

起五子，字存夜，號叟否。華庠生。後歸上海。以子宜耀仕，貤贈修職佐郎、舒城縣訓導。著有《建文紀年七書轉借録》《歷朝改元録》《明當録》《村閥彙編》《紫隄村黄渡志》《擬古樂府》《怡雲詩集》《吟匏詩餘》《古文草》。

沈禹琳

字雍來，庠生。新嘉里人。

諸承烈

之楷次子，章從子，字武承，號啟後。青庠武生。居方亭浦。著有《古文日耕餘有草》。

羅芳洲

字瀛士，號豁儂。居福基寺。著《百幻詩》《回春詞》《痦歌草》。

陸迅發

諸生。文炳子，原名和，字柳寄，號懷民。金山衛學生。居莊家涇。

侯　詮

開國長子，字秉衡，號雁湄，又號梅圃。嘉庠廪膳。工詩文，精書法。師事當湖陸清獻公，品學詳邑志。

侯　永

開國次子，字聲虞。廪生。工詩文，善丹青畫。

陶南珍

然長子，字瞻陸，一字甄六，號雪岩。青庠生。後歸上海籍，世居陶家橋。

陶南望

然三子，字南望，又字遜亭，又作巽亭，號簣山，又號一簣山人。精書法，筆力遒勁，冠絕一時。輯

《草韻彙編》《四庫存目所著詩文》。其才力與書法相敵。○又按《三槎風雅》云原名墀，今以字行。

李　槐

□子，字□□。嘉庠生。居李家宅。著《賞心集》。

李　楠

□子，字鄧林。嘉庠生。手創《李氏家譜》。子葆光。

諸　堂

承烈子，字仁安，號豫齋。嘉庠廩膳生，雍正壬午科舉人。書法端楷有法。居方亭浦。

汪師烈

珏子，字若芳，號躄足，别號蟹圖。與金揆則、趙百期結詩社，爲松竹梅三友。

汪宜耀

永安子，字士雲，一字耜雲，號譬庵，别號雲吾子。乾隆癸亥歲貢，任舒城縣學訓導。卒年八十三。平生著書爲事，兼通地理六壬，著《周易本義拾遺》《禮記合參》《考工記圖釋》《春秋大旨》《學庸粹義》四卷、《地理辨証發微》《六壬該秘》。

謝景澤

字汝霖，一字曙林。謝家巷人。業醫，工書，善摹陶文學南望筆法。著有《春草堂草》。

陶焕文

南珍子，字□□。武庠生。

陶　錕

南望子，字昆石，號鐵峰。

諸五登

堂子，字蓉城，華庠生。

沈士偁

□□子，字承遠，號樸庵。上庠生。居新嘉衖。著《有缶音集》。

汪　怡

宜耀長子，字印和，號聊客。郡廩生。

汪若錦

宜耀次子，字褩成，一字縈程，又字慵城。上庠生。通地理。後遷漕河涇之西牌樓。

朱志朝

用九子，字端紳，號蓉齋。自松城遷居紫隄。婁庠生。工詩賦。屢試優等。著有《和聲集》。

侯　焜

婁庠生梅四子，字丙德，號素堂。上庠生。著有《香雪坡詩稿》，門人陸孝廉旦華編次。

侯昌穀

梅五子，字君貽，號古香。上庠生。

陳鵬階

字元九，號愚堂，洪升長子。居高陳巷。著有《自鳴小草》《抱愁吟》。

陳鵬翰

洪升子，字南九。以備卷取佾生。

徐宗洵

字少泉，號淡崖。

沈士豐

大千子，字宏年，號方亭。嘉庠武生。居方亭浦。能詩，工畫。晚歲以花木書畫自娱。著《醉墨吟草》。

陸　林

字樹崙，號書山。居莊家涇。

諸尚惇

□□子，字繹緒。庠生。

諸尚愷

□□子，字懷八，號辛香。上庠廪貢生。

諸仁訥

咸吉子，字成發，號訒齋。上庠廪生。

沈復雲

□□子，字成章，號守愚。上庠生。居新嘉衖。享壽八十歲。著《守愚小草》。

陶步蟾

煥文子，字佑堂，一字呦塘，號蒿園。上庠生。居陶家橋。工詩，善書法。

陶　冲

錕子，字宗萬，號訥庵。精醫。

侯惟熊

太學炳長子，字應占，號雪岩。著《雪岩詩草》。

沈宜飛

士偁子，字鵬九，號淡緣。居新嘉衖。

徐克溥

□□子，字超然，號曉亭。松府庠生。居徐家老宅。著有《息畊堂詩草》。

徐克潤

介眉長子，字田瑛。號藍谷。松府庠生。生平以詩酒花木爲娱，尤精水墨山水。畫載上邑志。著有《藍谷詩草》，選入《松江詩鈔》。於乾隆、嘉慶間，選有《淞南詩鈔》。

張啟心

夢蘭長子，字以輔，號肖巖。上庠生。工王子猷書法。

侯　鐘

太學昌浩長子，一名維鏞，字景銘，號墨香。太學生。兼通三教書籍。茹素諷經，得修養法。嘉慶己卯，鄉飲介賓。工顏魯公筆法。

彭士元

字葆和，號惕庵。上庠生。

汪文博

怡次子，字約之，號墨園。上邑生。工水墨山水，喜詩酒，尤善易課、六壬諸技。

汪文載

怡幼子，字兆坤，號厚齋。上庠生。

朱希紱

志朝從子，字方來，號研香。著有《自怡軒詩草》《釀花居詩餘》。

侯惟城

昌穀幼子，字致遠，又字智淵，號月岩。早世。

張啟元

夢蘭幼子，字耀東，號春岩，又號呵呵子。嘉慶丁丑歲貢生。居長浜。

徐克溶

克潤弟，字鏡涵，號樗庵，别號蓮塘。上庠增廣生。工詩古文，尤業岐黄之術。

干山齡

字鶴年，號侶□。原籍浙江嘉善西塘人。

徐克瀚

□□子，字鑑渟，號□□。上庠生。

沈　潮

復雲長子，字再韓，號□□。

張文藻

啟心長子，字周監，一字彬如，號蓮塘，别號鷺白。上庠生。精天文。著有《鷺白詩草》。

汪承宗

怡孫文成子，字敬瞻，號霽亭。上庠生。

張文彪

啟心幼子，字景岳，號鶴青。上庠生。精地理、星學。

侯　逵

焜幼子，字虞治，號一峰。上庠生。早世。

侯承慶

惟仁長子，字燦東，號雲巖，又號古白鶴邨人。上庠生。喜摹篆隸書法。嘉慶、道光間續修《上谷宗譜》，重録諸先集及《紫隄村志》，續輯《淞南詩鈔》。

朱孔陽

承堅長子，字寅谷，號邠裳。上庠生。重修《朱氏宗譜》，選輯《淞南詩鈔》。尤精天文地理之學，及六壬理數。

侯承楷

太學惟銘子，字皆木，號春圃。上庠生。喜摹趙文敏筆法。

徐慎本

克浴子，字凝宇。上庠生。早世。

沈　葵

復雲孫，景周子，字欽陽，號心卿。松江府學廩膳生。

侯　紳

焜孫惟義長子，字搢珊，號蓉坪。上庠生。

侯　鼒

其禕子，字位和，號步溪。青庠生。居蟠龍。

明閨秀

姚嫣俞

姚文毅希孟孫女，字靈修。言笑不苟，一本家學。適文學侯玄演。演從父死國難，遂祝髮爲尼，改字再生。學出世法，終老於佛燈經几間。著《再生遺稿》。

盛韞貞

字静維，華亭人。本與雲間夏氏爲中表妹，因許字峒曾季子玄瀞。未嫁，瀞亡命，客死，盛著《懷湘賦》以見志。來歸上谷，旋斷髮爲尼。禮夏氏爲師。夏没，爲之傳，情詞凄惋，具有結構。詩一洗朱粉之習。著有《寄笠零稿》。

甯若生

字璀如，壬午副榜，侯玄汸繼室。少與李氏名茞生者爲閨閣友，日課詩文。迨歸上谷，妯娌相賡酬，或討論經史，氏最稱淹貫。著有《春暉詩草》。

夏淑吉

華亭夏考工允彝女，字美南，號荆隱，又改龍隱。工詩、書、琴、奕，姿器端静。適岐曾中子玄洵，生一子而寡。繼而家遭國難，截髮爲比邱尼。偕諸娣演室姚氏、潔室龔氏瀞、聘室盛貞女修節于家之歲寒亭。著有《龍隱遺稿》并《上谷四貞集》，並詳郡邑志。

章有渭

字玉璜，華亭人。諸生侯玄涵繼室。幼即長齋，信内典，善詞翰。于歸後，以上谷多難，夫遁迹偕隱，有桓鮑風。既而仍還故里，相保於敗巢破卵之餘者，皆氏力也。著有《燕喜樓詩草》。

侯懷風

峒曾次女，字若英，許字太倉瑯琊王氏。

侯蓁宜

詩載《上谷四貞集》。

國朝閨秀

畢昭文

號少陵，幼隨父母寄居京師。善鼓琴，能畫美人、蘭、菊。壬午以才色選内宫。乙酉後自燕遷吴，歸崑山王聖開，寓居蒲溪龍江之間。著有《織楚吟》。

曹鑑冰

雲間曹重十經氏女，字葦堅。適高陳巷張蔭緑。工詩，善丹青畫。著有《清閨吟草》。

神鬼附

岳　飛

文天祥

全　某

賈　某

錢蕖馨

淞南詩鈔

雲間陸英竹君 選
紫隄侯承慶雲巖 手録
海上徐克潤藍谷 輯
龍江朱孔陽邠裳 續輯

侯堯封

字士隆，號欽之。又復吾、鐵庵。居紫隄鎮。隆慶辛未進士，由刑部主事，歷四川道監察御史，出爲湖廣按察司副使，遷福建布政司參政。著有《鐵庵遺稿》。

竹亭夜坐

竹徑最深處，秋光半去時。翛然成獨坐，興在乞誰知。渴飲花間露，閒依鳥下枝。夜深明月上，徐步且吟詩。

下第南歸

獻策南宫嘆未逢，還攜琴劍海雲東。不堪久客黄金盡，敢道悲吟《白雪》工。載酒河橋秋色裏，讀書精舍翠微中。晴窗擬就《長楊賦》，看取鵬程一奮雄。

龍江阻雪

去年出門上長安，東風載酒灑我船。今年出門長安去，東風吹雪擁前路。何事東風亦世情，行人原是去年人。黄金臺高插天起，西望長安四千里。噓然長嘯揮玉鞭。故園回首暮雲裏。我今漫引金叵羅，臨風滿飲還高歌。秦家王翦漢充國，當時豈盡年少徒。聞道胡兒近出塞，中原寇盜尤無賴。文官愛錢武惜死，天下何時得安泰。重瞳天子日垂裳，九重高拱真元良。已草劉蕡舊時策，排雲直上白玉堂。

童　時

字尚中，號後江。諸生。蟠龍人。父鈍庵。好古書畫，精鑒别。時嘗著《皇明書畫史》三卷。弟冕，亦諸生。

紀王廟

傷心謾憶滎陽事，衰草寒烟月滿川。惟有東江古祠廟，天風海日自年年。

張美中

字文川，明諸生。紀王鎮人。工文，善詩。嘗爲女作《節烈傳畧》及《哭女詩》，人傳誦之。

哭亡女

何事癡兒輕爾生，一腔隱恨不能平。拼貽父母無窮淚，忍撇孤孩未了情。渺渺荒雲寒雁語，澂澂慘月夜鵑聲。九泉夫子如相見，心事從頭訴與聽。

嗟汝孀棲歷幾秋，明珠恍向暗中投。湘林竹色斑斑淚，江圃梅芬點點愁。苦操生前經挫折，冤魂死後尚優遊。我哀抱此鍾情恨，一曲哀歌繼《柏舟》。

夭壽無常理易明，獨傷巾幗抱冤情。不容子婦昭奇節，似恐家門著令名。愧彼喪心生亦死，如伊矢志死猶生。蒼蒼福善終無爽，玉汝遺雛定有成。

哀情萬斛托新詩，幾度抽毫幾度思。樂令至今傷叔寶，中郎何意哭文姬。可憐白髮年將邁，還痛紅顔數獨奇。泉路重逢應未遠，死生原只暫相離。

侯孔詔

字孟宣，號一貞，堯封長子。萬曆歲貢，以子震暘貴，累贈吏科給事中。陳繼儒爲立《卓行孝友傳》。

篔簹道中

碧天摇落萬山秋，驛路聯輿縱遠眸。雲物態生車轍底，稻花香吐樹稍頭。懸崖葉盡泉垂練，列壑烟消月滿樓。高下邅迤人影亂，此行應亦是奇遊。

侯孔齡

字延之，號六好，又號思庵。堯封六子。

遊西湖雜詩

青山十里漲紅雲，馬上桃花酒半醺。省得錢塘門外路，風流蘇小一孤墳。

侯孔鶴

參政堯封五子，字白仙，號五弗，又蘄州，晚號桂林翁。好仙術，常嗜酒，喜賓客。擅書畫吟咏，尤工草法，刻有《白村堂帖》行世。幼及雲間莫雲卿先生門，稱高弟。董玄宰嘗云：「我於書法當讓此人一頭地。」其爲名家推重如此。

山居

隱跡樂餘年，山根有石田。黍苗千頃熟，茆屋數家連。雨過溪聲外，雲開岫影邊。行吟隨近遠，何處不悠然。

次周楚望紅梅韻

清香皓質世稱奇，試作輕紅更自宜。紫府燒丹來换骨，春風吹酒上凝脂。直教臘雪無藏處，只恐朝雲有去時。溪上野桃何足種，秦人應獨未相知。

送别

蒹葭渺渺水蒼蒼，藜杖龍鍾看去航。君到合懷垂老況，掀髯可是向來狂。

侯震暘

堯封孫，字得一，又啟東，號吴觀。萬曆庚戌進士，授行人。光宗立，擢吏科給事中。天啟初，入垣，時客氏與魏忠賢表裏爲奸，聲蹟未露，首發其端。疏糾閣臣沈潅陰結客、魏，得旨調外。臨行復上二疏。在垣甫八月，章凡二十餘上，直聲動天下。及崇禎初元，以原官召，前卒。卹贈太常寺少卿，崇祀侯氏三忠祠及鄉賢。著有《天垣疏畧》。

萬曆甲午大祲予爲出粟已復出金金滿百蓋當年賓興鹿鳴物也踰年丙申又祲予復出粟會中丞魏公索賑第鹿鳴金無有也乃忖之菑畬勉以二十金應合前粟五十金而力竭矣嗟嗟羞澀若此蒼赤謂何予於是欿然歉焉

見説頻年屬大祲，不堪榆舍對蕭森。憐予爲激西江水，怪爾猶操南國音。忽漫十風吹桂海，争傳一雨慰桑林。相逢好作歸來計，共和隆中《梁父吟》。

秦羽鼎

字賓侯，李孝廉流芳甥。居方亭浦南。少攻舉業，能詩，工書，尤精篆學，有舅氏風。著有《雙柑書屋詩集》，惜燬于火。

過塢城蘭若庭中秋色絢爛

五色雲開捧大雄，斸春偏是向西風。平分錦帳迷金谷，莫更橋邊問落虹。

秦羽泰

羽鼎弟，字家侯。居朱家涇。博學工文，善草書，蓋亦承舅氏學也。著有《嘐城世系》一卷、詩文集四卷。

三衡齋寶珠盛開飲花下

半天奇艷綴玲瓏，一片紅霞綠雨中。醉面倚欄姣赤日，靚粧臨砌笑春風。胭脂姤色圖難就，蜂蝶憐姿數上叢。如此韶光肯虛度，樽前誰放酒杯空。

侯萬鎔

孔時長子，字冶成。自少讀書喜爲詩詞，好與文學士交。生平無機巧智，人以古民稱之。

江林村祝林太君壽

陶母由來擅譽長，今開壽域頌椒觴。仙雲常擁鸞驂紫，瑶草新乘鹿馭蒼。月引瓊枝添桂馥，露飄金掌浴蘭芳。年年此日迴斕舞，好借春風駐北堂。

曹修儒

字公壽，號君丞。紀王鎮人。天啟間諸生。性喜吟咏，師事陳眉公。卜居細林山下。著《春草堂詩集》。

己巳五月叔度師同同社諸君集南園首唱一絶諸君皆起而和之因次原韻

竹樹蕭疎野趣長，濕雲破處漏斜陽。新桐亂灑牆頭緑，月落歌殘話晚涼。

題秦賓侯雙柑書屋

雙柑樹底葺柴關，每向忙中討得閒。架上好書消白日，壁頭殘畫當青山。垂楊隔水鶯聲細，矮屋臨窗蝶夢還。縱使科頭當劇暑，長疑霜信到林間。

題秋山書屋

家在南溪黄葉村，槿籬茅屋草牆門。夜來倚杖江頭望，雪白蘆花襯月痕。

侯鼎暘

字文侯，號赤崖，又號天浮子。孔鶴長子。諸生。有《天浮集》。

丈人篇 時偕弟祐侯及陳世祥投宿吴氏村莊。

出門遇風雨，踉蹌來江邊。覓渡急未能，進退殊迍邅。相率就村市，駐足依簷前。西隣有丈人，鬚眉生紫烟。呼子秉蓋迎，慰勞何拳拳。野人鮮賓客，堂雜箕與篅。音椽，盛穀器。隙地掃一丈，布席相摩肩。丈人命沽酒，不惜青銅錢。挈瓶走滑泥，得酒清于泉。野蔬進蹲鴟，一飽俱便便。尋乃出紫螯，擊卵還烹鮮。瓦燈添碧油，長話忘流連。既醉展卧具，抵足同酣眠。一任雨翻盆，客緒靡所牽。荒雞喔喔鳴，夢在山之巔。陡聞擊火聲，開眼青天穿。披衣辭丈人，還拉供晨饘。拂衣力辭去，主賓俱惘然。吁嗟今之世，翻覆雲雨懸。眼前舊相識，失路旋棄捐。而况丈人者，了無平生緣。悃悃復款款，輒爲窮途憐。余惟窶且貧，圖報無歲年。援筆記古誼，庶幾得流傳。人生嘆行路，何必之巴川。人生重排難，何必學魯連。一飯哀王孫，詎有黄金千。感恩不在大，請歌丈人篇。

致遠堂汪氏宅，在紫隄。盆菊爲汪扶風賦

汪子閒情靡所托，瓦盆種菊閒而樂。自春入夏爲菊忙，理枝刷葉相紛錯。菊花時候近重陽，移盆入户生晚香。黄白緋紫間顔色，爛如錦帳圍閒房。我來坐對不能去，有酒時還呼我住。舉頭何必見南山，短籬敗壁成佳趣。東去王庵盡竹梅，王參議圻故第，舊名梅源。争如秋菊寄秋懷。君家仲氏喜種柳，同賦淵明《歸去來》。

哭智含姪孫歸骨

吴越飄零獨負擔，五年踪跡寄優曇。廣成公守城，留智含居龍江，托天浮公護之。既以國難削髮爲靈寺僧，勞苦夭卒，僧以骨歸之。徒聞天馬題江北，維楊壁間有《天馬歌》，係智含手筆。未報金雞宥仗南。忠孝素心餘朽骨，父兄衰祚寄香龕。順治辛卯，以智含焚骨作龕，厝父廣成公殯側。追思舊事慚嬰杵。月滿山亭憶夜談。

同羽六爾康暨女郎婉生集楊凌之齋

美人還泊木蘭舟，偶到園亭愜勝遊。一夕杯盤同嘯傲，十年詞賦憶風流。琴彈客座情初寄，珮解江皋曲乍收。紅燭坐消過夜半，馬融帳裏月光浮。

侯艮暘

字兼山，號石庵，孔鶴三子。邑諸生。甲申後縱情詩酒朋從，歷遊諸名勝。書畫皆妙，人兢争之。

自題小像

不讀不耕不酒徒，不仙不佛不狂奴。請君自道平生也，鶴浦龍江老餓夫。

哭智含通政峒曾幼子。姪孫歸骨

五年雲水一僧枯，誰向天涯問趙孤。天馬作歌辭影響，家山留骨淚糢糊。秋風滿地忠魂杳，夜月空庭孝子無。老桂一藂堪掛劍，古人氣誼竟誰扶。

哭公羊兄歸柩厝梅雪村

憶昔辭家慰各天，春風何遽隔重泉。衰宗托庇憑高選，末秩初膺不享年。嫠母那堪枯老眼，孤雛未解哭新阡。更誰酹酒澆寒食，聲徹荒林是野鵑。

題畫驢

相逢好話浪游蹤，西蜀東吴萬里同。日暮鄉關空極目，一年驢背又秋風。

侯峒曾

字豫瞻，號廣成，給諫震暘長子。天啟乙丑進士，授南京兵部武選司主事，歷官至通政使。鼎革時，率義師守嘉定，城陷殉國。國朝予謚，建侯氏三忠祠，父震暘、弟岐曾崇祀。所著有《都下紀聞》《江西學政全書》《侯氏三世葬録》《納言存稿》。

乙酉夏日郊居愴懷

忽聞豐鎬滿烟塵，旋報鑾輿狩武林。未暇周防鄉井亂，誰能高卧屋廬深。柴門村落緣江路，草榻燈篝獨夜心。徹曉蛙鳴兼雨鬧，悲歌當哭不成吟。

侯峒曾

從弟梁瞻岷曾病殤賦示季弟雍瞻岐曾詩見侯通政年譜。

我生三兄弟，少小抽弱翰。梁乎一以摧，相對愁孤單。愛讀蘇氏書，坡語良不謾。吾從天下士，不如與子歡。

和宋比玉名珏。留題畫壁次韻詩刻《續練音》。

酒中別意畫中花，梅半殘時柳半芽。我欲橋邊添个客，醉眠芳草不思家。

侯岐曾

字雍瞻，號廣維，震暘季子。壬午副榜。因匿故人陳忠裕子龍坐累，不屈，完髮致忠。私謚文節先生，崇祀侯氏忠祠。著有《睥城救時急務》《丙丁雜志》及詩文集。

哭廣成長兄

吾兄忠義古人追，萬旅雲從建義旗。赤手銀河非易事，滿腔熱血豈求知。玉音競説從天下，金版應憐出地悲。莫向春風夢春草，江家池豈謝家池。

侯岐曾

江村晚眺

日落風寒潮正還，維舟野岸意翛然。何年古木留歸鳥，幾處村鐙動遠田。雲薄不迷沙草路，月微初挂淡煙天。秋江艇子堪孤嘯，把酒頻呼宋玉篇。

侯峽曾

益暘子，字漢瞻，號卧雲。年十二歲入蘇郡庠生。入國朝以逋糧詿誤。著有《卧雲集》。

咏後庭紫薇花

有花有花名紫薇，冠冕峩峩日夜緋。花王特勅司夏令，岸然曾不憂炎威。可憐托身荆棘裏，烟雨蒼凉困不起。一輪明月照荒江，猶是當時最知己。先人將此花名樓，故居在龍江，有書樓，額曰紫薇閣。眇予讀書樓上頭。憶起少年樓中景，欲對花前雙淚流。

泛吴淞江

白浸蘆花兩岸開，鳧飛沙渚影徘徊。何堪日暮烟波裏，急雨迎風拍面來。

侯峫曾

字西青，號掌丸，艮暘長子。工書，長吟咏。

龍江送别何漢扶次韻

菁菁園中竹，依依隄上柳。送君出茅檐，落日照蓬牖。未行心已摧，欲去重執手。别淚濕青衫，不待琵琶婦。遠遊富可求，何似貧相守。

侯世聞

副進士萬鍾季子。原名永源，字聖逢，又字元升。

送别古處

百里青氊耐冷行，丹楓落葉助離情。凄凉易作悲秋客，况聽今朝去雁聲。

疏楊曲岸沉寥天，君去烟波更渺然。肯念窮交淪落甚，莫將顛頷度青年。

暮秋感懷

堪悲已在早秋時，况值霜天感别離。黄菊一年逢九日，白雲紅樹共愁思。

臨終十別之四

未盈四十病相尋，厭向人間寄此身。分付九原留淨土，生來白面怕紅塵。別世。

雁行風急忽摧殘，雲際沙頭再見難。薤露不須兄慘讀，獨肩菽水去承歡。別兄。

筆硯相依誼最殷，可憐中路忽抛君。所期振翮成名後，芳草塋前弔彩雲。別姊丈陳世祥。

一女伶俜恰四齡，如珠常向掌心擎。從今未卜生和死，安望成人憶父名。別女。

徐天麟

鄉飲大賓模長子，字陵如，號退谷。居徐家老宅。崇禎辛未進士，歷任南京兵部郎中，以終養歸。著有《西郊草堂集》《廣蔭軒雜咏》。詳載《上海志·文苑傳》。

陳滬海太僕招飲桃塢

萬家花氣接城闉，杖履追陪忘主賓。洛社有人俱入畫，桃源無地不藏春。金壺酒煖扶紅袖，玉麈談高岸角巾。從此便須同卜築，肯將塵跡指迷津。

十八澗訪佛石題松巔閣環閣有九峰。

一笠開山虎穴邊，石泉雲樹證前緣。鶴閒伴客過齋院，猿老翻經到講筵。絶壑懸燈明獨夜，破巖打磬出孤烟。與君試訂松巔約，每箇峰頭住十年。

仲春發芋源驛

青春作伴好還鄉，報罷初聞意轉長。來路不如歸路穩，去程翻比宦程忙。梨花傍水江門白，柳樹含烟酒舍涼。天不困人人自困，正須一曲記滄浪。

且住庵

山形住不去，客蹤去不住。比邱智慧人，不肯參死句。且住顏其庵，憑君下箋注。檻外三折江，嶺上千年樹。逝者如斯夫，記取來時路。

漫興

曾聞覺後鐘，偶作開眼夢。擲却許由瓢，打破畢卓甕。素絲原不染，窮途何足慟。撰著時時成，含情托譏諷。性褊量不容，言多弋或中。雨隙臨清池，恍惚潭影空。

曉發

雨洗江沙白，晴開楓樹紅。好風帆葉緊，客夢荻花空。遊興隨時發，閒情選勝同。薄寒成曉醉，得句未全工。

獨醉

秋雨破空來，洗出梧桐翠。澹者是我心，素者是我位。擾擾古今愁，看破不一喟。得句且自吟，虛窗聊獨醉。

雨中泊山下

昨夜詞場月，今日篷窗雨。心間無一事，對此成太古。飛鴻爾來賓，好山我作主。投竿理釣綸，相從老漁父。

侯玄演

忠節峒曾長子，字幾道。嘉庠廩生。年二十七從父死難，私謚孝烈。著有《玉臺清照》及詩文集。

從黃陶庵耀淳師及陳義扶尋菊唐園

秋光澹蕩步逶迤，素水平岡静者宜。阡陌亂時常失徑，土山曲處半藏池。林間雜樹仙人果，水面孤亭處士祠。小憩籬根欣有伴，看花不必主人知。

侯玄潔

通政峒曾仲子，字雲俱。蘇郡庠增廣生。從父兄殉城。

春江泛舟

霽後新流滿鶴汀，扁舟頻繫短長亭。林含殘雨花微重，人帶輕寒酒易醒。古寺月明當檻見，晚潮風送擁衾聽。不須歸路還騎馬，春恨從來怕踏青。

侯玄瀞

通政峒曾季子，字智含。十一歲入嘉庠。因叔岐曾匿故人陳忠裕子龍事覺，避隱杭州靈隱寺爲僧。著有《智含集》《南征日述》《孝隱遺集》《咏物詩集》、父通政年譜。

寄夏存古

交期猶溯五湖東，愧我端居類轉篷。家國惟留黄土在，風塵獨有素心同。年華漠漠兵戈後，景色蕭蕭涕淚中。剩欲相逢論世事，只今湖海復誰雄。

行野愁聞賦式微，知君長此壯心違。《平陵曲》罷人何在，《越絶書》成事已非。未老侯生虚挾策，無家羅隱不思歸。武林春色休無賴，細柳新蒲處處稀。

侯玄瀞

題靈隱寺房壁

折柱揚灰又一時，海東年少淚如絲。修羅劫盡兵長鬭，望帝春深語更悲。漢月祇臨三楚塞，燕花空備五陵碑。天如可問寧憂醉，感激從今廢楚辭。展卷閒來説廢興，千秋惟覺恨難勝。獨愁豕鬣猶安處，敢笑蝸牛有戰争。事去鬼謀聞廢社，妖深無夢見新城。腐儒俯仰空多感，眼底陰雲又作晴。

侯玄洵

文節岐曾仲子，字文中，號確齋。嘉庠生。年僅二十三而卒。著有《文中集》。

舟中有懷已刻《續練音集》。

静好蘭房忽水居，含烟一葉鏡中如。蕖帷欲待三春足，桂櫂誰知百里餘。雨過滄江眠未穩，風消華燭夢先虚。鸊鵜乍捲人非遠，彷彿流蘇拂翠裾。

侯玄汸

文節岐曾長子，字記原，號秬園。崇禎壬午，由諸生入監，中順天副榜。私謚濳確。時朝議嘉邑輸米五萬石，汸同張秀才鴻磬伏闕呼籲，仍得永折，嘉民賴之。後以弟玄瀞亡命吴山事亟，代瀞沉淵，幾死。晚年讀書秬園。著有《學古十函》《月禪筆露》等籍。

園居初復二首

諫議歸林日，家園奉板輿。堂開金谷酒，樓貯石渠書。林壑親交共，鶯花宦學疎。豈知人閲世，獨此賦幽居。
獨樹憐孤影，連枝憶衆賢。踏春人比玉，開卷晝如年。榮木時觀化，空床或坐禪。只今思大被，清夢苦難圓。

含緑堂分賦得山字

落葉聲中客叩關，分題索句破餘閒。花開秋老重陽節，人在江南第幾山。事業青雲隨緑水，交親白骨换朱顔。清泉皓月如相待，賸有新詩未可删。

侯玄涵

文節岐曾季子，原名玄泓，字研德，號掌亭。嘉庠生。私謚貞憲先生。著有《掌亭集》《格致録》。

龍江别智含弟

目斷空期馬角生，家山雲水自吞聲。三年一面無餘話，千里孤笻又獨行。未卜相逢徒有約，漫經離别豈無情。江潮海日題詩在，莫遣紅塵識姓名。

侯玄涵

號掌亭，私謚貞憲。餘見前注。

春感

江南飛絮日漫漫，不上朱樓上客鞍。墟里孤烟摇海色，池塘碧草帶春寒。夢中哀樂年華急，戰後乾坤浪迹難。立馬平疇空極目，幾人江畔自投竿。

送别鷺賓感家朝宗往事詩見《國朝别裁》。

闤闠門前酒共傾，依依酬勸忽分征。却愁此别成南北，誰道他時隔死生。十載黄壚豪士骨，千秋青史黨人名。白頭太傅腸猶熱，手把家書倍愴情。自注：出家朝宗遺札，多隔世事。

宫詞見《吴志·莔苧亭日鈔》。

荳蔻梢頭二月紅，十三初入萬年宫。可憐同望西陵路，不在分香賣履中。吴云：可與唐人並傳。

侯　檠

玄洵子，字武功。自少穎悟，有神童之目。工詩古文詞及時藝諸作。年僅一十七而卒。

酬别徐季白

滄江倚棹且高歌，遊子銜杯意若何。亂後飄零親戚少，天涯踪迹别離多。已悲楊柳愁中折，况遇賓鴻客裏過。握手相期須努力，風塵十里莫蹉跎。

沈 焕

字旭如。明嘉庠生。袁家衖人。著有《寧遠堂集》。

漁舟歌

漁翁把船頭，漁婦把船尾。細雨横篙曲港中，斜陽晒網平林裏。五尺烟，三尺水，大婦得魚小婦喜。碧緑柳條穿白鯉，攜壺换酒臨江市。翁把杯，婦荐旨，月明醉卧蘆花底。

鬻兒嘆

阿翁鬻兒兒苦啼，兒啼不去父母飢。去年種木棉，漂没平江隄。今年種秔稻，亢旱盈稗荑。上逋官租日箠笞，下有數口嗷嗷悲。父母生汝將謀詒，鬻汝養身豈所期。兒莫啼，來年有秋贖汝歸。

高婦嘆

瞜之東里有高某，方抱病，欲近其妻，妻不從。高疑有外通，手刃之，里人稱寃，因作《高婦嘆》。

良人且置刃，賤妾請具陳。十五歸君家，三載彌見親。裙釵甘我分，澹泊何嫌貧。爲君多卧病，惜君當自珍。脱簪换藥餌，别室分牀茵。丈夫有他慮，賤妾寧懷春。清水自湛湛，白石自粼粼。妾心誓與俱，君心終見嗔。頸血濺濺流，幽恨誰能伸。

獄中寄友時以糧務詿誤。

客愁如緒更多端，籠鶴何能振羽翰。無地可容針上坐，有天只向甕中看。一燈慘澹離人語，五月陰森暮雨寒。乞得餘生還故里，滄洲應共把漁竿。

汪之蛟

字化卿，號長魚，又號頤庵。休寧籍，居紫隄。

春日雜感五律二首

景傍春江好，柴門倚杖看。碧烟楊樹合，紅雨杏花殘。掃石安棋局，臨流把釣竿。故人貽尺素，努力勸加餐。

不材甘世棄，淪落老江村。旅跡猶萍梗，家風只菜根。已牽船作屋，謂柳舫。還掛席爲門。有客時驚座，雄談蝨屢捫。

柳舫雜咏三之一

秉燭醉遊花下，圍棋閒隱橘中。龍戰乾坤未定，鶴歸城市皆空。

同友人虹橋野眺橋在紫隄東北元壽觀前，隆興橋之西。

虹橋野景足芳菲，挈伴來遊興未違。花落不驚尨也吠，柳眠惟見燕子飛。晴開綠野春無際，雨過青山暮未歸。正有琴樽嵇阮集，勿言流水賞音稀。

汪之蛟傳見前。

偕梁逸民張定山遊吴門諸勝次韻時定山抱病，余招同山遊，遺之。

病渴相如未倦遊，登臨此日興偏稠。幾家落木空山寂，一道寒泉出澗幽。世外尚容留姓氏，人間不信有丹邱。詩成掃石題蒼蘚，滿壁淋漓醉墨流。右遊華山。

斜日村舂遠近聞，空林落葉正紛紛。石蹲似獸常封蘚，松老如龍半入雲。旅跡南遊雙屐遠，荒臺西望萬山分。登臨此日懷通隱，千古高風自不羣。右遊何山。相傳何通隱先生嘗隱此。

燈後四日看梅東西兩園即事有作

小艇春江問渡來，烏衣巷口重徘徊。烟凝碧靄千林竹，風散晴香十里梅。信宿慚分高士榻，殷勤喜接故人杯。尋芳不負年年約，共對花前醉幾回。

秋感

長鋏天涯久不彈，蕉衫蓬鬢老江干。烽烟萬里秋風急，橘柚千家暮雨寒。歸國未能生馬角，纍人不獨是猪肝。燈前起舞懷劉祖，午夜雞聲客夢殘。

寒山訪梁逸民留榻夜話

短策寒山路，斜陽訪華門。白頭千里屐，紅樹幾家村。棋局遺塵事，鐘聲斷客魂。明朝仍浪跡，一飯媿王孫。

讀沈貞愍遺稿

數行存手澤，未受蠹魚侵。千載所南意，一生靖節心。畫蘭悲舊土，采菊托高吟。他日求遺稿，清風自古今。

積雨感懷

蕭然一榻坐頻遷，夕雨晨風屋數椽。螢照殘編囊有火，蛙生沉竈突無烟。漫移康樂山中屐，且住思光岸上船。煉石未能終乏術，憂深莫問杞人天。

幾處狂飈捲屋茅，敝廬猶幸在林皋。簷前疑掛千尋瀑，枕上驚飛八月濤。硯積蒼苔吟几濕，綸垂碧樹釣船高。他時倘卜幽棲地，不學無懷學有巢。

江面潮生水拍隄，飄摇風雨一枝棲。愁澆濁酒杯光滿，倦枕殘書燭影低。遲暮隱之慚賣犬，時有遺女之累。傷時越石怕聞雞。可憐壯志銷沉久，感憤詩成不敢題。

秋日雜感

編茅插棘傍江濱，屠釣何妨寄隱淪。命訪漫勞題鳳客，放歌空老飯牛人。葉穿破屋秋風急，花落殘燈夜雨頻。枕上家山應不遠，白雲黄嶽夢中身。

送春感懷

風捲殘紅滿院飛，鳥啼深樹惜芳菲。可憐花老人同老，每送春歸客未歸。屐展名山遊興懶，琴調流水賞音稀。牆東差可遺塵事，隱几閒窗好息機。

咏柳次子遷姪韻

嫩緑柔黄巧鬭妍，一枝早見谷鶯遷。吹殘短笛朦朧月，望斷長隄黯淡烟。絮點謝娥吟句裹，絲垂蘇小畫樓前。依依回首章臺路，走馬偏令別恨牽。

梅花次韻

一樹斜攲古渡頭，寒潭影落暝烟收。吟餘水部春風閣，興在山陰雪夜舟。幾度金尊頻索笑，誰家玉笛遠生愁。猶傳梁苑徵詞賦，憔悴文園已倦遊。孫思九曰：骨健而神爽，「暗香」「疏影」之句應不必專美于前。

穎侯姪重移北巷舊居

依舊移居話卜頻，東西不隔滚溪濱。榻懸仲舉仍留客，地接延陵好結隣。西隣吴氏。桂樹小山招隱賦，桃花潭水踏歌春。竹林重許尋高會，嵇阮風流尚可親。

李　素

字□□，諸生。居皇十二圖盈圩塢城庵西北，借園其別業也。

移居借園

十年風雨此移居，爲愛荒亭樂事餘。徹骨不留半畝地，醫貧剩有一床書。西窗乍啟光凝眼，新竹初成緑覆廬。但使客來能引興，共招花鳥伴清虚。

朱　楫

字茂淵。府庠生，康熙例入太學。

題海月庵百歲居

天都百三歲翁流寓紅葉村，晚年寄居海月庵，因名百歲居。按庵在紀王鎮西北里許北錢巷，錢氏建。

百歲老人吴一侗，昔年海月留仙蹤。此翁一去已廿載，斗室清風度晚鐘。海月高僧常住此，精廬寂静儼崆峒。座上香浮接翠微，庭前樹老如蚪龍。四壁無塵掛古琴，三山有路通生公。春花秋月鶴與俱，老狐瘦猿時相逢。終朝兀坐忘歲月，浮雲天外由西東。五公勝果得勝地，空明來往長青松。

臨江文廟祀聖

由來文教被江濱，二百餘年此獨存。俎豆未能同國學，衣冠何必效王孫。已看池藻分衿袖，應見天香入校門。今日崇文推盛世，君恩聖澤莫輕論。

錢嘉猷

字皇士，一字綏臣。臨江人。武庠生。工詩，善行草書。

東皋别墅

一椽小築傍江濱，流憇東皋景亦新。當户潮聲晨夕至，隔溪人語去來頻。携將茶竈如爲客，泊得漁舟好作鄰。擬向此中常結夏，渡頭煙月漫垂綸。

題忠祐祠

莫訝侯封無尺土，明神俎豆足千秋。江鄉自昔常名紀，世代於今不姓劉。

侯臨暘

諸生孔表長子，字子長，號與公，又號可大。善書，能詩，兼善山水、花鳥諸藝事。

送公羊弟以貢舉詣公車

嘉邑瀕海地，詩禮稱吾宗。兩賢光俎豆，三鳳繼争雄。咄嗟降喪亂，眇余逢鞠凶。羨子負奇才，夙昔號人龍。談經奪重席，拔幟當先鋒。門户正哀落，子爲歲寒松。大雅久不作，子爲發黄鍾。南宫今射策，北闕慶雲從。惟我擁腫器，四體惰不供。所需在扶持，如行必倚筇。今子事遐征，贈言表心胸。諄諄先子命，顧托墨猶濃。友于推舊愛，景行追前踪。去去長安遠，好音切瞻顒。

侯履暘

孔釋長子，字子禮，號坦公。邑諸生。業堪輿星學，至詩篇僅有存焉。

壽林太君

百年常念挹青青，抱節衝風益算齡。孟母遷居熊膽苦，毛生捧檄舞衣馨。虹飛古磴天孫駕，星燦靈山玉女屏。撫得龍鱗長千尺，至今留下母儀刑。

姚三聘

字莘尹。

和海月庵唱和詩

精藍路咫尺，清淨上方同。松竹多雲繞，桑麻有徑通。僧閒落照外，鳥語定香中。待赴東隣社，裁詩約孟公。

地僻禪關靜，乘閒好訂期。道從言外覺，心向定中窺。雪月光交處，風旛影動時。無窮清意味，收拾共成詩。

春江

溶溶漾漾湧晴瀾，一碧浮空暎遠灘。新燕拂波初逗暖，老漁把釣不驚寒。低垂楊柳青烟濕，亂落桃花紅雨殘。擬約同人載春酒，木蘭舟上倚欄看。

徐荃徵

兵部天麟從子，字君宰，號學三。徐家老宅人。

上趙提臺七律五首

五百昌期名世逢，宋家華胄挺關東。金枝瓊葉無雙貴，鐵券丹書第一功。服蟒争誇唐將相，從龍何媿漢英雄。封侯不待遲年月，早見桓圭錫上公。

戚里人人頌馬援，坐提金印作雄藩。胸中星斗涵文海，掌上風雷運帥垣。玉律吹回燕地暖，雕弧射定海濤喧。征南將伍當無事，共醉春宵桃李園。

南國年來駐玉驄，吴天千里得帡幪。元侯鞠旅稱方叔，宰相臨戎見范公。刁斗無聲蓮幕月，旌旗不動柳營風。春城争看烟光細，人爇心香户户融。

禮數殊寬士樂聞，翩翩裘帶擁三軍。轅門對月時浮白，玉帳投歌日論文。藜火遠分鸞閣雨，筆花輕寫鳳城雲。風流今古知誰似，唯有當年諸葛君。

欲謁荆州睹典型，閒乘款段到華亭。栽培桃李成文錦，點綴江山入畫屏。半夜寒潮千澗碧，萬家春雨九峰青。遠來却喜非岑寂，一路歡聲取次聽。

謝趙提臺晏宴

百里來瞻山斗光，漫叨高宴醉霞觴。春融芳草輝袍色，風送飛花入酒香。爲客多慚徐孺子，憐才深荷蔡中郎。書生飽德知無補，願頌南山壽萬章。

午日登金山飲妙高臺

相逢招飲大江頭，畫鼓喧傳争蕩舟。山繞淡雲迷鐵甕，波翻白浪湧岑樓。千崖月色摇晴樹，萬壑風聲撼遠邱。醉罷蒲觴消磈礧，好從沙際去盟鷗。

留宿張封翁予臣于拄頰山房

輕風寂静淡雲收，浄掃閒軒客乍留。舊種松枝如鶴瘦，新開山骨是神鏤。溪頭花影迎人舞，樹底鶯聲帶雨流。刻燭但教詩共咏，不知世事復何愁。

徐　炳

字蔚文，林子。居默觀蕩。十歲縣試冠軍，十六歲入青庠第一，發案後遂卒。

遊虎邱對頑石口占十三歲作。

翠架朱闌綴古邱，松風竹月自悠悠。石經説法頭曾點，何故於今不點頭。

侯兑暘

孔齡季子，字公羊，號石墨。明廩膳生。鼎革後屢以國事被牽，族人詒兑暘就試，遂以貢舉授雲南推官。以乞養就近，降補桐城學訓導，未任卒。

慘值悼亡承文兄以詩見慰次來韻

晚景萱枝在北堂，慘看蕙草忽凋傷。攬茹正在銷魂候，辱寄新牋棣萼香。

汪　起

之鯤子，字穎侯，號信庵，晚號贅民老人。私謚端凝。舉鄉飲賓。

七十生朝自述時在康熙丙戌秋。

七十尋常壽，誰云自古稀。不知花事盡，祇覺日光微。白髮驚將遍，朱顏悵已非。回思前此景，一笑亦沾衣。

家歷荒江上，羈棲歲月深。故鄉千里夢，歸老百年心。頗慮衰逾盛，兼愁病易侵。行裝難太緩，應囑辨從今。

徐殷輅

原名燕，又名蓉徽，字武翼。後入太學，改今名，字乘堅，號春江。默觀蕩人。著有《閒吟草》。

游濬公黄徵君園

一帶青山色，當軒若畫圖。煖波魚散子，密樹鳥生雛。屋小能容膝，田閑亦起租。此間塵俗遠，遣興酒頻沽。

同社諸人集閒園

曲逕盤盤松作屏，携樽坐對樂浮生。風翻落葉投蛛網，雨打浮萍亂鴨聲。話到世情知路險，味來禪説覺心清。同人共帶看花眼，江上芙蓉映水明。

偶賦

文章知遇古來稀，踏遍青山買釣磯。久與隣翁同隱跡，偶隨衲子問禪機。三更夜雨驚聞柝，九月寒風偪授衣。一壑一邱非我志，功名無奈壯心違。

過何文若莊

地僻緑陰濃，雙扉掩落紅。板橋横淺水，草閣敞清風。問字車常滿，論文酒不空。我來訂晨夕，意氣自相同。

寄陶存齋太史集唐人句

開簾只見草萋萋，依舊烟籠十里隄。曙色漸分雙闕下，秋河隔在數峰西。行隨香輦登仙路，恨别青山憶舊溪。且欲追尋彭澤宰，門前楊柳幾枝低。

獨醉此係徐退谷詩，誤此。

秋雨破空來，洗出梧桐翠。澹者是我心，素者是我位。擾擾古今愁，看破不一喟。得句且自吟，虚窗聊獨醉。

登機山

攬勝堪移屐，登臨最有情。烟迷吴市遠，日泛柳湖明。鳥哢春前調，鐘敲午後聲。士衡栖托處，芳草帶愁生。

夜窗

虚齋燈自明，隨手檢一册。讀罷多疑義，以思乃有益。岑静似深山，寥寥無雜客。問夜將何如，西窗殘月白。

次韻答吴鍊師

自别長隄柳，還披麥秀風。洞雲元虎館，壇月紫宸宫。鳥度烟霞裏，花開笑語中。寄來詩句好，奈我尚飄篷。

徐士脩

荃徽子，字德垣。

與西陳東垣旅中夜話

相逢共是客中身，把臂論心氣誼真。同坐秋風看明月，天涯容我兩閒人。

游天平山

奇峰屹立盡參天，一杖來登萬仞巔。欲覓老僧談石上，忽逢遊女笑花前。層巒暗接高低樹，古澗平流屈曲泉。却怪姑蘇城不見，遠山晻曖帶春烟。

曉發行

曉行堪嘆可憐朝，雪欲飄時馬正驕。月落乍聆雞唱急，風悲偏送雁聲遥。丹陽路曲山藏驛，白兔村孤樹掩橋。且向旗亭沽一醉，禦寒無計藉黃嬌。

登三義閣

天涯不敢怨途窮，高閣憑闌望遠空。驛路春生芳草緑，茅亭雨過夕陽紅。十年作客留孤劍，四海無家逐轉蓬。流落更加雙鬢白，那誇詞賦仲宣同。

送王禹治

有客歌驪莫强留，飄然西去劍横秋。交遊從此關河隔，貧賤豈能意氣投。一帶暮山藏驛路，數株衰柳隔江洲。片帆倏忽看難見，更欲憑高豁遠眸。

過西來庵感舊

憶昔曾經侍遠公，今看風景思無窮。烟含楊柳當年緑，雨灑芙蓉此日紅。自許清樽終不負，誰知白社竟成空。舊遊零落嗟無幾，又復飄流西與東。

雪後楓橋曉望

江摇白練浪重重，曙色朦朧雪滿墉。訪友漫憑千里棹，探梅還倚一枝笻。雁横野戍悲殘角，月落寒山度晚鐘。七十二峰何處是，林泉都被白雲封。

探梅懷禹治

年年拉伴到溪濱，今獨扶笻欲愴神。踏雪忽思披氅客，折梅偏少寄書人。江村驛店春光早，竹户琴窗月色新。安得子猷乘興至，花間同醉百壺醇。

途遇全敏求話别

一鞭行色各蕭然，握手殷殷話目前。顧我鬢眉真可嘆，看君琴劍亦堪憐。馬嘶驛路鶯花雨，鶯囀河橋咽柳烟。乍喜相逢又相别，離愁更覺勝當年。

寒食郊行

扶筇偶爾上仙槎，仙槎，橋名。也就春風玩物華。荒冢遠年無麥飯，垂楊深處有人家。花明曲徑香迷蝶，日落空山晚噪鴉。眼底相看皆可惜，不如一醉是生涯。

惜花

南國香消一片塵，欲從何處喚真真。苦遭夜雨兼朝雨，纔過芳春又暮春。繞砌盡爲埋玉地，隨風竟作墮樓人。最憐扶杖相看處，艷質無憑蟻冢新。

九日訪友因泛後河

暮秋風日喜晴和，人盡登高獨泛河。訪友自應載酒去，移橈即爲看花過。波光淼淼寒烟薄，山色蒼蒼落木多。對此不須傷往事，還期酩酊聽漁歌。

拜孝陵

步出朝陽更向東，翠微深處思無窮。先皇事業銅駝在，故國邱陵麥飯空。雲掩秋山鳩喚雨，草迷享殿馬嘶風。最憐松柏蕭條甚，樵採行歌御道中。

維揚雜感七律三首

隄生楊柳浦生蓮，昔日曾經錦纜牽。花簇鳳釵分十二，旗開虎旅列三千。迷樓寂寞空殘照，行殿凄凉起暮烟。最是不堪回首處，玉鈎斜畔草芊芊。

山下長江山上樓，振衣直上思悠悠。金銀聚秀臨京口，龍虎分形繞石頭。鏡度孤峰蕭寺晚，角吹野戍甕城秋。而今添得胸襟壯，仗劍還思遍九州。

蕭蕭疎柳滿江干，旅思撩人啟萬端。一劍料難酬善價，十年空自老征鞍。香消菡萏花先落，露冷蒹葭葉未乾。休想寒衣來遠寄，異鄉且少勸加餐。

送劉總師

津亭送客客停驂，唱罷陽關酒半酣。仗劍十年還冀北，抛家千里别江南。香閨尚識君恩重，帥府方推將略諳。遇此太平無一事，豈云不得顯奇男。

侯玄浩

峴曾長子，字集善，一字天懿。邑庠武生。居朱家涇壺春草堂。

顧門許貞女輓句

貞心真足媲貞姜，生死相期立大綱。試向鳳皇山下望，墓門松柏已成行。汪叟否先生曰：貞媛係松江人，墓在鳳皇山麓。

卞　煒

字舒藻，號東田。康熙間瑞芝里人。著有《東田詩》。

鳳皇山登眺

傳説此山有鳳遊，今來登眺鳳無留。錢王宫殿埋芳草，宋室山河剩故邱。江上潮聲俱是恨，陵邊樹色總成愁。兩朝事業今何在，三竺疎鐘夜未休。

三竺寺

日煖扶筇訪古竺，高山遥見懸飛瀑。鉏雲僧去路三叉，肩斧樵來橋獨木。紫巘呼羣攀果猿，翠微覓友銜芝鹿。身行仙境樂無窮，不待幽探觀已足。

西湖

湖光千頃碧琉璃，疊嶂層城拱四陲。鳥語花香名勝地，山明水秀帝王基。望湖亭繞遊春屐，錦帶橋懸賣酒旗。羅綺有香何處至，碧波影裏畫船移。

林和靖墓

古冢閒尋到水濱，四賢祠下見碑文。凄凉牧笛吹明月，斷續樵歌唱夕曛。山麓有亭誰放鶴，梅花無主自栖雲。多情只有西湖水，日日波生縐緑紋。

哭徐鴻啟平叔昆季

大椿摧後並垂髫，咯血相仍賦《大招》。四載兩棺栖半室，十齡一子繼雙祧。蘭閨有婦歌黄鵠，花縣無人奉綵軺。此日幽魂應不昧，相逢地下恨難消。

侯開國

玄涵長子，嗣玄洵後。原名榮，字大年，號鳳阿。國學生。候選州佐。著有《樂山全集》《鳳阿山房集》《經世導源録》《野乘彙編》，輯有《吴畛詩文鈔》。品學詳《嘉邑志》。

周公村

按《嘉邑志》：時撫吴之周文襄公嘗微服行田間，一日至嘉定縣西南鄉民舍間，因就飲焉，居人遂名其地曰周公邨。繼有杭姓者居焉，又名杭邨。

周公建節年，惠澤遍遐邇。小市在城西，微行曾至此。田家頗解事，茅簷具雞黍。但知父母恩，不識公侯禮。民間多疾苦，勞問若婦子。公來人盡安，公去人猶喜。至今百年後，芳名猶在耳。傾耳聽農歌，歌聲皆樂只。詩載邑志。

寶山城觀海

春風吹我海上遊，白日黯淡輕雲愁。孤城人稀啼鳥寂，煙波萬里明雙眸。文皇昔時重航海，兹爲鎖鑰當咽喉。土築孤峰作表凖，舳艫彌望風帆收。豈知滄桑變今古，波濤洶湧淪高邱。但見豐碑竪城右，御史勒石垂千秋。臨眺躊躇懷聖澤，雄文睿藻蟠螭虬。赤烏光沉精衛死，夢飛不到咸池頭。天長浪闊自吞吐，東南半浸坤維浮。海塘蜿蜒忽復斷，魚龍出没恣冥搜。崇川如髮隱隔岸，大江西下歸中流。潮汐鹹淡各疆界，更無樓櫓窺邊州。釣鰲濯足無不可，扶桑縹緲同浮漚。詩見《嘉邑志·藝文》。

寄贈汪贅民名起。

祖澤龍江記昔年，欣逢故里識君賢。清言入座情疎放，古道披襟意靜專。沽酒童歸花外徑，載言人至月中船。應知結客三吴遍，不惜聯吟醉十年。

諸　章

字玉相，號琢亭。華漕人。

紫薇村看菊懷吟巢居士

雲依凉日吐還吞，籬畔風光耐久存。霜薄不侵黄菊徑，花繁偏數紫薇村。有懷人與英俱淡，且喜香來酒正温。翠葉華鈿吟未足，難逢笑口共評論。

侯　棠

玄涵次子，字悦舟，號南蔭。嘉庠生。能詩文，工楷草，又喜畫怪石蒼松。

懷秉衡姪時秉衡氏從當湖陸清獻公讀書於琴川館舍。

羡爾名師近，良朋更琢磨。鄉關歸日少，學業進時多。理窟傳真鉢，文源脱舊窠。竹林難聚首，却奈别愁何。

夜坐書懷

樹深庭院月來遲，月色當空獨坐時。愧乏盛名驚海内，喜全清操慰心期。百般禮數因貧廢，千種人情閲世知。小閣燈殘風細細，酒醒聊復一題詩。

陶　然

字浩存。居紫隄東陶家橋南村草堂。

和高太史梅花詩九首之二

霜雪頻侵玉有痕，香飄紙帳作春温。情懸千里關山信，夢斷三更水竹村。步月林邊還琢句，懷人江上正消魂。欲尋何遜無踪跡，牢落空園獨閉門。第八首

恍疑身入蕊珠宫，曲水平橋有路通。野色寒兼明月澹，曲聲清繞白雲空。横斜茅屋疎簾外，摇落隣家短笛中。標格看來原絶俗，豈容開向百花叢。第九首

冷泉亭是詩上海曹錫辰已選《海上詩鈔》。

岩下一泉出，亭邊萬木寒。坐來揮汗客，俯檻玩清湍。

汪　珏

穎侯四子，號淡岩。著《駐驛軒小草》《紡愚集》。

漫興

疎懶隨年次第加，苦吟沉醉是生涯。窗摇瘦影風梳竹，庭散幽香蝶占花。種菊偶開籬下徑，清閒頻潑雨前茶。相羊林水多真趣，漫向風塵誤歲華。

汪永安

起五子，字存夜，號叟否。華庠增生，後歸藉上海，寓居紫隄。著有《紫隄邨志》諸籍。

寄南村陶然葺有南村草堂。

淵明怕折腰，浩然辭薄禄。荒徑静撫松，東籬晴采菊。後裔懷異才，風塵偏碌碌。北里掃徑迎，東村移棹速。厥祖賦閒情，不得嗣高躅。執業在濟人，何計屏干瀆。須知鬢沾霜，神健即遐福。暮景非好勞，樽前莫顰蹙。

寄西垌諸章居有西垌草堂。

南北原咫尺，兩村長相望。君居高昌里，我傍依仁鄉。十年懶過從，似隔天一方。鄙人況飢軀，家食每未遑。相思兼寤寐，落月照屋梁。念君常病目，我亦視茫茫。暮雲與春樹，凝睇增彷徨。不如籍便鴻，賦詩屢寄將。永此歲寒心，千秋流芬芳。

黄溪舟至即事吟寄諸琢亭時琢亭歸自葺城。

已訂端節後，歡逢觴共飛。君擬我已去，我疑君未歸。輕風吹造訪，急雨仍相違。凝望緑楊樹，隔岸何依依。

季春酬諸琢亭來韻

故人憐我滯天涯，新句相期早到家。靜覺客衣寒雨逼，晴看鄉樹遠雲遮。頗愁獨坐虛佳節，恰訂同吟對好花。知是高情能款客，甕香開處不須賒。

與友人談詩偶得古意二絶質之陶然諸章兩翁

身爲貧家女，布素良自珍。亦知金屋姿，錦繡光耀人。

曉鏡整新妝，梳掠不草草。但覺儂稱心，何必人説好。

題紀王廟

重圍無日脱危城，突藉奇謀誑楚兵。天子當年仍不死，將軍今日尚如生。

哭陶浩存先生五言一百八十韻。在壬寅六月十八日長逝。

攝提逢六月，災沴降柴桑。風勢轟遥野，雲容罨大荒。連日大風，雲濃不雨。晴枯梁木色，炎隱少微芒。吾友俄湮没，沉疴失保障。驚堪銷旅魄，憤欲裂愁眶。懿皦休臚悉，風流試寫將。天台傳族譜，彭澤遡家鄉。早歲耽攻苦，清時卜奮揚。雋才鍾藝苑，令譽壓文場。高鵠防遭籠，名駒怕受韁。先生少有文譽，親黨或語尊府君，謂獨子不宜繫身螢窗，妨仔肩家事，乃輟舉業。簪纓停企慕，林水訂徜徉。運甓勞無謂，懸冠激未臧。自憐姿本弱，勿與世爭長。幼齡質頗羸怯，舞勺時患病幾殆。尊府君挈至雲間，乞名家醫治，乃得痊瘉。著述搴存弃，光陰付舍藏。孝思勤執玉，[先生事親養志，詳見村志小傳。]交誼凜循牆。學向胸中積，方推肘後良。英華心府庫，詩句筆琳瑯。鑄局敲金石，摛詞屏莠稂。文光迴鷟鸑，律韻奏鸞凰。整列雙雕玉，堅符百鍊鋼。淡饒高士趣，麗作美人妝。馴飭調鸚鵡，雄奇騁鷫鸘。味遥咀蔗節，芬熾啜松肪。大樂陳《韶濩》，名材挺豫樟。俯聆喧甕缶，宛似沸蜩螗。沈宋無優絀，陰何可頡頏。浣薇争諷誦，付梓待裝潢。[青溪孫雪老爲作詩序，手選各體入《詩盛》二编。]濟世心殊切，安人德更洋。應酬甘憊瘁，診切戒匆忙。佐使人多快，維持獨一匡。治標仍固本，挈領復提綱。冷煖先分别，浮沉細忖詳。匕丸甦永痼，井橘拯垂僵。壯齒齡延壽，嬰齡免蚤殤。各村消疫癘，闔巷籍安康。秘授頤生訣，權傳續命湯。羽譙誰憫鳥，尾赤直憐魴。閒鬭苓盈篋，森培杏滿塘。口碑齊嘖嘖，胸竹培彰彰。調濟殫精力，錙銖厭較量。[先生于篤疾者亦累奏奇績，而豐嗇聽酬，從未催取。]性恬徵玉藴，姿藹挹金相。酸膈同孫楚，傷心爲孟光。鼓盆蒿囊案，炊臼惻遺璫。故鏡淪殘匣，荒衣疊敝箱。聯飛憑蛺蝶，顧步任鴛鴦。更結新褵日，聊從畫燭傍。階前多子息，堂上有尊嫜。遲暮需膎味，孩提索繡襠。罇罍曾不缺，琴瑟自相莊。[德配顧孺人稱賢内助，以疾前逝。先生親衰子幼，不得已續吟宴爾。]雅度恒謙恕，微詞勝激昂。整躬能範俗，行表亦言坊。酷暑原敷虐，高年恰受殃。陳琳虚有檄，謝石驟生瘡。[前月之末，頸生巨疽，勢即危急。]識者云難愈，庸夫説未妨。養邪連進補，促潰數加創。蕿劑投挑火，金刀掣試鋩。倖功徒致殞，敗績訝相戕。

肉腐頻流血，痂遲費沐瘍。樹皷排壞壁，帆重迫危檣。以上五聯傳聞云爾，蓋先生年已衰暮，實不堪此也。國手延偏緩，村巫拜自禳。旁觀紛動色，當局暗迴腸。孫長飴應輟，兒勤藥屢嘗。彌留争歎息，倉猝禁喧嚷。浮夢何遲速，長生本渺茫。六旬齊咏祝，周甲之歲，賀詩累册。七袠兆康彊。存年六十有六。積毒升攻顱，患在項間，却苦頂痛如割。兇魔穩駐肓。歲非值辰巳，妖忽應欃槍。向未推强項，翻疑受搤吭。長瞑悲靖節，溘逝洵羲皇。我瘦殊堪□，君才迥莫當。從來情浩落，不鄙態疎狂。結契捐攜抉，班荆解佩纕。佳篇貽錦繡，俚句録秕糠。先生與余唱酬各至一卷。西堰餘葵圃，諸琢亭居西垌，係葵軒故址。南村峙草堂。先生高隱處額曰「南村草堂」。酒兵隨處合，詩債逐時償。戰忝分旗鼓，輸甘缺斧斨。抛磚慙孟浪，抱璧見顒卬。菜室容前掃，余讀書處曰菜香室。蔬筵亦漫張。開樽成四美，拈韻寫三唐。曹植工閒步，諸於發浩倡。先生及曹耿老、諸玉老常集寒齋，把杯分韻。鄙人逢大敵，嫫嫗對毛嬙。把晤心相結，暌違髮易霜。今年交仲夏，令節届端陽。饌進非珍錯，杯浮有酒漿。村編祈斧削，巴曲待鏗鏘。是日先生枉晤，余以拙句及新謄村志請正。聚散緣無定，憂愉事不常。别非經月久，病已一旬强。詩韻彊、强、旁、傍並兩收。羈跡通音信，關心輒恐惶。余寓帷村北三里，前月晦日始聞抱恙。遠尋行曲徑，虔問入深房。初三日走候至卧榻前晤語，猶諄留午膳，余以急歸，有辜雅愛。留我談依帳，看君偃在牀。痛知聊減可，藥許漸劻勷。豈意旋加劇，傳聞已治喪。三彭求静謐，二豎故狓猖。食少餘空腹，膿多恍倒倉。我悲碩果盡，人慄福星亡。薄酒謀沾絮，生芻緩貯筐。端因俄壯熱，猝未得清涼。行頗艱炎路，居原閉客閶。時余卧病旅舍，聞訃心痛，急命次兒走探。走探教幼稺，歸到述彷徨。設繐臨南牖，停棺貼左廂。竟推鄉祭酒，莫叩大醫王。疾疢原難却，風寒合預防。君身如尚健，我骨自方剛。從此逢佳景，何由寄短章。鐺猶煎白朮，甑已熟黃粱。往者幾無祿，焦然慮不祥。纏綿非小恙，攝理致餘慶。五十九歲時，先生患久痢，垂絶，用大補劑得愈。柑酒蹉邀戴，桃潭荷説汪。道山終命駕，弱水徑鳴槳。世事蠅離槅，人生鹿覆隍。蠢還貪苦海，智合上慈航。繞膝粗無累，歡懷儘未央。未婚餘季子，濟美羨諸郎。令似昆仲惟載青未歌《車舝》，遜亭吟才杰出，髫鬌老泉之有子瞻焉。厚德天應佑，名門後必昌。承家都多學，主器夙遊庠。瞻陸入庠已逾十載。應睹鵬冲漢，非同鷃集枋。妙年懷藻采，盛世握珪璋。佇看邀綸綍，遥頒自廟廊。顯榮隨久近，冥漠總輝煌。吉壤曾營葬，佳城便舉襄。先生特營丙舍，葬尊府君，有餘地可祔也。九原應慰意，百世必流芳。素行無拘執，天懷最慨慷。頗思登泰華，兼擬溯沅湘。虎阜曾留珮，孤山近束裝。長隄歌白傳，古墓弔真娘。從水尋山境，由吴抵越疆。紅霞霏白雪，黄絹襲青緗。五年前載酒游吴越諸勝，有唱和詩帙，屬予爲序。有興搜鐘鼎，先生最精篆學，晚歲不輕奏刀。無心釣玉璜。優游珍鄭璞，淹博辨商羊。介節嚴冰蘖，純操勵桂薑。好廉非是矯，慎諾幾曾佯。未許愁顔蹙，何嘗怒色洸。闇容希閔損，率話怪陳亢。衣偶裁荷芰，裘嫌製鷫鸘。竹溪貪會客，陶沔乃六逸之一。綺席厭逢娼。陶穀愛以新詞與妓，先生獨否。門不輕題鳳，箋寧錯寫麞。塵風披靜穆，駿志息騰驤。傍墅教芟竹，沿溪看種秧。巾輿閒即御，葉棹晚輕颺。桂粒飛茶糈，梅英綻酒粻。（堂北老桂二株，溪南百梅匀樹，花時招朋燕賞，歲以爲常。）呼朋晨擊鉢，拉侶夜持觴。棋響孤松畔，琴横五柳傍。臘惟添阮屐，錦或補奚囊。慘淡看青草，蕭疏攬白楊。淮流聲乍歇，薤葉露空瀼。醇好心齊醉，粱空月恣望。夢中遥把袂，醒後適沾裳。近景殊無狀，窮居自不蘉。齒牙全脱落，髮鬢極蒼浪。飢類新横殍，衰同古暴尩。永期依劍履，時得話豐穰。布袖多新涕，金蘭減舊香。（去秋諸玉老瘁殤，今又浩老即世。）瓶花淒易謝，窗月黯如盲。（音萌。古人有讀盲者。）耳怕論蒿里，心憎有北邙。典型頽角□，瞻顧折松篁。龍尾孤無倚，（曩時王西園執丈目余及陶、諸兩君爲平龍一龍。）魚腸掛未遑。嶺頭鸞嘯語，雲際鶴徊翔。籬菊英凋白，池蓮色萎黄。（南村草堂前有黄荷花，今夏不發。）獨吟孤筆硯，同調歇笙簧。歸騎初停策，行踪合裹糧。（《冲虚經》曰死者爲歸人，則生者爲行人。）栖栖仍寂寂，踽踽益倀倀。疑處狐難釋，憂來鼠共癢。民愚無楷式，俗薄但熙攘。此日分存殁，他時歷雨暘。索居惟鍵户，睇遠或登岡。脉脉哀長逝，悠悠賦永傷。通門居不遠，累世誼難忘。古道盟筠柏，深情協棣棠。半生同骨肉，一死隔參商。欲睹扶笻至，如聞佩玉瑲。荒江憑唱和，勝日願趨蹌。陡駭駒過隙，難留粟在滄。先生無罣礙，吾黨覺凄愴。動止規還榘，洪纖桷與杗。休風雲渺渺，遺澤水泱泱。分手成千古，招魂遍八方。春簷瘖好鳥，秋樹咽幽蛩。遐邇籌桑梓，寒喧乏棟梁。無由迴道駕，何處問穹蒼。覼縷吟哀些，蕭然泪數行。

沈禹琳

字雍來，號蒿園。新嘉衕人。著有《渤溲草》。

春晴次韻

烟雲掃無跡，霽色淡而明。野外山如畫，林間鳥弄聲。水兼芳草遠，風度緑楊輕。何處攜知己，相於放浪行。

題諸開發表叔容閒居

鑑湖一曲不須頒，葺得容閒屋半間。爲遣白雲遮谷口，且留紅葉映溪灣。門無剥啄遊心遠，詩有淫哇著意删。好是一枰收拾後，月移松影更閒閒。

諸承烈

之楷子，字武承，號啟後。康熙間人，青庠武生。所著《牡丹詩》三十章、古文一卷，曰《耕餘存草》。

草花

不用盆中細細栽，野隄新朵逐時開。閒携小杌乘風坐，時有清香撲面來。

羅芳洲

字嬴士，號豁儂。著有《百幻詩》《回春詞》。

雜感

人壽自有涯，人欲何無止。既欲騖乎彼，又欲獵乎此。不觀天地間，何嘗有盡美。翼者減其足，角者缺其齒。顔子遭屢空，伯道苦無兒。制行非不優，所遇竟如斯。世事本茫茫，天道亦難推。自反中無歉，何用戚戚爲。

秋閨夜 調《一痕沙》。

霧縠輕籠素體，燈影看同玉膩。無俟俗蘭湯，早生香。　緩緩除頭就榻，汗斂不須揮箑。非是暑全無，爲眠孤。

本意 《酷相思》。

一自檀郎遊遠地，便時刻、牽愁思。久離家、忘歸知甚意。郎去也，身千里。妾住也，心千里。　對景懷人嗟命薄，多病心情惡。漸清淚、眼中流欲涸。枕上也，終宵落。衣上也，終朝落。

本意《百花時》。

節屆清明春正媚，九十韶光，此時爲最。園林何處樹無花，花開何樹不繁華。或黃或白饒幽致，紫姹紅嫣，更覺嬌無比。願天風雨暫消停，勝於枝繫護花鈴。

陸迅發

字柳寄。庠生。居莊家涇。

南湖寓樓作

竹塢松臺冷翠屏，年來乞食總飄零。風吹頭髮居然白，山到深秋分外青。旅況未能消濁酒，絺衣真怯對寒星。誰憐庾信傷遲暮，一曲吴趨不耐聽。是詩，上海曹錫辰已選入《海上詩鈔》。

侯銓

開國長子，字秉衡，號雁湄，又梅圃。嘉邑廩生。嘗業當湖陸清獻公門，偕同門友校刊《四書大全》《三魚堂文集》行世。繼選時文《庠音草》暨《虞山人文》刊行。著有《侯秉衡詩集》，沈少宗伯德潛序。

秋柳

乍向新霜裏，枝枝鎖淚痕。白蘋寒水岸，紅蓼暮烟村。已分關山隔，猶思雨露恩。不堪愁黛見，摇落向誰論。

不寐見《國朝别裁》。

露滴寒蛩咽，風高枕簟凉。歸思憑短夢，一夜幾還鄉。

清明日作自注：時在鄉試，放榜後作。

連日陰寒乍放晴，愁邊不覺是清明。漫從榆柳分新火，枉向鶯花憶上京。得失已空蕉鹿夢，浮沉聊結水鷗盟。宵來盼斷松楸路，有泪無言對短檠。蹉跎身世苦無悰，開遍來禽興轉慵。璞玉無言寧自炫，蛾眉已老爲誰容。餘光猶鑿隣家壁，浪迹休嫌廡下舂。安得故園營十畝，一犁烟雨傍吴淞。

題桃花扇傳奇

青蓋黄旗事可羞，鍾山王氣水東流。滄桑眼底傷心泪，付與詞場黝部頭。賦此題者甚多，未免過於瑣屑。著筆滄桑，不粘兒女，故爲雅音。

胭脂井畔事如何，扇底桃花濺血多。長板橋頭尋舊跡，零香斷粉滿青莎。

侯　永

開國次子，字聲虞。廩膳生。工詩文，善書畫，頗有才名。

秋日即事酬友

尊酒留連愜故歡，當時意氣重登壇。未忘嘯咏同尋菊，轉憶風流繼采蘭。柚老寒林初薦座，蟹肥秋斷競堆盤。商量何計酬佳節，細數從前一笑看。

陶南珍

字瞻陸，號燮岩。康熙間人，居陶家橋。然長子。

秋夜同張濟若木亭小飲

秋高氣爽敞林泉，杳杳晴空淡暮烟。幾樹清風初放桂，一輪皓月正當筵。杯傾美醞歡何限，局布枯棋興欲顛。最是話深頻剪燭，雞聲喔喔尚無眠。

同沈確士梅源人。過求志堂留飲

江村有路絶塵埃，爲訪詞壇挈伴來。凉氣襲人停羽扇，清風入座接茶杯。酒緣量小常辭醉，詩分才疎甘受催。劇飲中庭忌漏永，舉頭已見月西頹。

春日同諸淵如遊佘山

凌晨相喚出林東，山遠須知曲徑通。是處登樓瞻曙色，幾回拂石坐清風。柳塘日暖家家緑，花圃春深樹樹紅。興劇不辭來絶頂，青黄萬畝望無窮。

遊小橫山

鶯啼三月日初長，一路行來屐齒香。豔豔霞蒸紅躑躅，霏霏烟鎖碧篔簹。清波淡蕩明如鏡，白石嶙峋怪似羊。回首不知林月上，湖山勝處且徜徉。

雨中過吴淞江

昨夜風雷太放顛，朝來依舊暗江邊。空濛古渡千村雨，漂渺遥山萬樹烟。百里潮回方到海，兩灘水漲欲浮天。自憐小艇輕於葉，却泛波濤逐釣船。

陶南望

然子，字遜亭，號篔山，自號一篔山農。工歐、柳筆法，而勁健幾過之。輯有《草韻彙編》，著有《楚遊草》等集。

過北薢山山在青浦界。

一舸夷猶橫泖間，水鄉風物儘安閒。平田湧出千堆石，知是西來第一山。

錢塘江看海門旭日

天門東望路非遥，日上扶桑雲霧消。安得飃然乘一葦，蓬萊頂上看紅潮。

至梅家堰

萬頃波光似掌平，曉風吹發片帆輕。江行莫道無相識，一路青山解送迎。

千里烟波漾遠空，亂山都似米南宮。拈毫難寫眼前景，只覺舟行入畫中。

入七里瀧 瀧從澗水轉入，中間一潭，四面萬山圍矗，一轉一潭，六七十里如一，真異境也。

一澗泠泠瀉緑油，萬峰林裏恣歌遊。誰施錦幛瀧中路，百折千盤夾去舟。

書釣臺詩後 嚴子陵釣臺泉，陸羽品爲第十九泉，瀧中有三寶，

千古高風草木知，後人何苦更題詩。只宜煎喫臺邊水，敢叫峰峰白畫眉。謂乳香、白畫眉、饅頭石。

常山道中

盤嶺穿林興不孤，翻因險處喜長途。荆關妙筆難描得，萬疊秋山行旅圖。

登玉虹橋

一劍凌秋出越中，駐驂知在楚天東。玉虹橋上重回首，處處青山落照紅。

九日坐雨張氏寓舍 時爲主人書對聯堂字。

幸逢佳節龍山過，便欲登高一醉吟。曉起樓頭看風色，濕雲如海萬峰沉。

遊天師上清宮

曉風吹上太清家。院院芙蓉裛露華。欲覓步虛聲起處，仙宮無數五雲遮。

石磴盤空一逕斜，樓臺處處足烟霞。玉皇派下諸仙侶，鶴立峰頭便作家。

群仙宴會赴蓬瀛，雲外微聞隊鶴聲。不怕客星窺緑字，守花童子盡隨行。時人崇禧院，不見一人。院中榜曰隊鶴臨壇。

遊上清宮前後諸山

攜手登山更扶策，峰高路滑心惕惕。一片浮雲足下生，須臾對面不相識。
踏遍前山與後山，縱無樵逕也躋攀。傍人笑我癡頑甚，滿把花枝咏月還。

西江雜感

勝遊何處好，奇闢數江西。磵道千盤磨，山田不綴梯。飛梁通絶巘，怪石隱平溪。獨惜逢秋雨，仙山不盡躋。
出門方越月，百感入清吟。水急灘灘碓，風高處處砧。九秋將落葉，千里欲歸心。何事鳥聲亂，前山又夕陰。

江西謡 調《望江南》。

先生眼，看字極糢糊。放入千山萬山裹，搜奇覽勝興偏多，只怪菊花無。
先生口，肉味久荒疎。硬飯生虀欺齾齒，只餘豆腐是仙厨，何敢問秋鱸。
先生手，常日檢書多。扯纜撑篙雖不慣，灘高水急也幫扶，無奈逆流何。
先生足，鐵打也消磨。石齒囓釘完屐少，峰尖劃水壞輪多，何況是肌膚。
先生面，連月對溪山。就日炙將皮色紫，冒霜染得鬢毛斑，無復舊時顔。

先生膝，從未拜元壇。邀福本來無面目，求財應不到寒酸，此際屈膺難。

李　槐

字□□。居紫隄邨北里。著有《賞心集》。

懷友

小園梅發記曾過，握手臨歧喚奈何。萬里風雲君壯往，一竿烟雨我蹉跎。雁横南浦關情劇，月落空梁别夢多。寄語天涯舊知己，漫教對酒不成歌。

淞南詩鈔合編

〔清〕沈葵輯

楊君、劉宏輝整理

整理説明

《淞南詩鈔合編》是清人沈葵輯録的一部通代地域詩歌總集。

沈葵，字心卿，號欽陽，上海縣新嘉里人，生卒年不詳，歲貢生。畢生以講學爲業，前後達五十餘年。咸豐、同治年間，曾奉上海知縣劉郇膏之命辦理團練，與進攻上海的太平軍作戰。卒年六十九歲。生平著作纂輯頗多，據《同治上海縣志》及《民國上海縣續志》記載，有《周易全旨便讀》《地理臚指》《十國春秋摘録》《史學啟蒙》《青秧集説》《類經摘注》《蘚山何氏醫案》《天文管窺》《盆植紀略》《盆植百詠》《上谷詩集》《青燈漫草二集》等十餘種。沈葵生性好古，咸豐初曾據舊本增修《紫隄村志》。紫隄爲諸翟别稱，地處上海、嘉定和青浦三縣交界，歷來人文頗盛。嘉慶年間，徐克潤、陸竹君等即著手編選《淞南詩鈔》，嗣後又經朱莊、侯承慶、朱孔陽等人校訂續補，最終彙爲二編，惜並未付梓。沈氏在修志之餘即以前人所編爲基礎，另參酌秦立《淞南志》等地方文獻，旁搜遠紹，彙輯自宋迄清約七百年間上海、嘉定、青浦三邑詩人之作，編爲四卷，另附鬼魂類詩作於卷末。民國八年（一九一九），由楊春膏主持刊行。此次整理即以此爲底本，凡手民誤植處均予徑改，部分異體字酌情改爲常用字。

楊　君

淞南詩鈔合編序

《淞南詩鈔》昉自藍谷徐表伯，選于竹君陸先生。越三十餘年而復有訂之者朱君端卿名莊，淞北朱家厙人。諸生；校之者侯君雲巖，續之者朱君邠裳。第分爲兩編，不免以一人之詩，前後參見，艱于繙閱。予修《紫隄村志》之餘，不揣譾陋，僭爲合編，且兼秦雲津先生《淞南志》所選，并就《村志》之界及臨江前哲歸道山者，廣爲搜羅，續至近今，以待後起。夫江鄉隘陋，非敢矜言風雅，然遺編具在，第就所存者讀之，或清微澹遠，或明麗穠華，或慷慨激昂，或優游涵泳。總之，人不一境，境不一情，各發於心之所得。雖其間短什小篇，偶有感觸，未必皆成絶調，而或以存其人，或以紀其事，有足與《村志》相發者，故並登之。若夫性情之正，法律之嚴，體製之宜，音節之協，謂能神而明之，釐而定之，以操選政，則吾豈敢。

咸豐六年歲次丙辰，新嘉里沈葵心卿氏撰。己未長夏重録。

淞南詩鈔合編卷一

新嘉里沈葵心卿氏 輯

宋

吳惟信

字仲孚。僑居白鶴村，即今紫隄里。著有《菊潭詩集》。

傷春

白髮傷春又一年，閒將心事卜金錢。梨花瘦盡東風輭，商略平生到杜鵑。

元

周之衡

居臨江里。

弔忠祐祠即紀王廟。

沛公龍奮芒碭雲，咸陽楚炬三月焚。兩雄角起鹿在野，三户有楚無强秦。貔貅百萬紛如雪，戈矛盡染英雄血。旌旂曉蔽太和雲，兵塵夜暗中原月。滎陽經歲戰不休，重圍食盡漢王憂。將軍黄屋出降楚，脱帝虎口真良謀。無何諸將已平楚，事定論功列茅土。獨無旌表到將軍，不得褒榮歎今古。男兒死節志已酬，瞑目地下夫何求？吁嗟功怨俱悠悠，漢庭雍齒還封侯。

明

沈道濟

字時熙。居新嘉里。永樂時諸生。著有《東園吟稿》。

臨歿口占

塵世茫茫七十春，詩筒茗椀樂天真。一朝揮手乘雲去，莫笑輕抛夢幻身。

童　時

字尚中，號後江。居龍江。諸生。

紀王廟

傷心漫憶滎陽事，衰草寒煙月滿川。惟有東江古祠廟，天風海日自年年。

侯堯封

字欽之，號復吾。紫隄村人。隆慶辛未進士，仕至福建參政。著有《鐵庵遺稿》。

龍江阻雪江在江甯儀鳳門外，非本村之蟠龍江也。

去年出門上長安，東風載酒滿我船。今年出門長安去，東風吹雪擁前路。何事東風亦世情，行人原是去年人。黄金臺高插天起，西望長安四千里。劃然長嘯揮玉鞭，故園回首暮雲裏。我今漫引金叵羅，臨風滿飲還高歌。秦家王翦漢充國，當年豈盡年少徒。聞道將軍近出塞，中原寇盜尤無賴。文官愛錢武惜死，天下何時得安泰？重瞳天子日垂裳，九重高拱真元良。已草劉蕡舊時策，排雲直上白玉堂。

竹亭夜坐

竹徑最深處，秋光正半時。翛然成獨坐，興在有誰知？渴飲花間露，倦依鳥下枝。夜深明月上，徐步且吟詩。

馮淮

字會東。居蟠龍里。著有《江皋集》。

畫橘爲上海陸文裕公深賦。

山中嘉實耐遲收，歷盡冰霜碩果留。香液一杯仙掌露，金苞五月洞庭秋。曾懷三顆談先世，解種千頭傲户侯。定與鹽梅進廊廟，漫勞點染耀林丘。

送沈守吾歸方亭故里守吾，名允中。諸生。侯堯封妹壻。

一曲方亭浦水涯，草堂原是隱侯家。青山自戀當時主，玉洞還開舊日花。新壘泥香春至燕，疏林葉落晚歸鴉。菟裘終老今堪慰，不向江湖感歲華。

張美中

字文川，臨江人。諸生。

哭亡女女爲沈其參室，早寡，因姑逼改嫁，自經死。

何事癡兒輕爾生，一腔隱恨不能平。拼貽父母無窮淚，忍撇孤孩未了情。渺渺荒雲寒雁影，凄凄凉月夜鵑聲。九泉夫子如相遇，心事從頭可訴明。

哀情萬斛托新詞，幾度抽毫幾費思。樂令至今傷叔寶，中郎何意哭文姬？可憐白髮年將邁，還痛紅顔數獨奇。泉路重逢應不遠，死生原只暫相離。

侯孔詔

字孟宣，號一貞，堯封長子。歲貢生。

篔簹道中懷朱八丈

碧空摇落萬山秋，驛路駢輿縱遠眸。雲物態生車轍底，稻花香吐樹梢頭。懸崖葉盡天垂練，平壑煙消月滿樓。高下邅迴人影亂，此行應亦是奇遊。

侯震暘

字起東，號吴觀，孔詔子。萬曆庚戌進士，天啟初，擢吏科給事中，以劾客、魏放歸。

萬曆甲午大祲余爲出粟復出金百蓋當年賓興鹿鳴物也逾年丙申又祲余復出粟中丞魏公索賑第鹿鳴金無有也乃忖之菑畬勉出二十金合前粟五十金而力竭矣嗟嗟羞澀若此蒼赤謂何於是又欿然歉焉

見説頻年降大祲，不堪榆舍對蕭森。憐余爲激西江水，怪爾猶操南國音。忽漫十風吹桂海，争傳一雨慰桑林。相逢好作歸來計，共和隆中《梁父吟》。

侯孔鶴

字白仙，堯封五子。

山居

隱跡樂餘年，山根有薄田。黍苗千頃熟，茅屋數家連。雨過溪聲外，雲開岫影邊。行吟隨遠近，何處不悠然？

侯峒曾

字豫瞻，號廣成，震暘長子。天啟乙丑進士。著有《納言存稿》。

甲申除夕感懷

此夜真除異往年，曆頭檢盡淚如泉。漢家伏臘看遺俗，晉代衣冠語後賢。紫極問誰扶日月，新亭應共望幽燕。非關守歲通宵坐，莫頌椒花媚遠天。

乙酉夏日郊居愴懷

忽傳京洛塞烽侵，旋報鑾輿狩武林。未暇周防鄉井亂，誰能高卧屋廬深？柴門村落緣江路，草榻篝燈獨夜心。徹曉蛙鳴兼雨鬧，悲歌當哭不成吟。

徐天麟

字陵如，號退谷。居徐家老宅。崇禎辛未進士，仕至南京兵部郎中。著有《西郊草堂集》。

且住庵

山形住不去，客蹤去不住。比丘智慧人，不肯參死句。且住顏其庵，憑君下箋注。檻外三折江，嶺上千年樹。逝者如斯夫，記取來時路。

獨醉

秋雨破空來，洗出梧桐翠。澹者是我心，素者是我位。擾擾古今愁，看破不一喟。得句且自吟，虛窗聊獨醉。

雨中泊山下

昨夜詞場月，今日篷窗雨。心閒無一事，對此成太古。飛鴻爾來賓，好山我作主。投簪理釣綸，相從老漁父。

漫興

曾聞覺後鐘，偶作開眼夢。擲卻許由瓢，打破畢卓甕。素絲原不染，窮途何足慟。撰著時時成，含情托遥諷。性褊量不容，言多弋或中。雨隙臨清池，恍惚潭影空。

陳滬海太僕招飲桃花塢

萬家花氣接城闉，杖履追陪忘主賓。洛社有人俱入畫，桃源無地不藏春。金壺酒暖扶紅袖，玉麈談高岸角巾。從此便須同卜築，肯將塵跡指迷津。

十八澗訪佛石題松巔閣 環閣有九峰。

一笠開山虎穴邊，石泉雲樹證前緣。鶴閒伴客過齋院，猿老繙經到講筵。絶壑懸鐙明獨夜，破巖打磬出孤煙。與君試訂松巔約，每箇峰頭住十年。

侯岐曾

字雍瞻，號廣維，震暘幼子。崇禎壬午副貢。著有《未毿草》。

江村晚眺

日落風寒潮正還，維舟野岸意翛然。何年古木留歸鳥，幾處村鐙動遠田。雲薄不迷沙草路，月微初挂淡煙天。秋江艇子堪孤嘯，把酒頻呼宋玉篇。

哭廣成長兄

吾兄忠節古人追，萬旅雲從建義旗。赤手銀河非易事，滿腔熱血豈求知。玉音競説從天下，金版應憐出地悲。莫向春風夢春草，江家池異謝家池。

曹修儒

字公壽，號君丞。居曹家角。天啟時諸生。著有《春草堂集》。

題秦賓侯雙柑書屋

雙柑樹底葺柴關，每向忙中討得閒。架上好書消白日，筆頭殘畫當青山。垂楊隔水鶯聲囀，矮榻臨窗蝶夢還。縱使科頭當劇暑，長疑霜信到林間。

題秋山書屋

家在南溪黄葉村，槿籬茅屋棘牆門。晚來倚杖江頭望，雪白蘆花襯月痕。

秦羽鼎

字賓侯。居方亭浦南。著有《雙柑書屋詩集》。

過塢城蘭若庭中秋色甚盛

五色雲開捧大雄，鬬春偏是向西風。平分錦帳迷金谷，莫更橋邊問落紅。

秦羽泰

字家侯，羽鼎弟。

三衡齋寶珠山茶盛開飲花下

半天奇采綴玲瓏，一片紅霞緑雨中。醉面倚欄嬌赤日，艷妝臨砌笑春風。胭脂妬色圖難就，蜂蝶憐姿數上叢。如此韶光恐虛度，尊前不放酒杯空。

偕同人游李塔匯

冉冉輕雲覆碧灘，禪宮晻靄畫圖寬。山經雨洗晴逾翠，松挾風鳴夏亦寒。白髮偶登開士座，紅塵不到誦經壇。虎溪舊日留佳話，慧遠橋邊一倚欄。

侯孔齡

字延之，號思庵，堯封六子。

游西湖

青山十里漲紅雲，馬上桃花酒半醺。省識錢塘門外路，風流蘇小一孤墳。

侯鼎暘

字文侯，號赤崖，又號天浮子，孔鶴子。諸生。著有《天浮子集》。

丈人篇 時偕弟祐侯及陳世祥投宿吴氏村莊。

出門遇風雨，踉蹌來江邊。覓渡急未能，進退殊迍邅。相率就村市，駐足依簷前。西鄰有丈人，鬚眉生紫煙。呼子秉蓋迎，慰勞何拳拳。野人鮮賓客，堂雜機與篅。隙地掃一丈，布席相摩肩。丈人命沽酒，莫惜青銅錢。挈瓶走泥滑，得酒清于泉。野蔬進蹲鴟，一飽俱便便。尋乃出紫蟹，擊卵還烹鮮。瓦鐙添碧油，長話情纏綿。既醉展卧具，抵足同酣眠。一任雨翻盆，客緒靡所牽。荒雞喔喔鳴，夢在山之巔。陡聞擊火聲，開眼青天穿。披衣辭丈人，還拉供晨饘。拂衣力辭去，主賓俱惘然。吁嗟今之世，翻覆雲雨懸。眼前舊相識，失路旋棄捐。而況丈人者，了無平生緣。悃悃復款款，輒爲窮途憐。余惟窶且貧，圖報無歲年。援筆記古誼，庶幾得流傳。人生歎行路，何必之巴川。人生重排難，何必學魯連。一飯哀王孫，詎有黄金千。感恩不在大，請歌《丈人篇》。

致遠堂盆菊賦贈汪扶風

汪子閒情靡所托，瓦盆植菊貧而樂。三序風光爲菊忙，理枝刷葉相紛錯。菊花開候近重陽，移盆入户生晚香。黄白緋紫間顔色，爛如錦帳圍閒房。我來坐對不能去，況復主人留我住。舉頭何必見南山，短籬敗壁成佳趣。東去王庵盡竹梅，争如秋菊寄秋懷。君家仲氏喜種柳，同賦淵明《歸去來》。

汪聘先社集賦贈

秋月明，秋夜長，主人之酒清且香。鮮果離離五色燦，文園病肺先偷嘗。柿若紅雲核已去，梨同白雪皮微黄。藕大如船嚼無滓，鸚哥菱種來何方？更喜瓜剖邵平緑，一拳圓潤湛碧玉。醒醉解渴兩有功，坐深不覺消紅燭。多情自昔推汪倫，閒中肴核能時陳。可憐滇粤烽煙裏，帶甲飢軀别有人。

哭智含姪孫歸骨

吴越飄零獨負擔，五年蹤跡寄優曇。徒聞天馬歌江北，（維揚壁間《天馬歌》，傳爲智含作。）未報金雞宥仗南。忠孝素心餘白骨，父兄衰祚只黄龕。（智含焚骨盛龕。）追思舊事慚嬰杵，（廣成姪曾見托。）月滿山亭憶夜談。

侯玄演

字幾道，峒曾長子。廩生。從父死難嘉定城。著有《幾道詩文集》。

從黄陶庵師及陳義扶訪菊唐園

秋光淡遠步逶迤，素水平岡静者宜。阡陌亂時常失徑，土山曲處半藏池。林間雜樹仙人果，水面孤亭處士祠。小憩籬根欣有伴，看花不必主人知。

侯玄潔

字雲俱，峒曾次子。增生。從父兄死難嘉定城。著有《侯雲俱集》。

春江泛舟

霽後新流滿渚汀，扁舟遥歷短長亭。林含殘雨花微重，人帶輕寒酒易醒。古寺月明當檻見，晚潮風捲擁衾聽。陌頭不羡馳歸騎，春恨從來怕踏青。

侯玄瀞

字智含，峒曾幼子。諸生。遭國難，爲僧，卒杭之靈隱寺，歸焚骨。著有《智含集》。

寄夏存古

交期猶在五湖東，愧我端居類轉蓬。家國惟留黄土在，風流獨有素心同。年華漠漠兵戈後，景物蕭蕭涕淚中。剛欲相逢論世事，只今湖海復誰雄？

行野愁聞賦式微，知君長此壯心違。《平陵曲》罷人何在？《越絶書》成事已非。未老侯生虚挾策，無家羅隱不思歸。武塘春色休無賴，細柳新蒲處處稀。

題靈隱寺房壁

折柱揚灰又一時，海東年少淚如絲。修羅劫盡兵長鬪，望帝春深語更悲。漢月祇臨三楚塞，燕花空傍五陵碑。天如可問寧憂醉，感激從今廢楚詞。

閲罷《楞嚴》感舊情，千秋惟覺恨難平。獨愁豕蝨猶安處，敢笑蝸牛有戰争。事去鬼謀聞廢社，妖深巫夢見新城。腐儒俛仰空多憾，眼底陰雲又作晴。

侯玄汸

字記原，號秬園，岐曾長子。附監生，中式崇禎壬午順天副榜。居疁城。著有《秬園集》。

園居初復雜詠

諫議歸休日，家園奉板輿。堂開金谷酒，樓貯石渠書。林壑親交共，鶯花宦學疏。豈知人閲世，獨此賦幽居。

獨樹憐孤影，連枝憶衆賢。踏春人比玉，開卷晝如年。榮木時觀化，空床或坐禪。只今思大被，清夢苦難圓。

侯玄洵

字文中，岐曾次子。諸生。早卒。著有《侯文中集》。

舟中有懷

静好蘭房忽水居，含煙一葉鏡中如。蕖帷欲待三春足，桂棹誰知百里餘。雨過滄江眠未穩，風清華燭夢先虚。氍毹乍捲人非遠，彷彿流蘇拂翠裾。

侯玄泓

一名涵，字研德，號掌亭，岐曾幼子。諸生。居疁城。著有《掌亭集》。合上是爲「上谷六龍」。

龍江别智含弟

智含自靈隱歸省，恐人跡之，即去。

目斷秦關馬角生，家山客水各吞聲。三年一面無餘話，千里孤筇又獨行。未卜相逢徒有約，漫經離别豈無情。江潮海日題詩在，莫遣紅塵識姓名。

春感

江南飛絮日漫漫，不上朱樓上客鞍。墟里孤煙摇海色，池塘碧草帶春寒。夢中哀樂年華急，戰後乾坤浪跡難。立馬平疇空極目，幾人江畔自投竿。

送別鷺賓感家朝宗往事

闀闔門前酒共傾，依依酬勸忽分征。卻愁此別成南北，誰道他時隔死生。十載黃壚豪士骨，千秋青史黨人名。白頭太傅腸猶熱，手把家書倍愴情。朝宗遺札多隔世事。

宮詞

荳蔻梢頭二月紅，十三初入萬年宮。可憐同望西陵路，不在分香賣履中。

徐　炳

字蔚文，天麟從弟。居徐家老宅。年十六，補諸生，即卒。

從師遊虎丘奉命賦石

葯架朱欄綴虎丘，松風竹月自悠悠。既聽説法心應悟，何故于今不點頭？

侯　檠

字武功，玄洵子，張太史溥壻。生二歲而孤。侯氏國難時，母夏氏百計藏之得免，讀書婦翁家。年十四，與文社。十七，病瘵夭。有《侯伯子詩文集》。

招隱

神州尚紛擾，仕宦多憂虞。唳鶴難再聽，牽犬空歎吁。何如高巖隱，蕩蕩淩空虛。雲生北牖裏，月出東山隅。春花賞不給，秋菊糧有餘。松竹含清風，天籟爲笙竽。願言朱輪子，投簪從我居。

奉和掌亭叔父舊莊雜感八首録四

風塵飄泊歲云殫，遠客思歸振羽翰。歡笑卻從愁裏得，門牆猶似夢中看。還家幸免窮途哭，容膝翻悲行路難。喬木依然成故國，數年前是舊長安。

草廬初構水雲閒，卻憶東西互往還。春酒筵前飄素髮，彩衣堂上侍蒼顔。九京淚洒風塵際，五載神傷俯仰間。寂寂江干時獨立，髫年樂事不堪攀。

轉眼興亡歎劫灰，田園松竹一徘徊。縱空冀北求良馬，甘向山陰作散材。高士已從駒谷隱，遺民詎爲鶴書催。三槐檻外憑誰植，五柳門前且自栽。

神州幾處起烽煙，摇落孤村集衆賢。海島魚龍愁極目，蘇臺麋鹿恨當年。清狂阮籍頻浮白，寂寞侯芭學草《玄》。家國事殊同感慨，樽前投筆一凄然。

送春

去年花發逢春處，今日春殘花更飛。社燕已隨新節至，塞鴻猶傍夕陽歸。玉樓少婦明妝换，芳草王孫舊迹稀。十載歲華零落盡，野煙楊柳自依依。

秋興次陳卧子先生韻

颯颯西風動地哀，夕陽衰草動徘徊。蟬聲欲向林間盡，雁影初從江上來。華屋已成新邸第，野煙空鎖舊池臺。荒郊極目愁無限，且醉新亭濁酒杯。

江村摇落暮雲微，處處繁霜點客衣。往事漸隨流水盡，清秋只覺故人稀。青楓浦上家何在，明月樓頭世已非。舉目不堪時序改，風煙又長北山薇。

城闕依稀暮靄中，興亡遺恨古今同。南來塞雁關山遠，北望兵塵朔漠通。玉女窗空留夜月，仙人掌廢泣秋風。百年父老談天寶，猶指銅駝是故宫。

春日雜感

畫舫新聲唱《采蓮》，春風又到五湖邊。西園草緑迎歌扇，南浦花飛濺舞筵。緑酒不辭彭澤醉，瑶琴長憶《廣陵》傳。煙波江上空回首，帝子春魂泣杜鵑。

酬别徐季白

滄江倚棹且高歌，游子銜杯意若何。亂後飄零親戚少，天涯蹤跡别離多。已悲楊柳愁中折，況復賓鴻客裏過。攜手相期須努力，風程千里莫蹉跎。

杜九高北上

柳色河橋拂去旌，壯遊詞客赴西京。千門紫雁來寒色，五夜清樽對月明。臘雪曉開鳷鵲觀，晴煙春鎖鳳凰城。祇餘牢落江南客，玉笛金笳萬里情。

淞南詩鈔合編卷二

新嘉里沈葵心卿氏　輯

國朝

侯臨暘

字子長，號與公，堯封孫，孔表長子。諸生。

送公羊弟貢舉北上

嘉邑頻海地，詩禮稱吾宗。兩賢光俎豆，謂堯封、震暘。三鳳繼爭雄。謂峒曾、岷曾、岐曾。咄嗟降喪亂，眇予逢鞠凶。羨子負奇才，夙昔稱人龍。談經奪重席，拔幟當先鋒。門户正衰落，子爲歲寒松。大雅久不作，子爲發黄鐘。南宫今射策，北闕慶雲從。惟我臃腫器，四體惰不供。今于事遐征，贈言表心胸。友于推舊愛，景從追前蹤。去去長安道，好音寄歸鴻。

侯兑暘

字公羊，號石墨，孔齡幼子。明廩生。國變後因玄瀞獄，族中勸出應試，以貢授桐城訓導，未至任，卒。

文侯兄以詩慰悼亡次韻

晚景萱枝老北堂，慘看蕙草忽凋傷。正當攬鏡銷魂候，一陣風吹棣蕚香。

侯艮暘

字兼山，號石庵，孔鶴四子。諸生。善書畫。著有《假我草》。

哭智含姪孫歸骨

五年雲水一僧枯，誰向天涯問趙孤？天馬作歌辭影響，家山留骨淚模糊。秋風滿地忠魂杳，夜月空庭孝子無。老桂一叢堪挂劍，酬恩古誼竟誰扶？

哭公羊兄歸柩梅雪村

憶昔辭家悵各天，春風何遽隔重泉。衰宗托庇憑高選，末秩初膺不享年。嫠母那堪枯老眼，孤雛未解哭新阡。更誰酹酒澆寒食，聲徹荒林是野鵑。

題畫驢

相逢好話浪遊蹤，西蜀東吴萬里同。日暮鄉關空極目，一年驢背又秋風。

侯永源

後改世聞，字聖逢，西族孝廉萬鍾季子。

送別林古處

百里青氊耐冷行，丹楓落葉動離情。凄凉易作悲秋客，況聽今朝去雁聲。

臨終十別 録二

未盈四十病相循，厭向人間寄此身。分付九原留浄土，生前白面怕紅塵。別世。

一女伶仃恰四齡，如珠常向掌中擎。從今已割生前愛，安望成人憶父名。別女。

侯崍曾

字漢瞻，號卧雲。諸生。著有《卧雲集》。

後庭紫薇花

有花有花名紫薇，冠冕峩峩日衣緋。花王特敕司夏令，岸然曾不憂炎威。可憐托身荆棘裏，煙雨蒼凉困不起。一輪明月照荒江，猶是當時最知己。先人將此花名樓，命予讀書樓上頭。憶起少年樓中景，欲對花前雙淚流。

泛吳淞江

白浸蘆花兩岸開，鳧飛沙渚影徘徊。何堪日暮煙波裏，急雨斜風撲面來。

沈　焕

字旭如。居袁家衖。諸生。著有《寧遠堂集》。

高婦歎

曖東有高某卧病，欲近其妻，妻不從，高疑有私，手刃之。里人稱冤。作《高婦歎》。

良人且置刃，賤妾請自陳。十五歸君家，三載彌見親。裙釵甘我分，澹泊何嫌貧。爲君多卧病，惜君當自珍。脱簪换藥餌，别室分牀茵。丈夫有他慮，賤妾敢懷春。清水自湛湛，白石自粼粼。妾心誓與俱，君心終見嗔。頸血濺霜劍，幽恨誰能伸？

漁舟歌

漁翁把船頭，漁婦把船尾。細雨横篙曲港中，斜陽晒網平林裏。一尺煙，三尺水，大婦得魚小婦喜。碧緑柳條穿白鯉，攜壺换酒臨江市。翁把杯，婦薦旨，月明醉卧蘆花底。

鬻兒歎

阿翁鬻兒兒苦啼，兒啼不去父母飢。去年種木棉，漂没平江隄。今年種秔秫，亢旱盈稗荑。上逋官租日楚箠，下有數口噭噭悲。父母生汝將謀詒，鬻汝養生豈所期。兒莫啼，明年有秋贖汝歸。

侯嵫曾

字西青，號掌九，艮暘子。著有《補亭集》。

獄中寄友 時以逋糧詿誤，繫獄吴門。

客愁如緒更多端，籠鶴何能振羽翰。無地可容針上坐，有天只向甕中看。一鐙慘淡離人語，五月陰森暮雨寒。乞得餘生還故里，滄洲應共把漁竿。

龍江送别何漢扶次韻

菁菁園中竹，依依隄上柳。送君出茅檐，落日照窗牖。未行心已摧，欲去重執手。别淚濕青衫，不待琵琶婦。遠遊富可求，何似貧相守。

徐荃徵

字君宰，號學三，天麟姪。居徐家老宅。

上趙提鎮

五百昌期名世逢，宋家華胄挺關東。金枝瓊葉無雙貴，鐵券丹書第一功。服蟒争誇唐將相，從龍何愧漢英雄。封侯不待遲年月，早見桓圭錫上公。

戚里人人頌馬援，坐提金印作雄藩。胸中星斗涵文海，掌上風雷運帥垣。玉律吹回燕地暖，雕弧射定海濤喧。江南將佐當無事，共醉春宵桃李園。

南國年來駐玉驄，吴天千里荷帡幪。元侯鞠旅稱方叔，宰相臨戎見范公。刁斗無聲蓮幕月，旌旂不動柳營風。春城争看煙光細，人爇心香户户融。

禮教殊寬士樂聞，翩翩裘帶擁三軍。轅門對月時浮白，玉帳投戈日論文。藜火遠分鸞閣雨，筆花輕寫鳳城雲。風流今古知誰是，惟有當年諸葛君。

欲謁荆州睹典型，閒乘款段到華亭。栽培桃李成文錦，點綴江山入畫屏。半夜寒潮三泖白，萬家春雨九峰青。雅歌卻喜書生接，一路歡聲仰福星。

李　素

李家宅人。

移居借園在李家宅。

十年風雨此移居，爲愛荒亭景物餘。徹骨貧無半畝地，賞心樂有一牀書。晚峰遥挹青排闥，新竹初成緑覆廬。但使客來能引興，共招花鳥伴清虚。

徐殷輅

字乘堅，號春源。太學生。著有《閒吟草》。

遊濬公黄徵君園

一帶青山色，當軒若畫圖。暖波魚散子，密樹鳥攜雛。屋小能容膝，田閒亦起租。此間塵俗遠，遺興酒頻沽。

同社諸人集閒園

曲徑盤盤松影横，攜樽坐對樂浮生。風翻落葉懸蛛網，雨打浮萍亂鴨聲。話到世情知路險，味來禪悦覺心清。同人共帶看花眼，江上芙蓉映水明。

沈　鵬

字上九，號樗園。居方亭里。著有《樗園集》。

柳枝詞

館娃春暖日遲遲，柳色新抽萬縷絲。昨夜東風吹未定，曉鶯啼上最高枝。

春感

連朝春色到江城，無奈風聲雜雨聲。自笑近來詩思懶，花開花謝不關情。

徐士儀

字義鄰，荃徵次子。

登三義閣

天涯不敢怨途窮，高閣憑欄望遠空。驛路春生芳草緑，茅亭雨過夕陽紅。十年作客留孤劍，四海無家逐轉蓬。流落更加霜鬢白，那誇詞賦仲宣同。

過西來庵感舊

憶昔曾經侍遠公，今看風景思無窮。煙含楊柳當年緑，雨洒芙蓉此日紅。自許清標終不負，誰知白社竟成空。舊游零落嗟無幾，況復飄流西與東。

雪後楓橋曉望

江摇白練浪重重，曙色朦朧雪滿墉。訪友漫憑千里棹，探梅還倚一枝筇。雁横野戍悲殘角，月落寒山度曉鐘。七十二峰何處是？林泉多被白雲封。

惜花

南國香消一片塵，欲從何處喚真真？苦遭夜雨兼朝雨，纔過芳春又暮春。繞砌盡爲埋玉地，隨風竟作墜樓人。最憐扶杖相看處，艷質無憑蟻冢新。

拜孝陵

步出朝陽更向東，翠微深處鬱蒼葱。先皇事業銅駝在，故國丘陵麥飯空。雲掩秋山鳩喚雨，草迷香殿馬嘶風。最憐松柏蕭條甚，樵子行歌御道中。

維揚雜感

隄生楊柳浦生蓮，昔日曾經錦纜牽。花簇鳳釵分十二，旗開虎旅列三千。迷樓寂寞空殘照，行殿凄涼起暮煙。最是不堪回首處，玉鈎斜畔草芊芊。

山下長江山上樓，振衣直上思悠悠。金銀聚秀臨京口，龍虎分形繞石頭。鐘度孤峰蕭寺晚，角吹野戍甕城秋。而今添得胸襟壯，仗劍還思遍九州。

送劉總戎

津亭送客客停驂，唱罷《陽關》酒半酣。仗劍十年還冀北，拋家千里別江南。香閨尚識君恩重，帥府方推將略諳。遇此太平無一事，豈云不得顯奇男。

汪之蛟

字化卿，一字長魚，號頤庵。休寧籍，與兄之鯤並生紫隄村。著有《蚓鳴集》。

春日雜感

不材甘世棄，淪落老江村。旅跡猶萍梗，家風只菜根。已牽船作屋，還挂席爲門。有客時驚座，雄談虱屢捫。

寒山訪梁逸民留宿夜話

短策寒山路，斜陽扣蓽門。白頭千里屐，紅樹幾家村。酒盞忘塵事，鐘聲斷客魂。明朝仍浪迹，一飯愧王孫。

送春感懷

風捲殘紅滿苑飛，鳥啼深樹惜芳菲。可憐花老人同老，每送春歸客未歸。屐挂名山遊興懶，琴調流水賞音稀。牆東差可遺塵事，隱几閒窗好息機。

挽姜貞毅先生

宦海風波行路難，全生猶荷主恩寬。每于吳市尋梅福，無復東山起謝安。去國丹心懸北闕，傷時白髮剩南冠。可堪瘞骨從軍地，慟絶西州淚不乾。

侯開國

原名榮，字大年，號鳳阿，玄泓長子，嗣玄洵後。太學生，候選州佐。居疁城。著有《鳳阿山房集》。

周公村周文襄公忱撫吴時，嘗微行至嘉定西北鄉民舍間就食，居人因名周公村。

周公建節年，惠澤遍遐邇。小市在城西，微行曾至此。田家頗解事，茅檐具雞黍。但知父母恩，不識公侯禮。民間多疾苦，勞問若婦子。公來人静安，公去人猶喜。至今百餘年，芳名猶在耳。傾耳聽農歌，歌聲皆樂只。

寶山城觀海

春風吹我海上遊，白日黯淡輕雲愁。孤城人稀啼鳥集，煙波萬里明雙眸。文皇昔時重航海，兹爲鎖鑰當咽喉。土築孤峰作表準，舳艫彌望風帆收。豈知滄桑變今古，波濤洶湧淪高丘。但見豐碑竪城右，御製勒石垂千秋。赤烏光射精衛死，夢飛不到咸池頭。天長浪闊自吞吐，東南半浸坤維浮。崇川如髮隱隔岸，大江西下歸中流。潮汐鹹淡各疆界，更無樓櫓窺邊州。釣鼇濯足無不可，扶桑縹緲同浮漚。

吴條聞來自婁東同泛舟錦峰飲于瞿園小閣

乘興同移書畫船，名園步步許流連。松林礙日常疑雨，鳥道穿雲欲上天。山勢北來當小閣，湖波南望接平田。酒闌無限滄桑感，説着開元各泫然。

冬夜讀黄梨洲所注西臺慟哭記書後

獵獵悲風草木摧，子陵瀨下客潛來。魂隨朱噣迷燕市，淚洒丹心上越臺。正氣猶令天地晦，横流不盡古今哀。冬青歷歷珠宫路，麥飯空澆酒一杯。

揚州

作鎮迎鑾事莫憑，《後庭》歌冷不堪徵。一杯欲酹梅花嶺，愁逐江潮上秣陵。

王日祥

一作翔，字漢貞，號鷗民。臨江里人，僑寓吴門。有《黑狻齋自怡草》。

臨江偶感寄何孝珍

疏林如畫遠山微，滿眼晴光勝賞違。秋思暗驚梧葉墜，客心遥逐雁行飛。穆生終去寧關酒，范叔非寒自感衣。歸到故園猶令節，黄花緑酒對斜暉。

秋感

擬向桃源去問津，漫從歧路獨傷神。已拼白髮終違俗，早卜青山許借人。尊酒醉消風雨夕，柴門安卧太平身。無端翻笑蒙莊叟，大小閒分菌與椿。

薜荔煙寒夜氣清，秋來孤客獨關情。凉飈落木禽巢見，新月開雲雁字明。東海綸竿拋未得，西山蕨薇老誰争？無錢來問閒田舍，香稻連畦羨力耕。

汪　起

字穎侯，號信庵。居紫隄鎮。休寧籍。

七十自述

寂寞荒江上，羈棲歲月深。故鄉千里夢，歸老百年心。已慮衰逾甚，還愁病易侵。行裝難再緩，應囑辦從今。

侯　策

一名來宜，字天存，玄汸次子。太學生。居疁城。早卒。

孟夏望日遵家大人命奉留荔翁宋夫子

本來山水意，小住亦何妨。竹影藏茶竈，波光動筆床。地偏雨更好，人静夏能凉。荷芰知留客，當軒日漸長。

計程三伏候，可似此堂清。路急燕雲遠，天高岱岳横。黄埃人面漬，赤日馬頭争。洗醆還相語，鎡基及歲耕。

曹澐

字霞城，號仙客。曹家角人。府庠生。明《易》，喜飲，游燕、越。晚年厭世事，居梵刹。赴吟社，醉歸，墮水卒。有《仙客詩函》。

壽侯卧雲母舅

儵然雲卧翠微岑，半百鬚眉雪未侵。醉後打頭花片重，閒來拂袖酒痕深。山迴水複朝蕁畫，月好風清夜聽琴。投老江鄉耽澗壑，忝居宅相許追尋。

定州道中

裘馬衝寒出定州，凍雲不散客心愁。朔風擁被催雞唱，明月攜樽記酒樓。遠戍駝埋殘雪跪，野橋鷺立斷冰流。山腰落日投村宿，掃葉題詩醉墨浮。

西湖

西湖隱隱繞煙巒，南渡繁華尚未殘。九井有泉隨地足，兩峰如畫插天寒。游歸蘭棹愁多釋，踏遍旗亭夢亦安。爲戀山窗高枕卧，曙鶯呼起日三竿。

謁漂母祠

陵母捐軀嬰母謀，誰如阿母擅千秋？楚猴滅卻收秦鹿，總爲王孫一飯留。

侯棠

字悦舟，號南蔭，開國弟。諸生。居瞟城。善書及畫松。有《雲清閣詩稿》。

夜坐

獨坐空齋冷，誰家起浩歌？幽情忙處少，逸興静中多。月色澄霄漢，鐙光映綺羅。清風摇翠竹，疑客夜相過。

懷秉衡姪（時秉衡從當湖陸稼書先生讀書琴川館舍。）

羡爾名師侍，良朋更琢磨。鄉關歸日少，學業進時多。理窟傳衣鉢，文源脱臼窠。竹林稀聚首，卻奈别愁何？

己丑暮春看花感賦

無端風雨動經旬，枉説韶光一度新。未得登臨尋勝境，衹憑閒曠樂天真。人逢歲歉歡娱少，事到情深感慨頻。酒盞茶甌花滿眼，繁華猶記昔年春。

晚秋夜詠

亂飄黄葉小窗頭，瑟瑟凉風近晚秋。一棹漁歌數聲雁，慣隨殘夢到江樓。

次韻題畫

一片清幽畫裏身，竹籬茅屋浄無塵。誰人不説山林好，到底高風有幾人？

不寐

涉世方知應世難，人生何計得心寬？村農茅屋三更月，布被繩床儘自安。

題畫

漠漠寒雲天半，紛紛落葉山中。最憶客途情況，夕陽驢背西風。

姚三聘

字莘尹，號江村。居臨江里。有《清風室集》。

和陶公歸田園居

農圃自食力，衡泌足清娱。不見繁華地，容易成丘墟。顧我樂淳樸，安心草澤居。傍軒竹數个，繞屋梅幾株。世路淡浮雲，簞瓢日晏如。此身既放曠，心境恒有餘。閒來展殘編，高吟對碧虚。試看柴門外，煙霞何日無？

春花明林端，春水滿溪曲。物情與我諧，我心無不足。清風入室來，匏尊互相屬。長日覺閒多，漫秉夜遊燭。高枕任安眠，東窗映晴旭。

人日寄懷錢綏臣

去年人日天氣陰，裁詩酹酒偕同心。今年人日天氣好，終朝兀坐成孤吟。撫景懷人感今昔，今昔相懸情脈脈。良朋不得同晤言，梅蕊柳條空弄色。無邊光景倚春明，日夕催人白髮生。丈夫祇懼不自立，白頭何足傷人情。就閒居士煙霞客，錢有就閒居。谷口幽棲樂泉石。佳日偏遲一過存，吟成空復遥相憶。翹首停雲那可忘，檐花重發歲寒香。隴頭待覓春風便，折取殷勤寄草堂。

侯　萊

字準樹，號葦洲，涵子，嗣汸後。居疁城。增生。著《荷浦雜吟》《臆存草》。

得子

行年四十還加五，始聽嬰倪學弄雛。敢道自今諸事足，免教顧影一身孤。他時望作階前玉，此日真同掌上珠。喜極翻悲揩雪涕，九原節母亦知無？

卞　煒

字舒藻，號東田。居瑞芝里，年八十餘。著有《閒窗小草》。

自述

閉户年年讀我書，看人馳逐竟何如？鶴盤遠勢愁逢弋，蘭秀空山不受鋤。獨醒莫賒鄰店酒，長饑偶采露園蔬。肯因一筯魚羹味，抱劍侯門去曳裾。

哭徐鴻啟平叔昆仲

大椿摧後並垂髫，咯血相仍賦《大招》。四載兩棺棲半室，十齡一子繼雙祧。蘭閨有婦歌《黄鵠》，花縣無人奉綵軺。此日幽魂應不昧，相逢地下恨難消。

林和靖墓

古塚閒尋到水濆，四賢祠下見碑文。凄凉牧笛吹明月，斷續樵歌唱夕曛。山麓有亭誰放鶴？梅花無主自棲雲。多情只有西湖水，日日生波縐緑紋。

錢嘉猷

字皇士，號綏臣。居臨江里。武生。

東皋别墅

數椽小築傍江濱，流憩東皋景亦新。當户潮聲晨夕至，隔溪人語去來頻。擕將茶竈如爲客，泊得漁舟好作鄰。擬向此中常結夏，渡頭明月漫垂綸。

題忠祐祠

莫訝侯封無尺土，明神俎豆足千秋。江鄉自昔常名紀，世代于今不姓劉。

沈 暹

字震采。居新嘉里。

學古堂賞牡丹次韻

不隨桃李鬬春妍，一種天香出自然。金掌欲分三月露，玉樓初敞午晴天。風流合擅琉璃地，綽約疑逢姑射仙。對此韶光無限意，霞杯頻注綺筵前。

汪士剛

字天儀，號芰閒，起次子。廩生。著有《芰閒詩文集》。汪氏自後入籍本鄉。

同戴月湖盤龍江口候潮

繫纜龍江口，菰蘆夾岸生。潮消枯地胏，月上湛天心。晚聽歸漁唱，遥看落雁沈。須臾新漲至，撥棹破雲潯。

諸承烈

字武成。居方亭浦。武生。

草花

不用盆中灌溉栽，野隄隨意淺深開。柴門倚杖當風立，時有清香撲鼻來。

秦　立

字與參，號雲津。朱家涇人，遷居瞟城。

邑令被劾百姓稱慶懷陸令稼書先生

清風亮節感頑夫，留得遺恩滿海隅。墮淚碑殘已廿載，里人猶自說當湖。

夏時中

字允其，號萍鄉。居臨江里。諸生。著有《萍鄉詩稿》。

雨中過友人不值宿其齋

夜夢意不愜，悠然躡屐過。野堂雲氣濕，孤枕雨聲多。無復連牀話，空餘對酒歌。相思何日見？良會久蹉跎。

和錢綬臣就閒居原韻

疏竹寒梅掩映間，衡門闃寂晝常關。空庭邈若琴心遠，虚室蕭然詩思閒。坐看流泉吟白石，醉和殘月夢青山。南鄰剩有飄零客，可許春風一往還？

曹景程

字天鳴，號達庵，澐子。借高姓補福泉諸生，改歸嘉定。著有《達庵稿》，亦名《閒窗雜録》。

讀明史十首録五

文曲星官緋衣赤，討賊誰云犯座急。忍死爲此終不成，天心助虐何無情？博浪之椎海内震，論者不得同荆卿。咄咄燕王怒未已，剥膚實草衹一死。死後丹心終不灰，裂索前行亦壯哉。吁嗟乎！殿前虎衛如林立，莫禁英魂夢裏來。

削藩議起兵亦起，鐵騎直渡黄河水。誰逼癡兒烈火中，强托周公不知耻。真忠臣有練子寧，手探舌血洒殿廷。成王何在一語塞，語塞遂加闔族刑。可憐百口俱被譴，寒食誰將麥飯奠？賴有王成能撫孤，易姓變名留一綫。吁嗟乎！真忠臣有練子寧，爲河爲嶽爲日星。公家猶子得此意，寧蹈東海歸沈冥。

濟南城外賊不得，金川門内竟竊國。堂堂百戰鐵尚書，殿上向南不向北。忠臣之肉味自香，冠衝髮指聲彌揚。烹餘枯骨仍背立，刀鋸鼎鑊輸堅剛。吁嗟乎！魂不散，手徒爛。鐵棒何曾夾鐵漢，投之厠中清水换。雷霆風雨下取將，依然執笏朝高皇。

喪服入見語不遜，詔不可草死無恨。欲爲忠臣竟忠臣，久要不忘成確論。斑斑血淚麻衣紅，如方如胡將毋同。瓜蔓之抄抄已盡，高名終古無終窮。吁嗟乎！村落爲墟碧血化，給産還令增稅價。欲教世世罵高翔，誰知人代高翔罵。

棄官高隱終遭譴，召問忠臣對方練。留身報國素貞心，劓鼻涓涓血洗面。血洗面兮目如電，鬚眉不媿高皇見。全家抄没戍何辜，貫索無星輝海甸。吁嗟乎！百折難回劉寺丞，鋃鐺鎖骨氣逾增。青田有子公同姓，抗節仍將殿下稱。

社日送燕

迅速雙丸秋社臻，烏衣此際重逡巡。幾番來去窺殘壘，百遍呢喃别主人。江海煙波愁裏度，庭階風月夢中親。明年縱使還相見，祇恐霜毛掠鬢新。

汪　珏

字聯璧，號淡岩，起四子。著有《紡愚集》。

漫興

疏懶隨年次第加，苦吟沈醉是生涯。窗摇瘦影風梳竹，庭散幽香蝶占花。種菊偶開籬下徑，品泉每試雨前茶。相羊林壑多真趣，漫向風塵誤歲華。

侯銓

字秉衡，號雁湄，開國長子。廩生。由疁城寓居虞山。著有《侯秉衡集》。

南屏晚鐘

聲喧百八起西泠，敲徹斜陽近翠屏。閒逐野雲停半壑，遠隨孤棹落前汀。六橋金粉人初散，十里鶯花夢乍醒。斷續聽來何處好，碧煙明月冷泉亭。

清明日作自注：時鄉試報罷。

連日陰寒乍放晴，愁邊不覺是清明。漫從榆柳分新火，枉向鶯花憶上京。得失已空蕉鹿夢，浮沈聊結鷺鷗盟。宵來盼斷松楸路，有淚無言對短檠。蹉跎身世苦無悰，開遍來禽興轉慵。璞玉無言寧自炫，蛾眉已老爲誰容？餘光猶鑿鄰家壁，浪跡休嫌廡下舂。安得故園營十畝，一犁煙雨傍吴淞。

送汪西京再至京師次韻

才得言歸又欲行，黄梅雨過片帆輕。家庭兩月團圞話，客路三千去住情。梁穩香泥憐燕子，花飛柳陌怨鶯聲。匆匆便作臨河别，離緒無端觸處生。

不寐

露滴寒蛩咽，風高枕簟凉。歸心憑短夢，一夜幾還鄉。

題桃花扇傳奇

青蓋黄旗事可羞，鍾山王氣水東流。滄桑眼底傷心淚，付與詞場鞠部頭。胭脂井畔事如何？扇底桃花濺血多。長板橋頭尋舊迹，零香斷粉滿青莎。

汪永安

字存夜，號叟否，起幼子。增生。著有《怡雲詩集》。

早春即事

東風吹我步江濱，歸路差遥未苦辛。瘦骨趁晴加倍健，梅花帶雪十分春。敲棋興懶枰無墨，催句音荒鉢有塵。滿眼韶華生悵惜，年來酒伴更何人？

修家書

經歲琴書滯異鄉，好憑尺素慰高堂。恐勞鐙下摩挲眼，點畫分明只數行。

侯永

字聲虞，開國仲子。廩生。居𠷔城。

序仁過訪即送別

揮手忽言別，欲留無奈何。我懷猶未盡，君意肯重過。底事關情甚，臨歧屬望多。一緘能慰我，病眼日摩挲。

飲後歸途口占

酒闌秋岸經行處，幻出倪迂畫裏天。遠樹寒雲輕托月，板橋疏柳淡籠煙。隔村鐙火時還見，近水人家半未眠。何日誅茅當此境，更于林外著峰巔。

振玢招飲村居

十里青原三畝宅，遊蹤重爲麥風吹。一溪流水將籬遶，滿架藤花當户垂。斜日上簾人半醉，輕煙罨徑柳全欹。不知相見灣何處？日送晚潮西下時。

夏日即景

刺桐濃蔭半階除，鳳子尋香轉緑渠。獨倚竹牀方睡起，輕風翻過案頭書。

陶　然

字浩成。居陶家橋。

喜孫雪窗枉顧即席分賦

雨過江村絶點塵，蕭條門巷倚江濱。客來天下無雙士，花發溪南第一春。緑泛茶槍浮椀嫩，青挑菜甲薦盤新。人生良會難多得，不惜狂歌對月頻。

冷泉亭

巖下一泉出，亭邊萬木寒。坐來揮汗客，俯檻玩清湍。

諸　雲

字漢昭，號回軒。貢生。居滓漕。任太和、來安教諭。著有《頓丘草》。

寄懷張臨湘

茂先真博物，離别已年餘。鄉思縈歸夢，覊情感客居。江分南北路，人絶往來書。每憶銜杯樂，風塵一愧余。

月夜山行

籃輿夜舁度層巒，四顧崎嶇行路難。怪石崚嶒疑虎踞，蒼松屈曲訝龍蟠。冰輪湧挂天心朗，澗水流凝山脚寒。自悔宵征緣底事，不如株守故鄉安。

諸　章

字玉相，號琢亭，雲弟。監生，候選州佐。著有《西坰集》。

少年行

少年住何許？住近燕趙城。豪氣衝牛斗，自謂不世英。平明騎青驄，長揖遊公卿。使酒還好劍，博弈復彈箏。座逢朱與郭，談笑如弟兄。

感梅

空林尚積雪，新柳未含煙。梅花暖獨回，垂垂野水邊。自高冰霜節，豈受雨露偏。我亦太瘦生，合對此癯仙。

何處梅最宜？一丘與一壑。不爲寒所勒，似笑人多縛。吟朋隔天涯，愁我詩獨作。一枝未折寄，風雨嗟零落。

自述

平生無好惟好吟，但恨難求正始音。平生無能獨能飲，醉中萬事何由審？邇來放浪不自知，豪吟縱飲恬忘疲。人言酒乃慣作病，詩亦瘦人何爾爲？我聞此語殊不惡，詩酒兩忘亦差樂。結習已久棄無因，一笑詩成酒還酌。

放歌

人生三萬六千日，忽忽光陰一百年。昏夜又分一半去，算來晝僅萬八千。四十後憂老將至，三十前悔癡與顛。其間强壯能有幾？憂愁疾病還相纏。我過一萬三千日，筋骸漸覺不如前。因知此後衰漸至，何況身爲累所牽。向平婚嫁今方始，幼輿丘壑置無緣。幸有一籌堪自慰，任性飲酒吟詩篇。笑人眼前不行樂，安得虚名身後傳？君須莫作百年想，兒孫已隔況曾玄。

元夕同人宴集

元夕家家樂事同，太平時候更年豐。人情自愛團團月，客論還生亹亹風。盡解春愁尊酒緑，平欺夜色蠟鐙紅。縱教城遠無更漏，只恐聞雞半醉中。

雪望

寒林低壓噪飢鴉，淺渚空横略彴斜。溪北溪南人跡斷，一翁賒酒過鄰家。

沈禹霖

字雍來，號蒿園。居新嘉里。諸生。著有《勃溲草》。

題諸開發表叔容閒居

不須蹤跡絶塵寰，葺得容閒室一間。好遣白雲遮谷口，且看紅葉下松關。門無俗客幽居適，詩有清吟世慮删。最喜焚香時默坐，曠然太古在深山。

沈廷桂

字元臣，號芳園。居方亭浦。有《芳園存草》。

蟠龍寺

地僻村煙集，祇林古迹遥。刹藏江浦樹，鐘送墅涇潮。塔廢已無石，臺荒尚有橋。摩挲御碑記，細認自隋朝。

遣興

一杯春酒一高歌，磊落心胸浩氣多。漫道沈郎腰本瘦，近來吟苦背尤駝。

潘廷俊

字顒若。居潘家橋。武生。

過沈大千表弟居

東陽處士鶴髮翁，奇花異草繞庭中。芝蘭茁生當階砌，香添客座融春風。膝抱南陽吟自適，樽開北海酒無空。我忝中表雁行契，花晨月夕時過從。今日扶笻復來訪，空谷驚聽足音跫。倒屣歡迎相把臂，寒暄略叙無虚恭。須臾賢嗣出揖見，捧杖拂几何雍容。弱冠往還今共老，年年酌酒看花紅。

何文弱

字正夫。居新嘉里。

慰沈雍來鄉試報罷

文繼青箱紙價高，翩翩才藻重英髦。出硎新穎錐方試，韞匵清光玉尚韜。策對劉蕡空侃侃，郊居沈約自陶陶。霜蹄暫蹶原無碍，終見鵬程萬里翱。

李　槐

庠生。楠弟。居李家宅。著有《賞心集》。

懷友

小園梅發記曾過，握手臨歧喚奈何。萬里風雲君壯往，一竿煙雨我蹉跎。雁横南浦緘書杳，月落空粱別夢多。寄語天涯舊知己，漫教對酒不成歌。

汪宜耀

字耜雲，號譬庵，永安子。歲貢生，任舒城訓導。覓全稿不獲，祇録髫年一作。

旅薦遵大父韻 宜耀祖起就紫隄居。追祭其先祖，曰旅薦。

故國承春祭，羈髫與未嘗。矢懷希晝錦，入夢寄書香。逆旅年華度，家山世澤長。一樽餘福在，歡聚向茅堂。

汪憲

字萬爲。宜耀從弟。

沈子士豐入武庠陳情劉學憲給祖母節孝額爲其父大千賦用杜少陵樂遊園歌韻

東陽世契姿英爽，登壇筆掃千夫長。白馬青衫擷泮芹，驪珠出匣光盈掌。尊人置酒會親朋，清樽嘉樂邀吟賞。當筵爲作小鳳歌，佇看奮翮隨天仗。卻因餘慶溯前徽，風規可作金閨榜。即今旌額頒憲臺，松筠高蔭層雲上。酒闌曲罷夜半時，主人話舊潸生悲。予生失怙母是恃，辛勤拮据百不辭。今予課子但爲父，昔母撫予嚴兼慈。只恐兒曹忘舊德，先生爲我特題詩。

羅芳洲

字瀛士，號豁儂。著有《瘖歌草》。

雜感

人壽自有涯，人欲何無涘？既欲騖乎彼，又欲獵乎此。試觀天地間，何物得盡美？翼者減其足，角者缺其齒。

顔子遭屢空，伯道苦無兒。制行非不優，所遇竟如斯。世事本茫茫，天道亦難推。自反中無歉，何用戚戚爲？

陸迅發

字柳寄，號懷民。居陸家宅。諸生。

南湖寓樓作

竹塢松臺冷翠屏，年來乞食總飄零。風吹短髮居然白，山到深秋分外青。旅況未能消濁酒，絺衣真怯對寒星。誰憐庾信傷遲暮，一曲《吴趨》不耐聽。

侯裕基

字瑞林，開國孫。諸生。居瞟城。

贈沈岳宗表兄

久聞陶令居，未訪戴顒宅。悠悠我思存，忽忽事多隔。寒家本龍江，芳鄰結咫尺。念自入城來，故土反如客。桑麻半荒蕪，田園已移易。宗族尚繁衍，東陽世相敵。土著重婚姻，親串溯歷歷。今春始識君，一見即莫逆。後聞大令來，緣慳未面覿。大令固多長，小令亦奇特。何不事詩書？徒耽隱泉石。豈其薄浮名，衡泌聊自適。抑刖具經綸，乘時顯碩畫。龍不允潛淵，玉豈終珍席。有沈必有升，此理自可識。書之特贈君，庶幾勉朝夕。

陶南珍

字瞻陸，號爕岩，然長子。諸生。

秋夜同人小飲

秋高氣爽敞林泉，杳杳晴空淡暮煙。幾樹清風將放桂，一輪皓月正當筵。杯傾美醞情何限，局布枯棊興欲顛。最是話深頻剪燭，雞聲喔喔尚無眠。

雨中過吴淞江

昨夜風雷太放顛，朝來雲氣暗江邊。空濛古渡千村雨，縹緲遥山萬樹煙。百里潮回方到海，一灘水漲欲浮天。自憐小艇輕于葉，卻泛波濤逐釣船。

陶南望

字遜亭，號簣山，然三子。善書。

西江雜感

先生嘗至江西真人府，著《楚游日記》。

勝遊何處好？奇闢數江西。磵道千盤磨，山田百級梯。飛泉通古巘，怪石隱平溪。獨惜逢秋雨，仙山不盡躋。

出門方越月，百感入清吟。水急灘灘確，風高處處碪。九秋將落葉，千里欲歸心。何事鳥聲亂，前山又夕陰。

秋夜感懷

漫向侯門較瑟竽，虎頭空復想編鬚。文章賺我羝羸角，勢位傾人狼跋胡。叢菊香乾秋冷落，暮天月色雨模糊。茅齋抱膝身偏穩，底用無端履畏途？

將之江右始行過北簳山

一舸夷猶橫泖間，水鄉風物儘安閒。平田湧出千堆石，知是西來第一山。

至梅家堰

萬頃波光似掌平，曉風吹發片帆輕。江行莫道無相識，一路青山解送迎。

常山道中

盤嶺穿雲興不孤，翻因險處喜長途。荆關妙手難摹寫，萬疊秋山行旅圖。

遊張真人上清宮

曉風吹上太清家，院院芙蓉裛露華。欲覓步虛聲起處，仙宮無數五雲遮。時入崇禧院，不見一人。院中榜曰「隊鶴臨壇」。

羣仙宴會赴蓬瀛，雲外微聞隊鶴聲。不怕客星窺綠字，守花童子盡隨行。

書釣臺詩後

子陵釣臺泉，陸羽品爲第十九。瀧中有三寶，謂乳香、白畫眉、饅首石。

千古高風草木知，後人何用更題詩。只須煎喫臺邊水，聽叫峰頭白畫眉。

沈士偁

字乘遠，號樸庵。居新嘉里。諸生。著有《缶音集》。

秋夜漫興

傲骨何堪俗事磨，風吹短髮影皤皤。非關暑退心無熱，只爲年衰背漸駝。能淡交時真友至，不經意處好詩多。閒來曳杖龍江畔，滿眼凉光起白波。

謝景澤

字汝霖，號曙林。居謝家巷。著有《春草堂詩》。

登龍華塔遠眺

直上浮圖百尺梯，憑高笑指滬城低。平蕪匝地青無際，遠樹連天碧欲迷。雪湧千層春浦闊，雲横九點晚峰齊。登臨頓使襟懷放，得句還從絶頂題。

汪師烈

字若芳，起孫，宜耀從弟。年二十四，因病躄足，自號蟹圖。一生困苦不娶，硯田餬口。極敦手足誼，諄諄以孝悌勸人。詩文揮洒流宕。有自著《蟹圖事蹟》，記至年五十八歲。

誌夢節録二序。

乾隆十年七月初十夜，夢先君呼弟炯，謂之曰：「我於冥司見世人生死簿，汝兄師烈前生祖父世爲西域名將，因善戰有功，以蔭補千夫長。會與鄰部争寨栅，率所轄兵奮往，誤殺入山砍柴平民一人，傷三人，己亦中毒矢，深入骨。時年二十四，卧床十餘年不起，至三十六而死。冥司罰受生中國貧民家，使歷盡飢寒困苦，以抵夙愆。年限三十六，至期再行定奪。又一圈下注云：『本司查得汪師烈今生病廢足，償夙孽。而茹苦葬親，勞心撫弟，情殊可憫，合增算一紀，以足四九之數。存案施行。』」後至乾隆十四年，年四十九，患寒疾痛苦，復夢至陰司，見先君、先慈，跪稟曰：「病廢男久離膝下，罪不可逭。」先君曰：「吾與爾日夕在一處，何云久離？」先慈曰：「吾兒漏船弗沈。」予因稟先君：「前父親見冥司生死簿注男年四十九，此來或即冥司所使。男欲親自一查，不識可否？」先君曰：「此去冥司府，與生前縣庭一樣路程，爾步履艱難，須舟楫可去。」遂命故僕唐福喚舟艤江。予匍匐上登，失足墮水，體寒徹骨。先君命救起。驚呼而醒，則已死去一日矣。由是病漸愈。

凡人非花比，秋殘春復發。凡人非月比，團圞暫時缺。人死歸土中，千秋長泯滅。惟此魂氣存，一靈弗汩没。輪迴轉爲人，理亦有可說。死生即夢覺，真義古昭揭。我病廢行走，云是前生罰。夢去仍步履，恍同未病日。死後亦復然，陰陽合一轍。奈何赴冥司，忽遭墮水跌。吾父急救醒，體寒沁徹骨。四九案茫茫，未獲親檢閱。依舊蹉跼卧，一息待垂絶。前生果何人，無處可證質。安得期他生，健骨堅于鐵。飛步凌天空，踏遍花間月。

葬親後爲幼弟師坰成婚

嗟余苦命真可傷，早年怙恃相繼亡。呼天泣血痛何似？心魂摧裂屠肝腸。嗚呼鮮民死無日，孤鰥煢獨兼廢疾。祇爲先人責未完，偷生視息添憂恤。赤然一身無地容，日餐兩粥猶不供。銜悲出外事耕舌，撫育幼弟相隨從。殫心竭力營親墓，親棺入土兒心副。還因幼弟未聯姻，窮身彌爲嗟無措。茹荼食檗苦萬千，錙銖積累經多年。迄今幼弟幸完娶，不知幾費心憂煎。憂煎心血耗費盡，旦晚長眠得正命。爲報雙親責已完，雙親應亦心歡慶。漫言吾生責已完，纏綿吾責多艱難。猶有一弟他鄉滯，謂四弟師焱。明月悲啼雁影寒。

淞南詩鈔合編卷三

新嘉里沈葵心卿氏 輯

汪 怡

字印和，號聊客，宜耀長子。廩生。

宫月

夜色畫樓東，孤蟾映碧櫳。地閒花影静，人寂篆煙空。冷促銅壺漏，清涵繡幕風。銀光常獨對，疑是廣寒宫。

塞月

故國遠茫茫，同袍戀月光。歸途黄暗霧，邊草白如霜。胡地歌笳咽，江樓笛韻長。可憐清照裏，盼不到家鄉。

舟赴天馬山

晴光初發濕雲空，欸乃扁舟趁曉風。孤塔轉移千樹裏，片帆出入一山中。閒依柳岸籠新緑，偶入花汀載落紅。鼓枻不知去路遠，無心鷗鷺逐西東。

中秋與顧西崖飲和鶴樓即事次韻

滿腔離思浩難窮，快聚樓頭秋正中。促膝無虛今夜月，放懷不減古人風。話傾別緒雲山闊，醉破愁城天地空。談笑何辭更漏永，年來蹤跡等飄蓬。

汪若錦

字榮程，號墉城。宜耀幼子。諸生。

春宵別

花豔豔，草萋萋，江樓三月春芳菲。阿儂酌得宜春酒，郎未醉兮急欲歸。問郎何事輕離別？郎心也似儂心結。祇緣住隔澗西東，孤負藤蘿一片月。藤蘿新月皓光盈，若比奴心不算明。月色有時籠霧改，奴心盡日對郎傾。江花江草遍行路，白雲繚繞人何處？今宵無夢更尋春，春共才郎一時去。

秋柳次韻

黃葉西風正斷魂，可堪疏影颺柴門。平添宋玉新愁緒，曾染桓温舊淚痕。凉月娟娟明野渡，冷雲漠漠暗江村。多情賴有山陽笛，嗚咽還將心事論。

寒夜客感時鄉試報罷。

鑪煙初歇一鐙紅，百八鐘傳小苑東。夜静已教羣動息，心閒可許萬緣通。世情不解寒和暖，悟境何分達與窮。只有蒼生時在抱，風雲猶貯草廬中。

得家書知試卷爲昭文縣公所薦并招予謁見疊前韻自笑

客裏愁顔得酒紅，遥情直溯海雲東。調傳流水曾傾聽，刺入侯門未許通。會有長風來日暮，肯將雙淚泣途窮。閒花欲愧穠桃李，浪厠河陽譜牒中。

鎖院高懸蕊榜紅，經旬名滿大江東。揚鞭祖逖行何壯，獻策劉蕡運未通。才似墨磨頻見短，道如環轉豈終窮。三年學得凌雲步，高唱《陽春》入郢中。

宫怨

蘭麝香浮散綺櫳，玉鬟雲鬢怕當風。不知月淡花濃夜，内苑春生第幾宫？

沈士豐

字洪年。居方亭浦。武生。著有《醉墨吟草》。

立春日吴淞歸棹

東風吹白雲，倒入江天水。孤棹客歸來，春光滿船裏。

諸尚惇

字繹敘。居滰漕。諸生。

懷張篠園陶蒿園

未許人間著姓名，可憐同作老經生。十年賦就張平子，一甕書儲陶九成。春去未能聯酒社，吟來偏欲破詩城。今宵漫憶茶樓上，問世何嘗徇世情。

陶步蟾

字佑堂，號蒿園。居陶家橋。諸生。

題松林對弈圖

長松蔭壑風日美，誰向深林彈玉子？一枰斜向石床開，相對機心淡如水。如何不見爛柯人？我欲添君圖畫裏。

題于星巖照

吾愛于高士，眠雲與世忘。碧苔侵入座，翠竹引當牆。石溜涓涓細，松風謖謖長。静聆琴入韻，不用一弦張。

送李蘇庵之京

繡幰朱軺指帝京，春和沿路囀新鶯。就瞻紅日三千里，取次青霄九萬程。司馬凌雲推賦手，湘靈鼓瑟擅詩名。不材毾毲秋風裏，佇聽承平奏捷聲。楊柳風輕送畫船，飛帆直到五雲邊。光分藜火仍東觀，官署冰銜配列仙。上苑春深看奪錦，天街花滿好垂鞭。遥知深閣簾開處，慘緑衣人正少年。

館中消夏絶句

一堂虚白類雲房，北牖風清送客牀。寄語我家彭澤宰，後人今亦傲羲皇。雨過荒庭碧草齊，擕鋤好趁夕陽西。栽花惜少疏籬護，一任鄰家散犬雞。

口占示索書者（先生善書。）

日把香煤百轉磨，纖毫落盡秃毫多。莫嫌賣字生涯拙，逸少當年也换鵝。

朱志朝

字端紳，號蓉齋。居紫隄鎮。婁庠生。著有《和聲集》。

渡江

千里岷濤拍素秋，圖書萬卷壓輕舟。帆檣歷亂西津渡，煙雨迷離北固樓。京口喧譁人似蟻，海門寂静月如鉤。金焦並峙中流處，一片波光望裏收。

陶　冲

字宗萬，號訥庵。居陶家橋。

送蒿園兄復之浦江

飢來驅汝去，春風又送行。連年分袂慣，反覺别離輕。

陳鵬階

字元九，號愚堂。居高陳巷。著有《自鳴草》。

春日郊遊次韻

柳暗花明萬象新，郊原散步樂遊春。他鄉莫道無知己，林外青山是故人。

侯　焜

字丙德，號素堂。居紫隄鎮。諸生。著有《香雪坡詩草》。

秋夜獨坐

蕭齋岑寂甚，獨坐思悠然。待月此時客，敲鐘何處禪？鐙殘猶有影，鑪冷不生煙。一陣西風起，征鴻唳半天。

雜感

鴛鴦瓦上露華濃，孤館鐙青客思重。開到荼蘼春又去，五更殘夢一聲鐘。

金　襄

字屺山，號麓村。黄渡人，遷居陸家圩。乾隆辛丑進士，江寧府教授。有《四香齋稿》。

隱仙庵同姚姬傳先生鼐賦

不待花時過，泠然一院秋。地偏林屋静，樹古石欄幽。坐擁西山翠，閒銷六代愁。小年此一度，夕景漫淹留。

淞湄竹枝詞

箬園涇上稻花香，箬園涇外水泱泱。七十二灣休道遠，乘潮直到古婁塘。

沈復雲

字成章，號守愚。居新嘉里。諸生。著有《守愚小草》。

哭鵬九姪

天道本難知，茫茫多反覆。吾念伯與兄，樹德良非薄。祖業賴爾持，父書賴爾讀。吾自小春歸，聞爾病已篤。亟來問病緣，不言但以目。縱有返魂香，難將一命續。爾志既未酬，大年又不獲。藐兮遺諸孤，受禍何其酷。家運悼中衰，長歌當一哭。

晏公廟

路經晏公廟，未識晏公神。有何保障德？此廟竟常新。聞昔倭夷寇上邑，蜂屯蟻聚圍城急。城築泥新漸欲崩，主兵隄防計無出。忽聞空中人馬聲，海潮如驅百萬兵。頃刻濠深二三丈，寇如魚鼈腹膨脝。死者八九餘俱逃，白波殺賊利鋼刀。計拯滿城百姓命，人功不及神功高。晏公顯神力，廟貌重加葺。迄今西郊草莽中，丹楹刻桷棲神宅。禦災捍患祀典存，此廟與城共無極。

滬瀆壘

孫恩入寇起烽煙，滬瀆袁公築壘堅。一將防邊雄海甸，三軍用命靖旻天。風鳴蘆管晨吹角，箭激濤頭夜控弦。千載忠魂應不散，猶留遺冢寄江邊。

送薛葦塘師之浙江浦江縣任

壯歲名題塔，河東姓氏香。人鍾峰泖秀，文奪斗牛光。十載培桃李，三千化狷狂。名儒乘運出，利器待時藏。聖主需材切，羣生望澤長。金章承魏闕，丹詔賁茅堂。捧檄顏何喜，彈琴志未忘。歌驪逾上巳，出祖近端陽。暮雨辭吳會，晨星戴越疆。探奇尋禹穴，問俗溯錢塘。岸柳縈征轡，江風送客檣。兒童迎竹馬，父老獻壺漿。佳氣關門紫，晴煙驛路蒼。一官才未展，百里政先揚。松蔭琴堂静，花沾墨綬芳。下車除積弊，鳴鼓約新章。勤矣勞王事，廉哉薄宦囊。即今追卓魯，自昔媲龔黄。馴雉依人瑞，飛熊入夢祥。朝廷應左待，竚看擢巖廊。

顧惠蘅

字在新，號南林。居盛巷。諸生。

賦得數點梅花天地心

三冬歷盡歲寒盟，窗外梅花數點明。春到不知芳信滿，吟邊忽覺暗香生。風霜陶冶歸元化，冰雪聰明沁俗情。三十六宮皆太極，循環妙理悟枯榮。

凌霄鶴

字載逵，號超峰。居臨江里。諸生。

心逸堂並蒂菊紀瑞

君家兄弟美瓊瑰，種菊欣看並蒂開。三徑月明人有伴，九秋霜滿客頻來。延齡豈少知心侶，偕隱偏饒濟美材。此日陶家稱競爽，堂前共進紫霞杯。

侯惟熊

字應占，號雪巖。居紫隄鎮。

淞濱客館秋感

門巷秋光暮，楓林葉正丹。風高帆影急，江闊雁聲寒。親老偏爲客，年豐尚薄餐。何時定歸計，菽水樂承歡。

陸　林

字樹崙，號書山。居莊家涇。

秋感次韻

飛飛旅雁振霄翰，蕭瑟西風透曲欄。衣破漫搴荷葉補，腹空且采菊英餐。霜侵綠野時光晚，日落青山煙景寒。游子飄零悲獨處，客中誰與訂金蘭？

徐克潤

字田瑛，號藍谷。居瑞芝里。諸生。有《藍谷詩草》。

遊安國寺

宋咸淳三年，敕建安國寺。明初紹宗師，稱旨廬山使。歿賜御祭文，貞珉勒碑記。厥後普茂僧，就毀重改置。復基三十畝，王生亦助地。諸生王繼鏊助地八畝。人事已變更，寺獨歷朝四。今日我來遊，悠然發逸思。窗含古驛雲，門漱寒江翠。佛前結篆緣，落花滿苔砌。偶偷半日閒，不解參妙諦。跏趺共老僧，溯説興亡事。

蘆子渡

靜安寺西北舊有蘆子城二，後俱齧於江水，因以名渡。

煙樹迥蒼茫，西風送野航。蘆花翻白雪，雁影落寒塘。江闊荒城没，天空秋水長。迷津何處問？世事盡滄桑。

舟行即事

挂席乘潮去，蒼茫煙水空。千村銜落日，一雁叫西風。老眼看山碧，衰顔仗酒紅。篷窗相晤對，誰與素心同？

閒居雜詠

但得清閒不厭貧，園林瀟灑足棲身。種花滿徑多嫌少，疊石爲山假當真。雅許琴樽來伴我，肯將冷熱去因人。幽窗何事堪消遣？筆底煙巒日換新。

古意

春色渾無賴，微風颺落花。舊年雙燕子，今又到儂家。

自君之出矣

自君之出矣，春風入翠幃。思君花下立，花下蝶雙飛。

諸尚恂

字恭士，號謹堂。居滸漕。諸生。

壬戌元旦

聲聲爆竹鬧煙塵，曉起還欣老健身。漫道昨宵除舊臘，卻教明日換新春。初二日立春。心忘名利原無辱，腹少詩書乃是貧。拂拭衣冠忘敝垢，堂前展拜向先人。

諸尚愷

字懷人，號辛香。居滸漕。廩貢生。

秋夜不寐

耿耿明河界玉繩，藤牀空據睡何曾。昔年努力期超衆，今日捫懷愧對朋。客感營營愁客況，孤眠寂寂伴孤鐙。更籌報盡天將曙，聊復舒身一枕肱。

張啟心

字宸輔，號肖巖。居長浜。諸生。

試日感懷

六經郛郭重圍固，五字長城鐵騎穿。自古文場鏖戰苦，幾人聽唱凱歌還？

徐克溥

字超然，號曉亭。居徐家老宅。諸生。有《息耕草堂集》。

賞菊

西風昨夜過林薄，不堪萬籟聽蕭索。曉來縱步到荒園，淡淡霜華濕籬落。爛漫紅芳已盡凋，蕭疏黄菊交紛錯。一種秋光滿眼前，何不提壺恣行樂。沽美酒，洗芳爵。悠然坐對東軒下，不知世事復何若。

孔宅在府城北六十里。至聖衣冠墓旁有顏淵井、宰我墩。

海隅鄉裏聳牆垣，至聖衣冠墓尚存。教育不遺吴子弟，烝嘗如見魯雲孫。秋風梧落顏淵井，春雨花開宰我墩。向往心殷不能去，低徊幾度仰橋門。

小蓬萊楊鐵崖寓居臺名，在百花潭上。别有拄頰樓、草玄閣。

争得人如楊鐵崖，百花潭上敞幽齋。遠來暫寄遊仙跡，高卧曾舒作客懷。玉笛吹風傳草閣，胎禽唳月近苔階。精光千丈沖牛斗，剩有遺文氣不埋。

徐克溶

字鏡涵，號蓮塘。居瑞芝里。克潤弟。增廣生。著有《樗園詩草》。

詠虞美人花

一曲虞兮最愴神，英雄勝敗總成塵。當年大業歸真主，今日名花屬美人。料是幽魂憐薄命，甘將豔色殿殘春。東風摇蕩欄邊倚，猶想軍中起舞身。

樵歌

樵斧懸腰幾廿春，賣薪自給不憂貧。世間富貴非長策，莫羡當年朱買臣。

諸迪封

字培祐，號域愚。居滻漕。諸生。

虞美人花次韻

紅葩翠葉曲欄東，幾許幽情感慨中。弱質怕經連夜雨，柔姿自舞一番風。玉容寂寞烏江冷，春色蕭條霸業終。寄語花神休飲恨，漢家陵寢亦成空。

張崇俅

字孝則，號補庵。居臨江里。恩貢生。善醫，中歲後好二氏學。詩皆其少作。

書李賓之傳後

賓之名東陽，韓公名文，劉公名健，謝公名遷，事見《明史》。

正德時政殊不競，八虎倒持太阿柄。八虎：劉瑾、馬永成、高鳳、羅祥、魏彬、丘聚、谷大用、張永。言官抗疏排丹除，中夜涕泣韓尚書。事緩恐非社稷福，劉公推案謝公哭。賓之語緩詔獨留，躑躅中書悵余獨。黨人未延白馬禍，名士竟爲中涓辱。相公心事自逶迤，天下清流那得知。到今杜宇湘江路，風雨聲聲怨未歸。

舟中同海客作

西風吹客艇，挂席酒初醒。塔影兼波白，山痕入雨青。稻畦秋野合，蟹市夜潭腥。舊泊知何處？潮來失淺汀。

曉發

櫓聲雜殘夢，扁舟破曉發。天高星在水，江空月未没。平沙人語亂，隔岸雞鳴歇。何處由拳城？青山漸如髮。

題劍南詩後

冠古才名海内知，中原淚盡壯游時。荒江歲月籌傳檄，斷驛星霜夢出師。渡洛可能同祖逖，買山端合近要離。如何世士多皮相，只賞瓊琚萬首詩。

汪松

字敬廷，號鶴棲。居木塘橋。諸生。

炙硯次韻

棐几硯爲田，天寒凍正堅。火融何碍石，水活自生煙。墨海瀾微漾，金星影並聯。座中春比暖，免歎鐵磨穿。

沈宜翰

字鵬九，號淡緣。居新嘉里。士偁子。

登方塔

古塔嵯峨聳碧空，興來登眺愜幽衷。熊旂掩映軍門壯，雉堞回環地勢雄。遥指泖峰涵秀氣，近臨廟社起陰風。雲間勝景都如畫，欲付維摩詩句中。

彭士元

字保和，號惕庵。居紫隄鎮。諸生。

哭張秋潭

憶從移屐過，握手話情真。豈料經時别，旋悲隔世人。撫琴音不再，題句墨猶新。回首清談處，傷心迹已陳。

汪文博

字約之，號墨園，怡次子。諸生。

游西湖雜詠

桃花落去杳難尋，人爲來遲惜不禁。我道此來遲更好，想花心比見花深。
葛嶺花開二月天，游人來往説神仙。老夫心與游人異，不羡神仙羡少年。

王圻

字覲天，號侶鶴。黄渡人，遷居臨江里。歲貢生。善畫。有《對松居稿》。

射鴨詞

鴨羣聚，江之渚。鴨羣來，江之隈。竹弓張滿設鴨媒，鴨羣争下無疑猜。去年田勝今年熟，今年田空鴨少肉。鴨觜唼唼毛褷褷，滿田荒草無遺穀。官庖不知鴨苦飢，食鴨但恨鴨不肥。

丁未歲杪寄立甫

轉瞬流光似擲梭，朔風吹遍又陽和。悠悠徒放青春去，碌碌空遭白眼多。未免有情誰遣此？不堪回首奈愁何。村醪引滿難成醉，拔劍長吟斫地歌。

張啟元

字耀東，號春嵒。居長浜。歲貢生。

次朱研香遷居韻

王家玉塵阮家琴，瀟洒行裝肩自任。細雨桃花庭院静，春風燕子巷門深。訓遵孟母鄰先選，居近汪倫夜共吟。君正遷喬鶯正滑，攜柑好向柳陰尋。

金鳳藻

字尚儀，號芝生，襄子。居陸家圩。嘉慶庚午舉人。有《南畇詩草》。

泉南屬書十柳田家額題後

少飲酒，多著書。只買犢，不劵驢。小江上，樹扶疏。煙萬絲，月一梳。千載情，半畝居。請從君，長荷鋤。

酬陳古芸妹婿即次别後見懷韻

莫道樽前感慨多，壯心無奈總銷磨。征途回首憐疲馬，家塾憑誰笑孄婆？慰藉即今多絮語，疏慵無意更狂歌。延緣鴻爪留潛室，惆悵情懷奈别何。

干山齡

字鶴年。居紫隄鎮。

泖湖晚眺

煙光捲層浪，四起櫂歌聞。塔迥飛孤鶴，林遥隱暮雲。波連申浦合，潮自浙江分。更擬看山去，張帆向夕曛。

朱紱

字方來，號研香。居紫隄鎮。有《自怡軒吟草》。

古意

散步出城東，道旁遇老叟。自言家終南，偶向紅塵走。袖出五色芝，持贈情良厚。食之得長生，非同菘與韭。感彼宛轉言，令我躊躇久。人生有幾時，倏忽成皓首。何如入三山，巔與羣仙友。洪崖笑拍肩，安期遠招手。試問下方人，百年猶在否？

春郊

江南二月賣餳天，無限風光到眼前。新燕掠翻紅杏雨，曉鶯啼破緑楊煙。晴嵐翠滴千尋膩，淺水藍拖一色鮮。過客不須愁渴吻，酒旗摇曳小橋邊。

夜泊

雁聲嘹唳月黄昏，飄泊篷根欲斷魂。酒醒香殘何處宿？數株衰柳一孤村。

沈宜潮

字再韓，號退夫。居新嘉里。復雲子。

除夕

攜鐙浄掃草堂前，已掩雙扉未去眠。一夜寒鑪圍故歲，五更爆竹報新年。壺觴預備屠蘇酒，兒女争分壓歲錢。人事物華從此换，宜春帖盡寫紅箋。

諸尚慎

字丙南，號省齋。居滻漕。諸生。著有《師竹居稿》。

静安寺香信

滬城之西滋溪東，静安千載梵王宫。年年香信四月八，棼尾春游士女同。佳人雜沓如花簇，爲酬心願暗祈祝。錯立娉婷拜佛前，忙煞沙彌爇香燭。鬻貨賈人野老招，争買田器聲喧囂。夕陽影亂人歸去，緑樹軒窗僧寂寥。

秋閨

翠被生寒欲卧遲，小樓玩月寄愁思。嫦娥有意搴簾入，訴與深情恐未知。

張　超

字燭坤，號魯齋。居南池圈。諸生。著有《漱芳軒詩草》。

初冬客窗即事

頻年作客感生涯，秋去冬來鬢有華。喚起鄉心千里雁，驚回曉夢數聲鴉。小樓當户寒風緊，脩竹横窗夕照斜。獨向江村看晚景，幾株紅葉勝春花。

村居

客至難尋賣酒家，幾間茅屋緑楊遮。疏籬一帶春光滿，半是桃花半菜花。

汪承宗

字敬瞻，號霽亭。居紫隄鎮。怡孫。諸生。

新秋

暑退江村景物幽，乍凉天氣又新秋。蓼汀紅綻數花吐，梧井黄催幾葉流。浪説鱸魚時正美，可憐紈扇早生愁。幾回獨向斜陽立，偏是西風吹白頭。

侯士鶚

字翼雲，號雪亭。居侯家角。監生。能書。

題陳愛筠煙草譜

管領羣芳已廿年，人間煙火亦神仙。閒來譜出相思草，不數詞人紀木棉。吾邑褚秋岳著《木棉譜》。高卧元龍百尺樓，揚芬采秀費研搜。奚囊點檢皆詩料，留與騷壇作話頭。

張文藻

字周監，號鷺白。居長浜。諸生。

詠酴醾花

暮春誰與殿羣芳？剩有酴醾一苑香。最是美人春夢怯，淡妝無語倚斜陽。

侯　逵

字虞治，號一峰，焜子。上庠生。

蛾眉豆

蛾眉豆，葉交覆。帶露翠黛勻，凝煙春山瘦。長藤短蔓上疏籬，細莢青青實離離。美人夫婿遠行役，年來鸞鏡不曾窺。弱植何須鬬妖媚，古來憔悴多蛾眉。

徐克瀚

字鑑渟，號湘帆。居徐家老宅。諸生。有《傳彩集》。

春日寄懷淞北甘序東表姪

江南江北隔村墟，相對芳辰歎索居。何意路非千里遠，偏教別已十年餘。偶披舊稿留鴻爪，聊賦新詩作雁書。記否當時風日美，攜文幾度到茅廬。

春江泛舟漫成

艫聲咿軋趁江潮，楊柳千條拂板橋。燕子未來風又雨，春光容易度花朝。

陳維禮

字會原，號山鐸。居老陳家宅。好講理學。

秋感

淅瀝金風至，蕭條萬象呈。梧桐方早落，蟋蟀又争鳴。爽兆嚴凝氣，清消熱惱情。紛紛戕賊者，徒自恨秋聲。

沈念煦

字春華。居新嘉里。宜翰子。

柳絮

曾挂青絲繫客船，又飄白絮點江邊。垂楊似解春風暖，三月中旬盡脱綿。

朱孔陽

字寅谷，號郊裳。居紫隄鎮。諸生。著有《見笑》《雪爪》《餐英》等集。

答沈心卿紀夢詩

握别旬日間，蕭瑟秋風勁。朝來接素書，昨夢共題詠。片語偶不符，遽爾起争競。與君束髮交，砥礪無諛佞。雅伴結侯芭，蓉坪。篇什互持贈。奇情共欣賞，疵纇各就正。何期夢寐間，倉猝亂真性。寄語素心人，善交久而敬。

新秋寄懷家端卿兼以增訂淞南詩鈔就正

春杪一爲别，風光又早秋。相思渺天末，往事逐江流。兩地音塵隔，平生意氣投。《淞南》

詩一卷，郵寄待窮搜。

題報恩塔

高聳層雲鎮白門，琉璃五色耀朝暾。可憐燕啄王孫盡，尚指浮屠説報恩。

徐慎本

字寧宇，克溶子。上庠生。早卒。

蓑衣

緑草結蒙戎，披來穩稱躬。陌頭歸牧子，江上坐漁翁。濕惹煙波外，寒生雨雪中。羊裘藏大澤，錯認亦高風。

姚耿大

字覲揚。居姚家巷。

秋雨

捲簾一望景冥蒙，急響瀟瀟送滿空。牆畔連番侵薜荔，井旁幾度滴梧桐。蘆灘蓼岸荒涼外，蟹舍漁莊隱約中。向晚濕雲遮徑斷，流螢無力度花叢。

楊文蔚

字振廷，號濂溪。居楊家角。青庠生。

詠墨

麝煤香發滿書帷，斐几湘簾長日遲。鐵硯一方磨未了，筆端争看放花時。

張葆初

字念兹，號省卿。居南池圈。諸生。

癸丑上海紀事

咸豐三載秋，歲星在癸丑。城中閩廣徒，陡起勢紛糾。歃血爲弟兄，紅巾裹其首。洶洶數千人，王法視蔑有。嘐城既遭殃，滬城亦失守。（賊結土匪，於八月初四日陷嘉定，初五日陷上海。）大憲脱身逃，（兵備道吴、海防廳藍。）縣公白刃受。（知縣袁爲賊所戕。）官舍盡燒殘，城廂爲淵藪。南匯及寶山，連陷若摧朽。青浦有奸民，糾結亦奮肘。乘勢到婁東，死者幸八九。不然入姑蘇，誰能障隻手？（賊欲由太倉、崑山入蘇州，幸州守蔡公映斗連擊斃之，乃退。）吁嗟上洋城，基禍由來久。五方民雜居，嘆夷供指嗾。大隊出西關，（八月十六日賊西掠法華鎮。）家家閉户牖。盤踞關廟中，官話學滿口。傳訊各地保，家計誰家厚？一言稍支吾，怒聲若虎吼。大衆心不平，鳴鑼聚鄰右。兩次摧其鋒，賊不敢西走。十六、十八兩日殺賊五十餘人。勇哉忠義民，殺賊如殺狗。指望大兵來，一鼓殲羣醜。

謁周太守祠

公諱中鋐，始令華亭，後擢知松江府。歿贈太僕寺卿。

赫赫巍祠鎮渡頭，吴淞從此慶安流。生前治水爲河伯，雍正五年，公督浚吴淞江。至四月，上憲猶不准竣工。因迫農事，公開壩投水，役始罷。民德之，因爲立祠。没後論功配晏侯。邑城西有晏公廟，封平浪侯。事到艱危甘一死，名難磨滅報千秋。後堂忠介同供奉，後堂供前明海忠介諸公。一様鄉民感德酬。

于有涵

字蘊亭，號萸江，一號脩竹，山齡子。增生。

題侯梅衫自寫卧遊圖

幽棲何處訪？一徑白雲深。荒磴少人迹，遠鐘清我心。巖空泉瀉瀨，松密澗藏陰。采藥蹤難問，斜陽照晚林。

江村煙雨

春江積雨水添肥，煙影空濛護四圍。紅板客移雙屐過，緑蓑人棹一船歸。嵐光隱約迷樵徑，樹色朦朧覆釣磯。釀得輕寒猶料峭，幽居鎮日掩柴扉。

臨歿夢中作

身如落葉托秋風，回首鄉關路不通。始悟紅塵難插脚，乘雲直到大瀛東。

金　松

字賦心，號鱗伯。居陸家圩。襄孫。諸生。有《月蘿吟館稿》。

次韻酬外弟陳上之泰淵歲暮寄懷之作

開門百事苦縈思，恨集中宵卧每遲。酒解消愁新學飲，身因多累久抛詩。憐余壯歲徒貧賤，感爾閒情敘别離。往復瑶章鐙欲穗，頓教憶起對牀時。

得長洲嚴子千書賦此代柬

頭顱如許感沈淪，説與知心亦苦辛。纔有孩提庸可冀，始得子。久無親養敢言貧。課書空向青氈老，攬鏡驚添白髮新。小草自憐無遠志，襴衫厭惹省門塵。

陳　治

字允修，號約鄰。居陳家巷。諸生。

朱邠裳植菊二種不加修翦題曰自然詩以贈之

歸隱柴桑任意栽，秋深花向小庭開。尋常不識天然意，翻笑幽人懶翦裁。

侯　謙

字鳴吉，號益齋。居紫隄鎮。諸生。

陪朱邠裳師省試

金陵浪迹快從遊，看水看山到處留。爲客渾忘千里遠，思鄉不帶一分愁。六朝事往存遺迹，八月風凉作好秋。愧我芹香猶未掇，已從多士接名流。

侯　旬

字文瀾，號月川。居紫隄鎮。取青邑童試第一名，因丁艱，不及應院試，後遂卒。

橫槊賦詩縣試作。

浩浩江流，明月當頭。衆山屹立，萬里橫秋。于焉命酒，酌以大斗。慷慨長歌，豪情自負。夏口武昌，鬱鬱蒼蒼。九嶷作枕，五湖爲觴。縱橫天下，歸卧山岡。詩書琴瑟，爲樂孔長。何圖孟德，買菜求益。擅逼炎漢，妄加九錫。當塗典午，雷轟電激。憑弔古今，惟有赤壁。

餞别朱夢蓮劉企入京

故人杯酒别，珍重赴前程。作客行千里，驚人在一鳴。艱難須閱歷，尺寸亦功名。莫悵鄉關遠，天涯共月明。

淞南詩鈔合編卷四

新嘉里沈葵心卿氏　輯

閨秀

姚嫣俞

字靈修。姚文毅希孟女孫，諸生侯玄演室。玄演死難，姚祝髮爲尼，改號再生，依夏氏淑吉以終。

仲冬十五日家大人山中言旋即别寫懷

白雲天末和愁低，無限離懷怨曙雞。衰柳河橋殘月小，疏鐘古寺曉風凄。百年幻影花枝老，二十浮生草夢迷。一葦江頭如可折，竺乾西去待相攜。

寒夜書懷

寂寞青鐙夜未闌，半生心事獨盤桓。煙波縹緲魂非遠，人事悲凉歲欲殘。素志應同明月皎，離情還共白雲漫。瑣窗翦燭歌行露，松竹蕭森起暮寒。

甯若生

字璀如。副貢生侯玄汸繼室。

同荆隱集玉璜閨中次韻感懷

十年往事不堪論，憑仗清樽減淚痕。獨有雲和樓上月，天涯還照幾人存？

骨肉飄零此暫圓，潸傷後會欲過年。相依不及窗前竹，月白霜清影共娟。

章有渭

字玉璜。諸生侯玄涵繼室。

答外次韻

朝來微雨百花柔，髣髴歌聲遠市樓。料得思歸情更切，手攀楊柳不勝愁。

隱隱樓臺叢樹遮，一汀鷗鷺宿晴沙。綺窗欲護青春住，剩有游絲罥落花。

夏淑吉

字美南，號荆隱。夏考功允彝女，諸生侯玄洵室。早寡，截髮爲比丘尼。

閨思

碧天明月影遲遲，翠袖輕寒香露滋。海内風塵勞客夢，江東羅綺擅文辭。頻驚桂棹迴前渚，時整花鈿立小墀。子夜明鐙猶未寢，魚箋珍玩感婚詩。

憶王庵舊遊寄再生

人生聚散本浮漚，回首蒼茫憶舊遊。曉露未收花力重，午陰欲定鳥聲幽。焚香小坐忘塵世，步月清言掃積愁。梅影横窗應似畫，殘英滿地有誰收？

先文忠忌日三絶句

輕生一訣答君恩，伯道無兒總莫論。不忍迴腸思昨歲，《楞嚴》朗誦爲招魂。

翻疑愛重謫人天，子女緣微各自憐。拜慰九泉無一語，香花解脱已經年。

望係安危一代尊，天涯多士昔盈門。丘山零落無人問，夜月啼烏自斷魂。

盛韞貞

字静維。許字諸生侯玄瀞，瀞亡命死，盛守貞歸侯氏，祝髮，禮夏氏爲師。

題春草堂（侯通政舊宅。）

謝公游眺地，春草已無根。日夕牛羊下，簷空鳥雀喧。可憐盱眕盡，（晉卞壼二子盱、眕與父同殉難。）徒有簡編存。淚洒西州路，何人酹一樽？

寄兄

一自雙親盡，家鄉不忍旋。七年三見面，稚子漸齊肩。夢斷燕山路，春歸海樹煙。書來能念我，三復脊令篇。

春日槎溪寓樓即事

王謝飄零燕子來，夕陽欄檻重徘徊。春風不識興亡恨，江國梅花樹樹開。

侯懷風

字若英。峒曾次女。

感昔

此感思陵亡國事。降將倒戈，虎臣戰没，而君王因之殉社稷矣。忠臣之女，宜有是詩。

黄河流水響潺潺，當日腥風戰血殷。大地盡抛金鎖甲，長星亂落玉門關。居延蔓草縈枯骨，太液芙蓉失舊顔。成敗百年流電疾，蒼梧遺恨不堪攀。

侯蓁宜

一名令成，字儷南。岐曾女，適諸生龔元侃。

偶題

十畝荷花開已盡，一溪黄葉落秋聲。窗前卻喜溶溶月，爲向深宵分外明。

畢昭文

號少陵。故明女官，後歸崑山王聖開。嘗寓鼉龍江蒲溪間。

村居

村居多逸事，之子不求安。樹影移秋去，禽聲報夢殘。有時虚茗粥，無意辨綸竿。野水蘆花月，空餘舊釣灘。

曹鑑冰

字葦堅。雲間曹十經重女，歸高陳巷張蔭禄。

雨中惜花

簷雨如瀑布，空庭船可度。最憐砌畔花，潦倒水中卧。水中潦倒花沾泥，惜花人。對心慘凄。明日雲開霧已散，會看蝶翅翩翻低。

憶干溪村舍

依親寄跡錦江邊，夢繞南村年復年。翠竹房深秋待月，碧梧軒静夜留煙。溪山卻讓鶯花占，詩句難教姊妹聯。何日輕風乘五兩，一帆歸趁夕陽天。

秋日漫興

柳經秋老不藏鴉，景物因時莫浪嗟。一卷楚騷忘午倦，數聲齊女咽殘霞。利名心已沾泥絮，冷淡情猶濕雨花。倚遍曲欄幽興寄，瓦瓶汲水自煎茶。

秋日雜感

異鄉秋半景蕭條，南望椿庭道路遥。一抹葦蒲遮水面，數層雲樹鎖山腰。雁來有信衝朝霧，魚去無書落暮潮。漂泊萍蹤難借問，野虹橋誤邑虹橋。時館虹橋，家君有信誤寄城中虹橋，因失答。

跋先祖母畫册

斷橋雨過一溪渾，松子生時鶴有孫。但欲煮茶燒樹葉，何須移石動雲根。採芝仙去煙迷徑，種秫童歸月滿村。不識人間榮悴事，青山緑水伴衡門。

答題拙稿後次韻

閨中惟與古人師，撿匿瑕瑜不自知。令節偶因椒擬頌，閒情聊寄絮吟詩。莫言家有淵源學，獨恨編無絶妙詞。何幸每經青眼賞，卻如小草得逢時。

答錢蓮仙求序仙閨集原韻

三百年來葬翠鈿，一朝幽意藉人傳。風吹春草迷蝴蝶，燐映殘花哭杜鵑。寫出千言皆是涙，序來一筆愧非椽。從今我謂多情者，不是天仙即地仙。

煙柳

迷漫如護碧紗屏，隱約臨風窈窕形。美目淡凝春水緑，纖眉濃抹黛螺青。漢家宫裏香微散，處士村前雨乍停。和怨和愁看不盡，茫茫一路接離亭。

淞南詩鈔合編卷末

新嘉里沈葵心卿氏 輯

鬼魂

全賈兩君

元至正丁未，錢鶴皋起兵，同郡全、賈二生參軍事，敗後俱自沈死。越四年，友人石若虛遇於郊，忘其已故，班荆酌酒。二生即席各賦一詩，詩罷悲歌歎息，揮手别去，不知所之。見《列朝詩集》。

全君詩

幾年兵火接天涯，白骨叢中度歲華。杜宇有魂能泣血，鄧攸無子可傳家。當時自詑遼東豕，今日翻成井底蛙。一片春光誰是主？野花開遍蒺藜沙。

賈君詩

漠漠荒郊鳥亂飛，人民城郭歎都非。沙沈枯骨何須葬，血污游魂不得歸。麥飯無人作寒食，綈袍有淚哭斜暉。存亡零落皆如此，但恨生平壯志違。

錢蕖馨

字蓮仙，小字月娘。元季錢鶴皋女。康熙初，青浦陳咸元遇於瘞所。傳《仙閨集》。

爲陳咸元畫松風瀑布圖題詩

人静空山雲影薄，飛泉遥在半天落。風來處處芝草香，滿地緑蕪閒鳥雀。隔林斧聲日欲暮，歸去忘卻西陵路。科頭箕踞坐長松，身上松花落無數。爲君捉筆寫巉岏，圖成煙巒生筆端。何時得與共寥廓？鶴唳一聲松風寒。

答陳咸元

碧血難教灑作花，白楊風慘覆黄沙。清明草緑王孫去，寒食煙深石馬斜。每恨銀屏孤翡翠，也從青冢哭琵琶。多君一點詩腸淚，滴化陽和潤鬢髿。

次陳咸元韻

江上旌旂去不來，可憐紅粉瘞荒荄。傷心家國悲離黍，滿目河山剩夜臺。九轉丹虚成怨骨，三生石在遇仙才。憑君莫話當年事，添得樽前亡國哀。

自述

繁華往日尚餘誰？惟有年年杜宇知。今日斷腸亦何益，當初薄命已如斯。埋香葬玉空留碣，剩水殘山枉賦詩。一片野煙迷故址，凄凄何處不堪悲。

求曹葦堅作仙聞集序

拼卻黄沙葬翠鈿，那堪詩序向人傳。未須別鶴須離鵠，不是山猿是野鵑。蒲水恰饒花似錦，時葦堅館蒲溪。大家應有筆如椽。他時化作桃花影，好向妝臺拜蕊仙。

送別陳咸元

整頓簪環此送君，依依難向小橋分。他年不斷詩緣處，杯酒還澆壟上雲。

梨花

一度花開一度空，玉樓人起問東風。舞殘白紵玲瓏月，有影無言似夢中。

答太原生

繁華事散逐寒波，古碣年深長薜蘿。過客不堪回首處，冷煙荒草夕陽多。

右《淞南詩鈔》四卷，同邑沈心卿先生據先伯祖端卿公初選本、家邠裳先生續選本而合編之，而小有增益者也。先伯祖博極羣籍，丹黄點勘，不下萬卷。洪、楊之亂，化爲劫灰。自著《嬾吟草》亦燹焉。檢《同治上海志》，知尚有《淞南詩鈔》選本，遍求未獲。先君及門弟子楊君撲煙於心卿先生曾孫協于處得此《合編》本，出以相眎。雖非先伯祖初選本之舊，而蓽路藍縷，以啟山林，展卷相對，猶仿佛如見其精神焉。因慫恿楊君醵資付梓，藉廣流傳，亦冀自宋以來鄉先哲之流風餘韻不至有零落之感云。己未一月，淞北朱壽朋識於槎溪寓齋。

余家世居淞南，於前清隸諸翟鎮。諸翟界上、嘉、青三邑，而余家所居地則隸上海。去年邑人設局續纂《同治志》，余承乏諸翟采訪之役。諸翟今爲蒲淞市之一區，其界畫蓋猶沿前清舊制也。顧即以前清界畫爲限，考求其事蹟，自咸、同以迄光、宣，亦既屢有更變。同鄉沈心卿太老夫子於咸豐初年曾撰《紫隄村志》，紫隄即諸翟之轉音。思據以詳溯其沿革。蒐訪久之，至今散佚不全，是可憾也。太老夫子孫少牧先生，余受業師也。曾孫協于與余交好，發架上書，獲見太老夫子所編《淞南詩鈔》正、副各一册。其中詩人居址雖不限於諸翟，并不限於上海，然要以在此界畫内者居多。初選爲朱端卿先生，續選爲朱邠裳先生，其本皆不傳。今所存者僅此《合編》本，而亦未梓。余懼其久而爲《紫隄村志》之續也，遂索副本以歸。念比年以來，風雅之道幾於消歇，求蠹簡以承絶響，雖非當時之急務，或亦大雅君子所不鄙乎！爰箂同人，共圖鏤版。他日得如所願，則詩以人傳，人以地傳，潛德既彰，澆風可革，斯固一鄉之幸。雖然，又豈獨一鄉之幸哉！己未一月，淞南楊春膏謹跋。

張澤詩徵

〔清〕章耒輯　吴昂錫增訂
〔清〕封文權續輯
湯志波、唐玲整理

整理説明

張澤位於松江區葉榭鎮西部、古艷涇東南岸，明嘉靖間進士張宏宜爲避倭寇遷之於此，遂爲地方大族。清代吴昂錫云：「張澤，意必有張姓居此，因『張宅』而之乎，而文之爲『張澤』。」張澤至明末已成爲華亭吞吐要港，經濟繁庶，名流踵起，被譽爲「浦南文藪」。清人章耒等輯《張澤詩徵》三卷，收録張澤作者六十八人詩歌近五百首，是重要的松江地方詩歌總集。

章耒（一八三二—一八八六），原名汝梅，字韵之，號耘之，又號次柯、次樹，婁縣人。少讀書，過目成誦，及長，潛心力學。同治十二年（一八七三）拔貢，官候選教諭。後九應省試，五薦而不售。章耒雖仕途坎坷但博聞廣識，史載其：「凡天文、曆算、輿地、兵防，下至醫卜、壬遁家言，胥潛心研究，而尤篤好性理訓詁之學。」（《清儒學案》卷一七九《融齋學案》）。據《南塘志略》等方志記載，章耒除《張澤詩徵》外，還有《周易一得》《尚書天文考證》《毛詩假借文字考證》《春秋内外傳築詞考證》《春秋三傳天文考證》《讀經札記》《夏小正注釋》《孝經述聞》《論語述聞》《論語音釋》《學漢齋詩文集》《寄青叢話》《漁舫偶書》《國朝學略》等著作，但多已亡佚。章耒留意鄉邦文獻，編有《雲間詩鈔》《張澤文鈔》《張澤詩鈔》《淞文傳》《張澤志稿》《華亭縣志》等，其中《張澤志稿》是張澤第一部地方志，今稿本尚存。

清代江南鄉鎮總集繁盛，《張澤詩徵》即其殿軍。是書卷一卷二收録張澤作者五十人（其中名媛五人），卷三爲寓賢十八人。始於明末蔣平階，終於光緒間封文祥，每人均附有小傳。多者收詩六七十首，少者一兩首，以詩存人之意明顯。卷首章耒《張澤詩徵序》云「光緒癸未季春，吴孝廉介眉以其鄉諸先生詩示耒，且屬耒擇其近古者以行於世」，于是「綜爲二卷，各綴以小傳，並以名媛、寓賢詩一卷附於後。質諸孝廉，孝廉將復有所增汰」。吴孝廉即吴昂錫，字介眉，華亭人，同治六年（一八六七）舉人。可知是書由吴昂錫初步搜集資料，章耒遴選，吴氏再加增訂而成。《張澤詩徵》今存清光緒八年封氏刻本、民國三十一年刻本兩種，本書整理，據上海圖書館藏清光緒刻本點校。

湯志波

張澤詩徵序

光緒癸未季春，吴孝廉介眉以其鄉諸先生詩示耒，且屬耒擇其近古者以行於世。夫詩無今古之分也，蓋「思無邪」而已。説詩者每言律詩之律同於樂，有陽律有陰律。讀一詩而足以感發人者，蓬蓬乎有春夏之氣焉，是爲陽律。讀一詩而足以懲創人者，肅肅乎有秋冬之氣焉，是爲陰律。聖人「思無邪」之旨不外此。耒執是説以論詩，竊歎詩人之知律者鮮矣，今讀諸先生詩，長篇短什，一唱三歎，非不卓然可傳，而按之於律，有合有不合焉。張澤自明季以還，名流踵起，爲浦南文藪。距張澤不數里有虹橋，宋副憲徵輿宅於是。副憲在明季與陳忠裕子龍、李舍人雯偁「雲間三子」。又有地曰焦邨，亦與張澤近，焦徵君袁熹居焉。徵君於康熙朝與黄宫允之雋齊名，世偁「焦黄二先生」，皆知律者。是録獨不及，限於地也。選既，竟揣孝廉之恉以人存詩，兼寓發潛闡幽之意。綜爲二卷，各綴以小傳，并以名媛、寓賢詩一卷附於後。質諸孝廉，孝廉將復有所增汰。烏乎，古人往矣，遺者尚多，雅音蒐耆未逮，望之於後之君子。仲夏十有四日，婁章耒次柯譔。

張澤詩徵卷一

婁章耒次柯 編　里人吴昂錫介眉 增訂

蔣平階

初名雯階，字馭閎，晚號大鴻，又號杜陵，明嘉興府學諸生，居張澤東市。乙酉航海入閩，唐王以張肯堂薦授兵部司務，擢御史。劾鄭芝龍跋扈，人皆壯之。少從陳黄門游，其詩守唐人矩矱。後還會稽。生平博聞强識，尤精青烏家言。

寄懷王丹麓

淵海濯靈藻，珪章挺秀實。若士濬幽心，早年偁入室。勞謙譽有終，濡如美貞吉。臨世揚芬葩，風標浩難匹。逍遥道藝津，灕然盛作述。聲華隘五都，輪轅通四驛。磬折規前修，陶鎔見天質。國士紛交衢，相須比膠漆。嘉覿傾素期，思君如朝日。

包山雜詠并序

平階幼侍先大父安谿公，爲述先世從洞庭後堡遷松，及汝六世，未獲一至故居，致祖宗丘隴杳焉莫睹，反之於心，其敢即安乎？我耄矣，此志終不展，小子識之。蓋佩命者將五十餘年，而未有以慰祖願於肸蠁也。癸亥秋，鼓櫂渡湖，訪宗人、拜先墓而已。湮之舊譜，亦且廣詢博攷、校讐湜然，於是先大父遺訓得以少副。若其山川之勝、風俗之美，以至眷懷本宗、屬望後人之深意，聊成古詩十章，爰申厥恉。

咸池積淵漢，降精成五湖。九土大藪澤，揚野茲歸墟。玄圭昔底定，南紀奠攸居。百川東赴海，涵蓄宗巨區。潤澤灑千里，襟帶包三吳。古今侈壯觀，洵美孰可渝。山經不悉志，職方詎盡圖。永懷此桑梓，一葦任所如。

曾聞蒼使書，神功平浲水。橇輦適來遊，扃在包山趾。靈威爾何人，窮探竊自喜。大文不可舒，傳聞何奇詭。蓮芬銷夏灣，楓泠垂虹渚。昇僊去毛公，汎宅來范蠡。懷哉古人蹤，側足情何已。

羣山入吳秀，點黛如明妝。涵虛容巨壑，四隩浮青蒼。中流建砥柱，坐擁句吳鄉。巖巒各異態，島嶼猶濫觴。憑高一目眺，煥若窮大荒。星辰垂帷幕，日月繫兩旁。鬱儀曳紫練，素娥縹霓裳。朝莫弄雲海，沐浴揚輝光。從之睨八極，適與鵾鵬翔。

朝歌不漸車，勝母幾淹轍。是非建德鄉，安望棲賢哲。吳市散淳樸，茲山獨超越。靈境延高蹤，迴與塵凡別。東園覓故畦，甪里撫遺碣。綺季與黃公，軌躅未蕪没。當其謝世羅，考槃寄漻泬。洞壑閟幽姿，山腴聊可掇。一聽《紫芝歌》，吾將共養拙。四皓遺蹟。

冥搜窮外紀，早識幽墟天。潛行穿地絡，往返動彌年。斯言豈荒誕，側足莫敢前。我來尋洞穴，忼恨懷九僊。石牀探玉乳，銀屋聽飛泉。緬彼參玄客，遺俗獨高騫。劉根遺絳館，鮑靚委芝廛。此中堪息鞅，簪纓洵可捐。林屋洞。

征鳥思故林，遊子思故鄉。我家起震澤，徙業申浦陽。七葉辭本根，葛藟情自傷。先令有遺言，寤寐曷敢忘。垂老奉明訓，徒涉試褰裳。長揖問宗人，引我丘墓旁。松楸餘舊條，碑碣何茫茫。撫膺念先澤，臨風淚成行。

麟經誌凡蔣，衍派自周京。期思啟茅土，荊楚肆吞併。子孫因國姓，奕禩緜宗祊。吾祖逸民公，卜宅因避兵。椒聊蔓吴甸，花萼棠田荊。箕裘克再振，甲第繼先聲。冠山連峻宇，瀲澤啟丹甍。門閥際中落，貧薄難支撐。曲池半已湮，衡廬將就傾。舉手告宗哲，黽勉爾後生。

束髮受詩書，早逢賢達齒。思垂不朽名，用以光祖禰。蹉跎學未成，歲月駒隙駛。兹來展舊邱，婆娑太湖汜。烹葵持作羹，篘糟釃作醴。酒酣撫此身，草木同腐耳。攀條一潸然，將貽山靈恥。

問俗循故鄉，緩帶憺容與。暑退涼颸生，處處秀禾黍。梨棗已傾筐，橘柚在林圃。豈侈物産饒，羡彼操作苦。我行隴畝間，禮讓生牧豎。市鮮優俳兒，道無冶遊女。相逢岐路人，磬折爲款語。吴儂尚狙詐，咫尺分越楚。何必王彦方，俾爾還淳古。我祖避兵來，秉耒耕茲山。一廛寄中野，閭風肅且閑。五世守敦樸，古道照盛顔。誰將緇染素，坐移眉睫間。良苗不自植，稂秀何弗芟。苦言勗後昆，莫貽祖德慙。三宿達故家，隴樹尚毿毿。戀彼風俗美，從之學訂頑。

橘香庵聽雨偕同岑上人友蓮鍊師同賦庵在始祖墓旁，舊有蔣庵。近圮上人構庵駐錫，予得假寓焉。

山暝晝陰陰，秋聲落梵林。繞谿喧瀑響，當户咽蛩吟。自覺禪心寂，無關客思侵。千巖煙霧裏，屐齒罷登臨。

初登湖舫遇族粹之叔賦此以贈

臨流問故里，逆旅得吾宗。何意桐封胄，依然萍水蹤。秋風同挂席，山雨共攜筇。此後頻相憶，吴雲隔幾重。

少原園居舊字佐之。

吾宗有高士，構館倚山椒。虚幌摇青桂，層階映紫苕。藏書閒自校，愛客坐相邀。竟逐靈修去，誰爲賦《大招》。

家從叔葦蘆約同展墓舟抵茂苑而予已竣事返矣作詩慰之再訂後期

夙訂雲間約，相期返故邱。前驅先即路，促櫂阻同游。丹壑青芝長，金庭玉乳留。桃花春漲裏，還擬竝僊舟。

留别族公亮文之同人三叔

同族本天親，何煩出餞頻。崢嶸期令譽，繾綣及芳辰。命櫂勞津吏，披衣送雁賓。士思我老矣，回首重逡巡。

族同寅乾御懋旃三姪先擬從游後以試事中止詩以報之

祖墓枌榆蔭，家修琬琰珍。三株枝竝秀，五字擢方新。挾策登華選，從游阻令辰。雲衢偁驥足，宜爾步芳塵。

禹陵

檋輂逢堯祀，垂裳拜舜年。剖圭開日月，瘞玉鎮山川。南幸游方豫，東巡駕不還。衣冠辭嶽牧，劍舄步神僊。寢廟春常閟，宫車夜自縣。千秋明德遠，萬衆寸心虔。海闊滄江外，星臨斗柄前。金莖留曉露，碧殿鎖秋煙。罔兩猶留鼎，蛟龍想負船。秦碑荒草合，漢畤白雲連。蒼水書難得，玄狐籙可傳。按圖通百粤，淚盡九疑天。

崇川顧圭峰出其先公大司馬所遺賜香作供賦贈

慶曆開鑾邸，奇香萬里傳。波輕安息使，風利日南船。白象馱方物，黄金寫貢箋。朝廷雖卻御，鞮譯自争先。辨味殊蘇合，徵材異甲煎。方書留外庫，藥局莞中涓。獸炭消宫井，薰鑪近講筵。秘書朝辟惡，煖閣夜求僊。披拂天顏動，氤氲玉帳連。五侯新賜火，七貴乍分煙。司馬金城寄，籌邊借箸前。趨朝漱雞舌，退食袖龍涎。似玉涓涓潤，如珠的的圓。好將溫鎧甲，還用拭貂蟬。物以君恩重，名將世業縣。芬芳猶在握，什襲已多年。零落因時數，收藏倚後賢。薰蕕豈同器，芝蕙自相憐。頓有尊前客，長歌寄簡篇。

送李分虎之滇黔

萬里南中路，春風入五谿。地分銅柱北，山險桂林西。樹酒尊堪泛，簞船櫂自攜。關梁莊蹻設，碑字武鄉題。水出滇池倒，天臨瘴嶺低。鳥言通八部，繡面接諸黎。聖武初經略，征南振鼓鼙。三軍持畢節，一戰下和泥。荒服開州郡，窮邊走寄鞮。闌干紅罽入，歌舞白狼齊。漢使難重問，摩崖不可梯。烏蠻新幕府，屬國舊朱提。君聽南征曲，能令鄉思迷。山深鸚鵡語，花老杜鵑啼。河外青蛉縣，關前白馬氐。還將《碧雞賦》，遲爾到金閨。

范季友邀飲吼山陶園

花隖陶公築，蘭舟范叔移。川原於越地，風物永和時。畫出丹青壯，山增斧鑿奇。劈天開絕壁，疏澗引洪池。洞古龍常蟄，臺空烏自窺。百年新締構，一代舊招提。峻閣憑霄迥，雕欄倚石危。辟疆名不忝，沁水事堪追。點綴誇神手，登臨合妙機。尊罍傾北海，詞賦溢南皮。萬壑當窗見，千巖向晚披。拂雲歌去緩，坐月酒行遲。支遁情彌切，劉伶死不辭。人從花底散，路入夢中疑。何日滄洲興，重來倒接䍦。山在會稽，因采石者鑿成空洞，可引舟入。玲瓏盡處乃建佛閣，明陶石簣讀書於此，命子孫居之。路入夢中疑經其地者，始知此言之妙。

越中詠古

句踐城荒越舊都，越王高冢枕兵符。誰銜寶劍酬明主，空采黄金鑄大夫。四野春畋餘馬櫪，五湖秋水冷冰廚。何來霸氣爲南斗，苦竹山前聽鷓鴣。

登會稽山絶頂春草塞路不得達而返

稽山鳥道與天齊，杖底煙蘿萬壑迷。禹穴幾時探玉簡，秦碑何處覓金泥。雲封斷壁蛟龍卧，日落縣崖虎豹棲。肯惜春風生羽翼，重來此地問丹梯。

寄王玠右名世兼問韓閔二子

連輿高謝五湖東，别恨年年寄塞鴻。世上幾逢青眼客，吾曹應乏黑頭公。飯牛夜渡柴桑月，聽鶴秋高薜荔風。猶有鹿門賓主在，不妨蹤迹且飄蓬。

送羅夢章比部省親還蜀

歸心遥繫武功天，巫峽春風萬里船。錦水有桑堪養母，卬闗何地可籌邊。雲連八陣愁魚復，路轉三巴泣杜鵑。自歎碧雞詞賦客，十年旌節竟空縣。

經侍御枳田公故宅

曠懷遺迹問山陽，風骨當年耿未忘。冠著惠文彈柱後，鳴先仗馬出班行。林邊清嘯猶中散，池上光風尚葛彊。顧語烏衣賢子弟，西臺諫草好收藏。

過州牧平邱公宅宅在西蔡里中。

彝陵拂袖賦歸來，不愧安陽展驥才。宦迹尚留巫水峽，家山常傍白雲隈。西豪舊里人俱在，通德高門扃未開。正值庭除初薦享，蘭畦蕙畝一徘徊。

哭朱彦兼

空山織屨不知貧，欲識桃椎總未真。滿地秋華無五緉，也應愁煞路旁人。開士堂前桂樹枝，天香國裏慰相思。我來不見朱公叔，愁絶今年華落時。

封　瑜

字伯美，明諸生。詩遺鼎革已佚，僅傳《題授産録》一首。

題授産録

勤儉傳家寶，詩書衍澤長。莫求富與貴，爲善有餘慶。

徐 𡸇

字見光，一字劒川，明諸生。居張澤中市，性豪放，中年以非罪陷縲絏，事旋白，授徒里中。曹大章贈以詩云：「畫堂客散黄金盡，斗室書成白髮催。」其梗概可見。詩佚，僅得七古一章。

輓從子孝思婦俞氏

按，俞氏許字同里徐永錫，年十三聞夫亡，哀慟幾絶。父母救始甦，縞衣蔬食，矢志守節。越七載，父母許於宋氏。潛知之，飲滷投繯，俱以救免。舅哀其志，迎以歸。時天啟六年也。事舅與繼姑孝，舅病累月，氏沐浴虔禱。繼姑病，亦如之。年四十四卒，與永錫合葬於碓坊濱之西北隅。

嗚呼烈女不世出，況復童年能守一。金銷石泐身不屈，一片丹心貫白日。俞氏俞氏冰玉質，從子孝思聘爲室。二月繁霜殺桃實，雛雁凄其失其匹。女年十三神静謐，驚聞惡耗血淚溢。倉卒投繯女命畢，爾父救之抱父膝。泣涕汍瀾再三述，壹與之齊志自壹。守身之法嚴軍律，朝莫機聲和鷉蟀。豈知爾父不爾恤，蹇修何人口吐蜜。欲爲宋郎調琴瑟，茫茫前路天如漆。三尺微軀付繩繂，欲死不死心凜溧。有藥一丸服蜣蛣，百神乘雲捷於馹。驀地奔來奪之疾，爾舅聞斯亦慘慄。舁以歸來諏日吉，新婦廟見儀泌泌。爲舅調羹爲姑櫛，終朝辛勤無敢逸。閫内有言不逾秩，藹藹消讒兼化嫉。遭家不造身據蒺，舅亡叔死生路窒。叔有遺孤躬撫恤，長授熊丸課緗帙。子能成立氏忽卒，與夫相見情逾密。他日芳名恐遺佚，揄揚當更求椽筆。

蔣雯鬲

字寅東，諸生。蔣氏自明府日華、明經日蕃後，聞人接踵，文采照耀，爲里中著姓。先生與其兄雯翯皆有聲於時。末五世從祖紹庭公繼緒先生配清甫夫人姪也，弔先生墓云：「穎叔流風嗟已往，山亭遺澤慨無存。梅花萬本依然在，今日重來展墓門。」詩作於乾隆初年，是時蔣氏子姓已賦式微矣。

題故明兵部職方司主事贈尚寶司少卿外舅次弓章公家書後

公諱簡，乙酉八月守郡城殉難。先三日，貽書於從兄東生先生，托以家事。公歿後，大學士張肯堂入奏，贈璽卿。

刺血書來筆有神，故交沈李共捐身。篋中夜夜蛟龍護，他日當爲希世珍。

張鉞

字南旅，號秋巖，居張澤七圖。上海籍，康熙五十七年進士，官至吏科給事中。著《南旅詩鈔》一卷。

辛丑冬移寓凝園贈主人王洲若

不教張翰戀鱸蓴，半壁圖書任意陳。料得有心憐舊雨，卻將靈境讓閒人。笑談容我消年月，來往惟君混主賓。漫道客懷甘寂寞，長安到處盡紅塵。

張　鋒

字含光，諸生，居張澤。姜兆翀《松江詩鈔》：倆先生性嗜古，曾注《易繫》二百餘條，惜未成書。詩著《餐霞集》四卷，王永祺序之，謂其清遒淵雋，出尋常格調之外。今其詩不傳，里中人亦罕知其姓氏云。

由靈隱至韜光望諸峰雲氣

逕蟠蒼龍滑，竹色上衣屨。玲瓏雲根深，觱沸檻泉注。捫蘿上韜光，僊人在何許。丹光出林樾，井臼存故處。上有呂僊煉丹遺迹。雲氣滿山頭，疑是僊靈聚。飆車去不還，搔首空延佇。終當謝世人，餐霞飲巖乳。金經不我慳，一證羣僊譜。

法相寺觀錫杖泉

應真卓錫處，泉水清如此。一掬瑩心魂，味之過濃醴。蒼凉一逕杳，游人罕到此。當年趺坐石，埋没空山裏。妙悟得静機，冥心契宗旨。錢王如再生，長耳原不死。

封維鎬

字誠一，居十保八圖。讀書躬耕，以六行表鄉里。生平不入城市，每歲晚懷金，周親鄰之貧者，潛置其家，不使其知。有來《鳳堂集》。

秋興

溽暑全消盡，軒窗自在凉。碧梧停月色，叢桂散秋香。適口蓴鱸味，怡情山水光。扶筇覓詩去，一路躡斜陽。

徐匡垣

字公安，號涇南，居張澤中市。上海籍諸生，從焦徵君袁熹學。著《餘澤堂詩鈔》，焦以恕序之。其壻蔣石齋茂才毓機栞以問世。

谿行

清谿繞水月，閒步何悠然。鬢眉相映碧，來近菰蒲天。寒雅千點墨，老樹生微煙。遥邨四五家，篝火明滅然。便覺心境曠，进邏歌新篇。静夜聊俯仰，差以樂餘年。

田家

淑氣流春畦，土膏動絲雨。東作亦漸興，桑麻話翁嫗。耰鉏不厭煩，但知力田務。新苗翼翼生，晴旭養和煦。星光耿夜半，四野鳴桔槔。急乘潮水上，叱牛奚嫌勞。我田弗龜坼，欣喜聲喧囂。蚊芒隨煙散，仰視炎天高。

涼飆忽焉至，稻花門前香。計日穀成熟，早築圃與場。今年雨水多，庶幾免災荒。下以飽妻子，上以給官倉。

積雪占歲豐，户户樂財阜。三冬愛晴暄，茅檐背可負。春醪足缶瓶，朋儕聚尺舍。服勤更守儉，此樂可永久。

輓儲樹三先生

案，樹三先生名敷錫，居張澤十五圖儲家角，亦焦徵君弟子。

騷壇酒國締深知，消息驚傳賦鵩辭。幽夢可通應訪我，遺編待訂欲貽誰。少微已向香涇隕，惡耗猶令舊雨疑。同病打包成讖語，不堪惆悵鶴歸時。

封耀廷

字策涵，國學生，議敘五品。居十保八圖。先生學守程、朱，持躬嚴肅，時存民胞物與之志，一鄉賴之。

愍歲

秋來旱魃虐淞浦，官府禁屠禱靈雨。萬民昂首望雲霓，赤日當天猛如虎。禾稻看看將欲枯，邨莊男女皆踟躕。沛然下雨忽若注，野夫驩昇騰康衢。今歲豐年可豫卜，畝田多收穀三斛。官租輸了有盈餘，打點門前葺茅屋。天意陰晴不可期，一雨再雨無停時。夜聞檐溜直到曉，朝看濕雲佈四垂。如此連緜十餘日，木棉浥爛穀難實。澗谿水溢兩岸平，稻壠放泉流不出。旱不爲災水勢成，前番求雨今求晴。明朝八月當十五，願天莫掩月華明。閉門訟過敂蒼旻，螻螘雖微心志誠。世人奢靡罰固當，造物仁慈本好生。

沈樹聲

字香澧，初名雲際，更名若水，後改今名。乾隆二十二年進士，官至長蘆鹽運使。著《園居草》。其詩清麗芊緜，似菊澗、石屏一派。

臺莊阻雨和許大子順韻

風雨蕭蕭裏，關河阻客槎。寒鐙耿此夜，羌笛起誰家。短夢三更破，孤吟一枕斜。空階聽未罷，搔首重咨嗟。

食瓜

今日南瓜味，依稀記少時。辛酸哀老母，憔悴撫孤兒。減膳朝供飯，分鐙夜課詩。此一聯即用母句。親亡兒更賤，何以報親慈。

七夕有感

蹤迹如蓬轉，年華感浪遊。帝城雙闕迥，客舍一庭秋。夜氣頻看劍，幽懷獨倚樓。榮枯知有定，落葉正飀飀。

南湖詩以代柬依韻和之録一

南北三千里，晨昏十二時。自從與子別，無日不相思。客燕愁新壘，秋蟬憶故枝。四方空有志，何計定歸期。

曉興

一夜愁無寐，荒雞叫遠邨。宿酲花共醉，倦羽鳥同翻。樹色秋風老，霜華客鬢繁。殘星三五點，猶記別離痕。

介軒丈以詩見贈依韻和之

酒癖陶元亮，書淫劉孝標。一官雪竇嶺，幾度浙江潮。星火催花縣，秋風送玉鑣。天恩正優渥，雨露及春饒。

案頭小菊

移來陶令種，玉盌素秋涵。人意澹相對，花香閒共探。清標披座右，逸興寄窗南。棄擲東籬下，風霜孰可堪。

送汪紫峰歸武林

白雲回望處，掉首去長安。未覺相逢易，徒憐欲别難。形骸忘杖履，氣誼重琅玕。老去詩才壯，愁來酒户寬。可堪追往事，誰共續前歡。知己同移櫂，羈人獨倚闌。花深三竺隝，雲入兩峰寒。春樹懷新句，秋風望羽翰。征途渾杳杳，客思正漫漫。我抱天涯感，懷親淚欲彈。

旅窗夜坐

細推身世總浮名，不到天涯志不成。一陣離愁邨酒薄，半窗寒雨客衣輕。鐙挑四壁凄惶影，柝轉三更懊惱聲。寄語故園休遠念，男兒頭角此崢嶸。

夜坐和豈匏趙明府韻

鐙花何事爛銀釭，獨夜鐘聲不奈摐。空有寒梅棲紙帳，更無好月伴疏窗。消殘壯志書千卷，唤起鄉心笛一腔。幸得主人能愛客，閒愁憑仗酒兵降。

對菊

盼斷秋光到眼遲，幾番風信數花期。誰留歲晚冰霜節，肯作春前桃李姿。隨興酣時非藉酒，共人澹處獨宜詩。莫將破帽因風落，遍插新英舊接䍦。

和友人夜坐元韻

旅窗風雪逼寒鐙，夜坐蕭齋似野僧。人事不因圜可轉，天心只有月爲恒。翻嫌客去塵緣擾，頓覺愁來夜氣澄。自向静中頻顧影，那堪一字寄親朋。

和谷香夏七夏日閒居韻

夏木陰陰緑正新，一枝暫寄息風塵。螢飛不到方知遠，鼠飯常留未覺貧。岐處或悲因客路，誤來敢説是儒巾。空庭修竹清無暑，贏得閒身作主人。

紅橋修禊 二録

碧柳絲絲送綺年，平橋池邐落霞前。日移旆影朱闌曲，風度鐘聲翠嶺巔。香氣乍吹行酒幄，燭光微上載花船。依依燕語鶯嘑外，又送清歌一曲圓。

亭榭沿流宛轉通，芳塵不定水西東。碧陰淺護堤邊浪，紅雨徐招檻外風。塔涌層雲光杳靄，颿移遠渚影空濛。名園霽景知何限，春在珠簾十里中。

宿青陽東堡寺

此地曾經是去秋，津橋立馬思悠悠。數聲清梵疏林出，一片閒雲古刹留。分與禪機谿水活，破將塵夢晚鐘收。獨憐偷得浮生處，暫許高僧敘舊游。

乾隆四十六年三月恭逢聖駕巡幸五臺特蒙召見賜宴宫門竝賞貂緞荷包等物感曠典之難逢幸殊榮之下賁恭賦紀恩詩四章以志寵遇

多年宧海等浮沈，薄劣真蒙眷遇深。豈有文章矜吏治，惟將清白守官箴。粗材早忝居民牧，劇郡翻勞簡帝心。擬把此身勤報國，休嗟華髮已盈簪。

三埵形勝接諸臺，琳宇珠宮面面開。寶地自留尊者住，靈山重遇聖人來。煙霞觸石皆成畫，草木秋風不動埃。信是清涼真境別，每從僊蹕一徘徊。

咫尺紅雲仰聖顔，重邀天語到人間。豐貂煖敕司裘賞，綺食榮叨尚膳頒。臣職祇應供汛掃，皇恩奚止振庸頑。平生温飽慙非分，屢向宫門拜賜還。

異數新霑溢寵光，微臣感愧那能忘。從誇儒服彌生耀，應念君羹本未嘗。吟對蓼蕭盈湛露，心緣葵藿自傾陽。愚誠久矢涓埃報，話到承恩意更長。

園居 一録

窮水看雲不憚勞，非攜蠟屐即輕舠。僮知烹雪何妨拙，婢解吟風亦可褒。每笑鵲巢徒好大，更憐蝸角獨貪高。推窗朗誦青蓮句，借問當年釣幾鼇。

宿長新坫和陸七望之韻

醉倚西風酒户寬，短衣匹馬向長安。明朝蹋過蘆溝月，一任霜華落曉寒。

寄家仲葭客 三録

江鄉風景近何如？回首三千路有餘。惆悵長卿賦未賣，秋來不敢憶鱸魚。

北地寒多雪正雰，鷫鷞貰得酒微醺。近來何事强人意，落拓襟懷頗似君。

紙帳梅花獨自眠，桃根桃葉思茫然。阿咸似續宜先計，莫使蹉跎誤少年。

和蓴谿金子見懷韻 二録

江雲渭樹接遥天，别思依依又隔年。何事得逢開口笑，故人書到薊門邊。
九日登臺動客愁，吴山楚水望中收。不堪千里相思夜，彼此依稀半白頭。

夜坐

潞河沙畔一巢居，雲散星流兩載餘。惆悵故人天際遠，挑鐙重讀隔年書。

見月

中庭一月白於銀，十度冰蟾又一輪。獨自低頭不敢看，爲憐此夜倚樓人。

述懷 五録

生涯落拓逐飛蓬，五載家園在夢中。屺岵茫茫徒太息，年來甘苦與誰同。
話别金臺歸思濃，津門南下水溶溶。黄河渡後江流急，指點家山近九峰。
茸城南去是申江，朋舊歡呼醉玉缸。獨有酒闌人散後，别教銀燭翦西窗。
臨行猶記話殷勤，分手依依戀夕曛。轉惜韶光過九十，半抛尊酒半論文。
蘭舟催發薛蘿邨，喔喔雞聲犬吠門。數點殘星澹河漢，一篙流水碧無痕。

津門病中

江鄉雲杳雁聲稀，一病郎當藥力微。北地那堪寒徹骨，參苓日日换冬衣。

金大綬

字蕁谿，諸生。居張澤南市，與徐涇南、沈香澧唱和，著《爨餘集》。五古勁氣直達，於方鳳、龔開爲近。其父景雲字墨池，植品好學，求其詩不得，附志於此。

橫雲山清河山莊紀游

九峰列巑岏，一半供域兆。兹峰最秀出，名園闢窈窕。揭來探幽勝，晴旭散林表。入門修竹森，陟磴虯松繞。峭壁擁樓臺，曲澗引池沼。危亭踞崔嵬，斗室藏深窈。路轉別有天，梵宮縣樹杪。緬懷經營初，巧力知多少。佳處雖遍經，一覽心未了。鄰園更如何，夕陽送歸鳥。瑯琊山莊以天晚不及游，故云。

秋日大風雨夜不成寐感賦

去年七月中，大風飛拔木。震怒煽洪瀾，汪洋浸穜稑。嘉禾將告登，一朝聚水族。浹旬風波平，禍機更隱伏。蝗蜪滿膏腴，蠶食香秔秃。西成十損九，生理苦局促。寒士鬻青箱，老農賣黃犢。三百青銅錢，僅獲一斗粟。咄嗟數口家，俯仰何以育。壯者走異方，老者困鄉曲。乞食歎終朝，穅秕不盈掬。纍纍此饑黎，駢首枕溝瀆。丹詔天邊來，散錢及施粥。東作告春及，猶或悲枵腹。入夏火雲燒，桔槔聲斷續。禾黍慶與與，木棉喜簌簌。謂當轉豐年，一洗饑饉辱。豈意入秋涼，飛廉復肆毒。吼聲從西來，横雨如飛瀑。始猶撼高柯，繼欲翻矮屋。傾倚牆角梅，摧折籬根竹。嘉卉豈足珍，所虞田禾覆。中夜起彷徨，一鐙如豆緑。我抱杞人憂，仰首向天祝。

山莊雜感

歲晏困煩疴，幽懷思閒散。雙峰寄數椽，避喧昔所館。朅來豁憂襟，青山舊吟伴。入户鳥聲嬌，巡檐梅蕊滿。自掃榻上塵，偃息一室煖。豈謂樂幽棲，聊以容我嬾。

落日慘無色，寒風捲殘蘀。荒邨饑饉餘，四野歎蕭索。臨谿數草廬，婦子久依托。吾來瞻顧閒，驚吒無籬落。亡者良可悲，存者亦堪愕。豈有飽煖餘，乞食以爲樂。時爲乙亥歲，大祲之後，歲初邨中婦孺有相率之城市乞食者，爲之慨然。

東鄰有佳城，松柏鬱蒼蒼。先塋既接武，廬寢互相望。歲饉亦何與，翦伐盡斧戕。狐狸洞其穴，荆榛生其堂。轉瞚一年閒，有若滄與桑。閲世易如斯，我心勞彷徨。先塋之右爲田、陸兩姓墓，歲荒之後，塋木丙舍爲之一空，可歎。

尖風入我牖，密雪灑我竹。寒氣侵肌膚，清光逼心目。啟户漫徜徉，青山倏成玉。飢禽立樹丫，啾啾訴枵腹。茅舍無炊煙，何以消皸瘃。閉户酌一巵，邨醪勝醽醁。

踞案理殘帙，消此終日閒。久坐復不適，出門望青山。青山顧我笑，嫵媚逞煙鬟。子非楚三閭，何有憔悴顏。人生貴行樂，多愁雙鬢斑。俯首謝山靈，長嘯返柴關。

羈人感歲莫，輒思家室好。顧我獨何爲，荒邨對衰草。天道誠杳冥，人事徒紛擾。何以解煩憂，聊聽空山鳥。五窮久爲祟，送之苦不早。褰裳寄幽蹤，弗復馳周道。

人日佘峰登眺

獻歲風日佳，晴暉煥林薄。柴門列雙峰，東西秀如削。登高賞佳辰，近世久不作。五茸九煙鬟，無乃傷寂寞。吾來托一枝，閒散無束縛。草堂鬱青蔥，舉頭見巉崿。好山咫尺間，那復惜芒屩。策杖披荆榛，崎嶇徑猶昨。聳身最上巔，豁然刮眼膜。鬱鬱露煙邨，隱隱藏霧郭。四顧蕩煩襟，諸山收囊橐。還尋老僧居，解衣坐磐礴。慰我攀躋勞，一甌茗新瀹。頻年困憂憤，勝情坐蕭索。空抱阮籍悲，難追謝安樂。兹游亦尋常，聊復寄寥廓。人生貴乘時，胡爲老丘壑。會當汗漫遊，吹笙招白鶴。

四禽言詠懷

泥滑滑，泥滑滑，前路漫漫何日達。早識風塵行路難，且居南浦垂漁竿。

提壺盧，提壺盧，蘭陵美釀胡不沽。故鄉時事呼負負，不見劉伶隱於酒。

脱卻破袴，脱卻破袴，西風昨夜寒穿户。者番脱舊欲更新，機空愁問機中人。

得過且過，得過且過，破巢聊復銜枝護。朝廷已築黃金臺，懷才不試姑徘徊。

哭徐涇南先生 匡垣

一代風流盡，傷心淚欲枯。菊憐三徑冷，鶴怨一亭孤。詩壘埋吟屐，糟印泣酒徒。《太玄》疇付托，太息失童烏。

金陵返櫂游錫山贈石浪庵僧映嵐

偶繫秋江櫂，何期遇贊公。禪心隨野鶴，唫興寄飛鴻。聚石銀濤涌，（庵倚巖側，白石粼粼如浪，故名。）疏泉雪乳融。（庵旁近疏一泉。）萍蹤勞瀹茗，爲我檢詩筒。（出近詠見示，賦此以酬。）

沈大香澧選貢入都柬寄 一録

聯翩裘馬赴春明，瘦沈才名動帝京。虎觀競傳《三禮賦》，鸞坡偏噤九臯聲。（廷試高列，揀選時以感風失音，不得與選。）壯懷無計排閶闔，豪氣空勞付酒鐺。料得郭臺頻眺望，故園雲樹不勝情。

首春漫興

草堂寂歷傍巖阿，坐嘯行吟興不孤。山月溶溶窺紙帳，松風謖謖起茶鑪。那無翠羽供吟伴，賸有煙鬟作酒徒。二十四番花信好，莫教惆悵怨蘼蕪。

春日偕王鐵沙吴生碧瑩郊游看桃花限韻

風光何似武陵谿，挈伴阡東與陌西。近水繽紛看舞蜨，遠邨掩映聽鳴雞。春衫初試和風熯，蔣徑重開芳草齊。訪王江邨暨姚中涵居。一片夕陽千樹影，卻嫌多事莫雅嘑。

初夏書懷

落盡殘紅意惘然，日長庭院草芊芊。閒依寂寞揚雄閣，慣送飛揚祖逖鞭。南浦漁竿仍獨釣，北平鐵網任爭牽。榮枯畢竟尋常事，且聽安排莫問天。蕭艾敷榮蘭蕙鉏，人情只合付胡盧。高低便欲分鵬鷃，長短何須問鶴鳧。緑綺彈成餘慷慨，青萍舞罷漫歌呼。吾廬自有陶潛趣，獨倚南窗醉一壺。

詠外舅懷音先生手植石蓮花

葉底不知甜處味，花心別有苦中香。濂谿覓得當時種，應爲紅蕖補一章。

春夜懷沈大香澧柬寄

冰澌初泮玉河橋，御苑春光上柳條。料得吟鞭饒客興，尋幽閒趁玉驄驕。

横雲山莊静長書屋讀張文敏照辛酉題壁句口占

名園傍嶺絶塵埃，盡許尋幽次第開。卻笑主人渾似客，一生惆悵幾回來。

山莊將理歸櫂值大雪留滯口占

籬落梅花次第開，春風一夜滿皚皚。是花是雪渾難辨，翠羽驚嘑莫浪猜。數點寒雅立樹丫，松枝竹葉玉交加。此間便是營丘畫，歸去還須對客誇。

秦淮雜詠

不堪重話舊留都，沈醉空勞喚奈何。夜半馬馱殘夢去，可曾揮淚對宮娥。「福王沈醉未醒」，弘光時民謠。陳後主將亡國，鍾山羣鳥翔鳴曰：「奈何帝，奈何帝。」「揮淚對宮娥」，李後主圍城中詞。

《後庭》曲就能亡國，燕子箋成又敗家。勘破白門歌舞夢，挑鐙愁聽撥琵琶。寓鄰夜静每聞彈唱，故云。

雨花臺畔莫雲黃，策杖尋來石徑荒。碧血丹心扶浩氣，忠臣祠宇焕天章。雨花臺方、景兩先生合祠，今上南巡，賜「浩氣同扶」額。

亂山疊疊水淙淙，靈谷名藍倚碧峰。驢背喚醒塵土夢，萬松林裏一聲鐘。挈伴連騎遊靈谷寺，遥聞景陽鐘聲，極清遠。

贈楊誠炎

秋風秋雨老黃花，零落籬邊傲歲華。李妹桃孃生命好，春來齊上七香車。

題沈大香澧詠花軒詞稿 一録

巫山風雨總荒唐，洛浦風光枉斷腸。爭似休文新樂府，金徽彈斷鳳求凰。

封光祖

字晴邨，諸生。詩文雅贍，著《霞晴山館集》。粵賊時與所居俱燬，僅存數首，皆少作，非其至者。

雪

朔風吹雪飛，疑是天花墜。萬頃壓瓊瑤，千山失蒼翠。梁苑資賦心，灞橋饒詩思。寒江簑笠翁，垂釣渾閒事。

紫牡丹

一枝穠豔露華中，漫説尋常富貴叢。檻畔晴光凌曉色，洛陽佳氣醉春風。縱輸鸞鳳十分采，卻勝雲霞幾陪紅。真是魏家遺舊種，移來長伴白頭翁。

萬壽菊

蘋白楓丹霜滿天，穠華一片照寒煙。無香偏襲籬花貌，有色還争巖桂妍。植品不同凡豔種，托根合向玉階前。憑誰送上青雲路，好列彤墀祝萬年。

苜蓿

一望田疇似繡茵，春殘競放伴王孫。無邊爛漫平鋪地，萬頃燕脂直到門。著脚踢翻花世界，凝眸彌望錦乾坤。廣文苜蓿登盤好，嫩柳夭桃何足論。

泖上新居

卜築園亭泖水濱，鶯花三月景光新。雲霞叫起日燒海，風雨忽來水過津。酒熟盈甌三雅醉，花開滿院一家春。閒來曳杖尋詩去，自號荒江澹蕩人。

封光照

字鑑堂，號香浦。晴邨先生弟，郡諸生。制行高潔，研精經史，喜藏書，著《讀五史札記勘誤》《古香書屋集》。

夜泊燕子磯

建業迴颿廿里程，輕舟野泊一峰横。雲歸巖際嵐光暝，月照江心夜氣清。山鳥報更知漏轉，岸風拍浪覺潮生。凉秋水宿難成寐，遥聽鐘聲度石城。

白秋海棠

風姿雅澹怯驕陽，慣傍巖阿背粉牆。午夜露深珠有淚，瑶階月冷夢猶凉。玉妃倦態偏承寵，倩女冰魂枉斷腸。不改前生貞潔操，故辭脂粉謝紅妝。

秋日登潮音閣

高閣凌雲結伴游，凴闌極目海天秋。九峰晴色涵清景，一塔鈴聲瀉碧流。自古茫茫成巨浸，於今漸漸變新疇。吾生慣動滄桑感，曠覽平沾萬斛愁。

簾波次王春野韻

筠簾碧染半庭槐，誰把湘紋細翦裁。紫燕穿疑雙鯉躍，緑蕉拂訝一颿回。輕籠月色銀波泛，斜映花叢錦浪開。最是午窗新雨足，淙淙檐溜認潮來。

憶梅次鄭大令康人**韻**

點額新妝傍繡楹，本來面目記前生。味調金鼎濃猶澹，韻落江城雅且清。踏雪隴頭逢太白，賦詩官閣遇康成。五茸春色年年盛，幾度巡檐歲月更。

鞠景次汪秋白大經**韻**

靜中寄傲絶紛華，四壁離披瘦景斜。別有閒情留幻態，都將真意托空花。三更夢繞羅含宅，五夜魂游陶令家。逸韻已傳形色外，悠然神往興無涯。

白海棠

素豔玉玲瓏，芳姿珠皎潔。清宵睡正濃，月照瑤臺雪。

歲除

轉瞬驚殘歲，流光不待人。明朝故國裏，又是一年春。

丙寅九月紅梅忽放數葩紀之以詩

九月黄花次第開，春光一點漏紅梅。應憐籬下無清伴，特遣東風吹送來。

亭林訪鞠不值

寂寞東籬深閉門，秋容冷澹問誰親。寄言莫作炎涼態，我是黄花舊主人。

丁卯秋晴邨兄竹林弟同游武林予未與感賦二絶

曾侍慈親同泛湖，承歡養志樂如何。回思色笑猶如昨，兒又蕭蕭白髮多。

一腔詩思在西湖，久欲從游奈老何。屈指慈闈同泛日，倏經二十四年多。

戊辰九日横雲登高遇雨

凌晨鼓櫂横雲去，結伴登高冒雨來。莫道重陽風景惡，山靈爲我洗塵埃。

封光宗

字純乾，號竹林，直隸州州判。著《竹林詩鈔》。爲人豪俠好義，凡鄉里善舉及濬河辦振，莫不盡力。没後人尸祝之。

青谿競渡歌

今歲麥秋倆有年，萬民鼓腹樂堯天。時維五月端陽前，青谿競渡多龍船。稚子欲往夜不眠，凌晨一櫂抵城邊。城頭城脚人摩肩，沿城檥舟河爲填。俄聞金鼓聲闐闐，一隊飛凫五色全。蕩槳衝波去復旋，中流炫奇播蕩圓。各逞技能互争先，此時觀者羣譁然。歡呼拍掌喜欲顛，無何聚泊奏管弦。高唱入雲何纏緜，蛟龍竊聽潛深淵。楚客聞歌空自憐，曲終城闕生暮煙。東舫西舫齊言還，各鳥獸散誰流連，惟餘片月落長川。吁嗟汨羅陳迹今猶傳，扁舟獨夜弔流泉。

旅館聞雞作

茅坫雞初唱，殘宵月尚明。月憐孤客景，雞報故鄉聲。皎皎沾離思，喈喈催遠征。一鞭殘照裏，驛路幾人行。

生子

正爾思閒逸，偏沾累物來。嗟予未修德，懼爾不成材。能否爲騏驥，還將作駑駘。先求容易長，分付好栽培。

苦旱

數旬求沛澤，四野苦炎熇。曙色晞朝露，車聲戀夜潮。遠峰雲景瘦，近浦水痕消。佇望兼旬雨，郊原蘇旱苗。俗以桔槔名車。

喜雨

久旱大地渴，一雨枯苗活。雲重萬峰低，潮平百川闊。水田處處蛙，蕤麥邨邨割。生意遍郊原，長吟胸次豁。

登樓晚眺

薄莫登樓望，環邨景物妍。浦潮千匹練，墟里萬家煙。古渡催行客，殘霞映水田。九峰雲靄靄，新月挂簾前。

客感

佳節年年在客閒，欲偷閒反未偷閒。時安我分心常樂，不受人憐事易删。出岫雲飛原不定，戀巢鳥倦合知還。從今脱卻塵氛擾，手把鉏犂晝掩關。

憶梅次韻

幾時索笑繞軒楹，轉瞋寒枝緑葉生。雪後精神何處是，水邊風韻記難清。羅浮佳夢行將斷，鼎鼐香齏取次成。眼下不逢花御史，漫勞月色鬧深更。

送春

不知春欲去，但見花飛絮。此日送春歸，春歸在何處。
江南春已去，春去將誰語。搔首問青天，可有長春處。
黄鶯不住嘑，是訴傷春也。勸他莫作聲，恐亂多情者。

沈涇塘秋泛

雙峰夾岸石梁横，竹樹參天煙靄生。欸乃一聲山水緑，輕舟疑入畫中行。

佘山夜泊

月色空濛山色幽，山風拂水月波流。劇憐今夜船頭月，曾照施家歌舞樓。

晚鞠

秋來秋色滿庭隅，看到黄花花更無。可惜杭州重九日，未曾載得泛西湖。

白芍藥

玉作精神雪作光，獨標貞潔殿羣芳。鉛華隊裏如相問，願學梅妃試澹妝。

吴德達

字碧瑩，號春江，諸生。居張澤東市，爲金蕁谿弟子。

哭錫章弟

身雖市隱志超倫，卌載依依與我親。乾蔭早傾門户落，季方隻手任艱辛。
一家廿口最難支，色養歡然母自怡。弱弟幾人感嘘植，篪聲猶復助壎吹。
不辭重趼遍城鄉，訪得牛眠馬鬣場。計畝各酬五十貫，更憐畚揭一身嘗。
生平飲水慣思源，外舅書存淚屢呑。北望西佘新壠在，紙錢歲展墓前門。
曾記無年穀不登，解衣推食到親朋。又聞渡口斷橋日，拯溺捐金萬口稱。
想到千般鼻欲酸，幾回閣筆淚闌干。母年七十腸摧裂，豈獨傷心家室殘。

題南梁陳氏祠八景之四

鏡心亭

小築雲亭碧水潯，窗開面面納清陰。迎涼記得芙蕖放，照出濂谿一片心。

滌硯池

翰墨香蒸緑水湄，桃花煖漲泛紅絲。臨流想見翻龍尾，定有風雲起碧池。

錦魚谿

潑眼清光湛化機，參差游泳錦鱗肥。花開兩岸波紋簇，引得閒鷗貼水飛。

留雲塔

谿南谿北勢平分，窣堵重重宿斷雲。頑景漫愁山寂寞，披來五色映斜曛。

吴士超

字籍亭，春江先生子。乾隆癸卯舉人，官山東武城縣知縣。春江先生館南梁陳氏，籍亭明府從往，故少時與陳桂堂太史相唱和，其詠簾鉤詩有「搴回湘水波三折，卷上揚州月二分」句，人争誦之。著有《學愛廬詩稿》，今佚。

書高漢章事 縣民高同去夏竊族人高漢章物，畏罪遁。今秋入都上書誣漢章兄弟及劉聖典等爲匪黨，詔捕漢章諸人。大吏廉其誣，同遣戍。

彈丸承乏數年餘，邑有弦歌樂宴如。宵小懷嫌誣左道，殃同城火及池魚。

何物狂奴赴上都，陳書告變下官符。劉邠三族驚相語，可有犀然照水無。

有客歌傳金石聲，秋風野處可憐生。里胥闖入渾疑夢，夜半鋃鐺驀地行。

無辜被逮每號天，如此顛連一惘然。學道未能嘗學愛，平反大吏亦加憐。

哭蘅谿弟 四録

千里駒曾許阿堆，竹林游賞好追陪。争教識遍之無字，笑掣青錢數十枚。諸從父選錢，命弟與羣從背寫奇字，一字一錢。弟恒得十之八九。

夢回秋水澹忘情，白蜨吟成一座驚。屈指弱齡才十四，騷壇早已飲香名。潁川詩社以白蜨分詠，弟有「得夢回秋水」句，見者稱爲壓卷。

王郎耕之席上倒金缸，小户相嘲未肯降。三唾八叉如響應，逢場注射訝無雙。王戲弟曰「飛觴慚小户」，弟以「琢句比長城」對。王嫌其誇，復以「李賀三篇三唾就」倩弟對，弟應聲曰「温岐八韻八叉成」，王歎服久之。

扃門試士首春時，力疾空抽乙乙思。力疾應縣試。最苦風檐不停綴，歸來蠶簿賸殘絲。

周　珪

字敬貽，號研山，居八保二十七圖。監生，候選從九品。研山望湖舊族，三十後折節讀書，築西廬別業，栽梅種竹，嘯詠其中。嘗從盛百堂先生學詩，著《碧蘿小草》一卷。惜年逾四十遽卒，未得竟其業云。

陪祀陳夏二公祠作

龍潭風雨放扁舟，幾曲谿流碧似油。奕奕新祠光俎豆，纍纍坏土繞松楸。文章幾社聲名盛，氣節熙朝禮數優。桂湑蘭漿應勿替，年年風雅許陪游。

封銓

字全金，號松谷，婁籍廩貢生，居十保八圖。歷署元和鎮洋江陰教諭，著《松谷詩草》。

侍晴郇世父賞牡丹

幾度春光幾度回，芳庭今又牡丹開。紅顏天女登盤立，白髮高人曳杖來。滿坐咸誇香獨占，一堂共聚錦成堆。凌雲采筆爭題詠，沾興還須酒百杯。

乞菊

曲檻芳畦雨乍收，冷香簇簇澹煙浮。幾枝分得東籬色，增我茅齋一段秋。

凌元肅

字升庵，諸生。居張澤西市。著有《且園詩鈔》。先生詩不名一格，《且園觀繡毬》詩云

「侵曉怯寒嬌欲墮，滿頭露重不禁風」，如唐之温、李。《嘉平九日菊花猶開喜而詠詩》云「秋風回首誇同列，曾鬥孤山冰雪來」，又云「報道陽和消息近，肯將傲骨付春風」，則又如宋之梅都官、明之高青丘矣。

蔣大果堂以水巖硯長歌見示賦此卻寄

果堂長文辭，吾黨鮮有匹。近得水巖硯，作歌述祖澤。端谿與歙谿，良者等圭璧。此硯亦瑰奇，而乃入君室。迺知冥冥中，保護具神力。張谿數名家，蔣氏推巨擘。寶此庸自勵，復纘前人德。

新居有隙地半弓三亭曾以且園名之予仍其舊

江上數椽屋，白雲封其户。新故迭相仍，均非此園主。韙哉古人言，天地一逆旅。且園仍舊名，其義吾竊取。

盆菊爲風雨所摧移置牀側

秋來著寒花，清香殊絶特。昨夜風雨侵，傲骨恐摧抑。相交有澹人，置之胡牀側。君操與梅同，勿踐羅浮迹。

王大毅園道過張谿晤於江上草堂即賦別

蘭槳遥從謁墓回，殷勤過我破寒來。離懷久擬雲邊寄，笑口今從江上開。共斠詩文真氣滿，無多言語晚潮催。送君别緒如春草，不見青青滿曲隈。

秋日懷兄漱園

南北分馳各一涯，感秋况更苦相思。滿天霜氣孤鐙下，四壁蛩聲五夜時。謀拙稻粱難望歲，愁多魂夢易成悲。尊中有酒難除悶，月白風清睡每遲。

秋日懷蘇州王毅園

十載常嗟萍梗游，那堪雲樹更悠悠。春風楊柳送君去，秋雨梧桐知我愁。極浦悵懷千里月，夕陽遥泝百花洲。閒持酒榼高吟處，落葉紛紛獨倚樓。

聞柝

江邨夜半朔風泠，莫柝凄清最厭聽。遠和晚鐘驚醉夢，暗催曉漏落殘星。天街擊處霜初白，繡閣聲來鐙已青。唤起閒愁千萬疊，一簾明月倚空庭。

擬夜夜曲

愁人夜獨寐，衾鐵苦稜稜。鴛枕無人並，偏愁未滅鐙。

步三亭繡毬韻

依稀明月挂林梢，碎蕚重重草欲交。想是散花天女巧，戲團香瓣綴籬坳。豈勞蜀錦翦成團，别有妍姿奪牡丹。舞向緑窗扶未穩，柔情宛轉泥人看。

翠碧枝頭面面開，何曾笑倩女紅裁。團圞俏傍三更月，幾度因風欲滚來。

周　易

字雪湖，諸生。居張澤東市。與金蓴谿善，蓴谿集中有《詠邨女詩和周七雪湖》，今先生稿已佚，原唱不可得矣。

贈静庵

桃花點點柳絲絲，似此風光有幾時。漫笑古心兼古貌，閉門只解詠陶詩。

封　釗

字純齋，晴邨先生子。

秋月

凉月清如許，凴闌仔細看。昨憐光皎皎，又見景團團。金鏡摩千古，秋壺濯一盤。桂花香更絜，不覺露凝寒。

秋風

西風何太早，撼物最難禁。入幕砭肌骨，迎凉入詠吟。稻花香四野，木葉墮千林。古寺荒郵外，馮他送莫砧。

秋蛩

四壁聽啾啾，孤鐙相對幽。庭階吟皓月，籬落弄清流。促起閨人思，沾來旅客愁。憐他何所事，徹夜語難休。

秋螢

熠熠小光明，依依似送迎。穿花看有景，浥露聽無聲。散欲同星斗，團來若火城。芸窗還賴爾，夜夜絳囊盛。

封鉞

字午橋，監生。居八圖。性好善，遇孤寡及親朋困戹，竭力周恤，不足則稱貸與之。寂居一室，著述自娱，卒年僅四十四，路人爲之哀感。著《易書詩三經集解》十卷，方纂《禮經》，未成而卒。

佘山古松歌

佘山夾道多古松，枝柯偃蓋如虬龍。聳榦蟠根幾千尺，狂濤怒吼聲摩空。徵君别業施氏宅，霜皮鐵骨留奇蹤。知止山莊尤奇絶，醜根盤鬱殊葱蘢。輪囷古榦覆巖石，直堪比擬秦時封。我今到此已殘毀，樵斧斫伐野火紅。猶有數株出林表，攫拏鱗爪凌霜風。吁嗟乎，世變滄桑尚如此，碩士遺棄忠臣死。惟有貞松化石萬古留，長對青山與緑水。

丁酉立夏日即事

清晨睡起忽聞雷，著意尋芳興未灰。已識春歸花漸落，豈知火見鳥猶來。坐中佳句傷時作，几上幽蘭過候開。小飲一堂弦管作，天倫暢敘樂相陪。

書齋即景

江邊漁火照青山，入莫疏林待鳥還。是雪是梅難辨色，幾生修得此心閒。

封　錞

又名杰，字孟昭，號古愚，監生。居十保八圖，晚遷張澤興仁街。先生研究經學天算，兼及術數。嘗著《大學管窺》，其前後次第參用車若水、董巨卿本。咸豐間濬官紹塘等河，至今利賴，里人倆之。

安分

蒼松高十丈，蘭蕙僅盈尺。大椿壽八千，木槿開朝夕。同受雨露滋，修短何差忒。顏子賢而夭，長齡稱盜蹠。牛馬飼薪芻，雞鶩供粟麥。萬類各有命，此理何可測。莊生恢詭文，齊物逞胸臆。人生各安分，妄念徒騷驛。

盆荷

此爲太液池中種，寂寞今偏植在盆。欲取碧筩傾斗酒，澆君塊儡到庭軒。

沈之熙

字蕙樓，香澧先生子，監生。

答封春山雨後見懷即次其韻

愛惜韶華百五辰，一番風信一番新。花因久浸紅先褪，詩有同聲雨後春。佳句繽紛時寵錫，荒齋褻屐待光塵。牀頭斗酒供吟歗，莫棄疏狂倒屣頻。

封　鈞

字蘭亭，香浦先生季子。

立夏

百五韶光迅若雷，欲留無計寸心灰。東皇已挈羣芳去，赤帝頻催九夏來。三篋不妨供客醉，一尊聊爲送春開。坐中喜有芝蘭氣，我總無詩亦暫陪。

封衔

字春山，竹林先生子。性風雅，耽音律，工古文辭，著《醉六草堂稿》。

夜游寒碧池

露重星稀秋月夜，清風拂拂流泉瀉。有客有客興正豪，攜琴把酒繞郵舍。版橋彳亍過原田，萬頃香稻盡含煙。回頭不覺月隨後，轉眼忽驚水在前。三徑就荒存古木，兩隄蟲語秋蕭索。濃香馥郁風送來，宿鳥棲枝桂花落。穿藤度石繞谿邊，朗誦《南華》《秋水》篇。白雲斷岸疑無路，碧水星沈別有天。舉酒對月月更皎，洞簫吹散愁多少。歸來洗硯紀清游，心醉不知天欲曉。

閔荒

天雨連緜晴日少，蟛蜞處處喫青稻。一補再補補不全，農夫買秧家無錢。躊躇朝向田邊看，昨缺一分今三焉。蟛蜞蟛蜞何太虐，年復一年今更劇。爾欲肥爾身，不顧農夫命難存。爾欲飽爾腹，不顧農夫向田哭。捕爾不盡禦無術，那能望得田禾熟。禾不熟，將奈何。官租日日來追呼。大男小女賣不得，合家老少無衣食。將捐七尺心未甘，且向街頭暫求乞。

貧

貧乃士之常，莫以貧爲患。不如揮素琴，萬慮全消散。君不聞，裋褐不完可見賓，蕭然環堵可棲身。野田藜藿堪爲食，荒徑枯枝可作薪。春花樹下朝朝醉，秋水魚梁夜夜情。門前寥落種修竹，飛鳥有情常繞屋。老妻陌上采桑回，稚子籬邊望瓜熟。楚曲幾篇日日歌，古書數卷時時讀。養我真兮守我志，貧非病兮不爲辱。

閒步

尋詩入蘭若，境寂偶徘徊。曲徑堆黄葉，空階長緑苔。白雲棲古木，烏鵲繞荒臺。境僻殊人世，攜笻踏雪來。

元宵

客舍悠悠夜寂寥，挑鐙煮茗對良宵。看殘明月情猶戀，詠罷梅花興未消。密密枝頭霜染白，疏疏鐘裏漏聲調。春風不會吹雲散，但送鑪煙上碧霄。

雨華軒偶成

雨華客舍夜悠悠，縹眇雲煙天際浮。明月偏從今夕皎，詩人應愛此時幽。鐘聲敲斷雞鳴寺，笛韻吹殘燕子樓。不爲惜花清早起，春光欲去倩誰留。

詠燕和梅東嶠

玄鳥南歸乘煖風，芳菲消息問誰通。掠殘柳絮因霑白，翦破桃花不染紅。曾識舊巢情切切，爲尋故主話悤悤。莫將王謝當年事，説與鄰家封殖翁。

秋日同蔡字香蘭亭從兄作

玉露金風滿眼秋，典衣沽得酒盈甌。漫吟《子夜》紓新感，閒撥箜篌洗舊愁。曉啟晴窗花繞屋，晚憑芳檻月盈樓。小山散馥重陽近，約共橫雲一泛舟。

善後歎

米捐才了又柴捐，更有吴淞夫價錢。籌餉局騰諸物貫，抽釐卡阻萬商船。官軍打哨争搜物，縣吏清糧各丈田。何日昇平繁令釋，白頭野老得安眠。

送友

相去非千里，何須悵別離。申江人緩渡，握手夕陽時。

夜坐

炎暑不成寐，憑闌聽晚風。月明雲不見，詩思正無窮。遥望前邨裏，浮煙籠四圍。魚鐙六七點，相雜草螢飛。盡夜無人語，惟聞蟲亂鳴。多情憐皓月，伴我到天明。纔聽五更鐘，東天𣃁覺紅。一輪如彈子，飛入彩雲中。

古梅僅開一花

一點香仍在，相看興不賒。江淹才未盡，莫訝少開花。

九日登横雲山

爲愛横雲秋色深，年年此日去登臨。山中草木皆依舊，前歲茱萸何處尋。

即事

月白風清獨倚樓，閒攜玉笛賞新秋。曲中訴出生平事，修竹蕭蕭盡點頭。

春晴

黄鸝對對啼芳樹，紅杏枝枝映曲江。一縷煖風人欲醉，閒看花景度紗窗。

對月

蕉窗雨過晚蕭蕭，玉宇無塵眼界遥。片月忽然横碧落，倚樓風送一聲簫。

步月

漫蹋蒼苔坐竹林，一天凉意濕芳襟。白雲繞徑山腰斷，荒草含堤澗水深。

釣月

谿水澄鮮一色秋，魚喧月景漫垂鉤。釣殘碧漢星千點，送盡清江萬里流。

卧月

四壁蛩催漏已長，人聲寂寂桂飄香。綺窗月伴三更夢，一色空明護粉牆。

贈雷竹亭

春宵酒罷伴君游，笑我疏狂孰與侔。醉向清池問明月，如何能解百年愁。

柳

帶雨含煙灞岸春，絲絲褭褭惹愁人。《陽關》一曲傷離別，青眼誰憐送客頻。

燕

銜泥葺屋入簾頻，掠水穿花最可人。羨爾微禽偏有信，年年不忘故鄉春。

蜂

香國營巢鬧麗春，旨甘儲蓄劇艱辛。忠心戴主尊卑序，愧煞人間叛逆臣。

蜨

籬畔雙雙舞袂新，尋芳常戀故園春。翩翻花徑無塵念，悟否南華夢裏身。

九日偕字香登橫雲山

扁舟鼓櫂到橫雲，把酒馮舷我與君。一片芙蓉排對面，平原往迹認紛紛。
澹月昏黄一鏡寒，好山宜向醉中看。丹楓白荻供吟眺，紫蟹黄柑佐晚餐。
一櫂孤舟赤壁灣，愛看蒼翠雨中山。宿雲小塢偏幽寂，一任畸人獨叩關。
少宰祠堂焕堊丹，山莊修史更難攀。堪憐一片頹垣古，方相遺容坐背山。

封鎧

又名烈，字亦愚，竹林先生季子。國學生，議敘八品。

辟難新塘鎮同雷研農作

遍地烽煙起，文章困我曹。囊空稀飲酒，病久嬾揮毫。愧我愁如海，憐君興獨豪。欲求乾淨土，滿眼盡蓬蒿。

庚戌九日登横雲山

自别横雲已廿年，每逢佳節雨連緜。鐘因寺破音常寂，碑爲亭傾字未全。山鳥鉤輈聲不斷，石梯犖确履將穿。白龍洞裏尋僊去，一徑松風蹋紫煙。

春雨

獨卧荒江風雨驚，枕邊愁聽打窗聲。明朝約得游春伴，屢向鐙花卜早晴。

登鎮海樓

獨上高樓氣浩然，波濤萬丈遠連天。風颿幾點疑飛燕，越嶠諸山一抹煙。

張澤詩徵卷二

婁章耒次柯　編　　里人吴昂錫介眉　增訂

封　泰

字香巖，華亭諸生，松谷先生子。劬學高介，卒年僅二十有三。著《蒻鐙小草》。香巖丈與先君子同入學，時歸安王侍郎勿庵先生爲學使，丈與華亭許丈曾昶、蔣丈樹本，婁縣潘丈鏞權同爲侍郎奬異。許丈越一歲而殁，丈繼之。蔣、潘二丈皆博極羣書，有聲藝林，蔣以廩生終，潘以舉人終。四先生皆無後，録先生詩，曷勝悵然。

新笋

燕來新笋茁，近觸苔痕碧。斸起玉森森，入口流芳液。櫻桃共一廚，鄉味聊供客。

學詩

獨坐蓬窗下，題詩寄碧筩。歌行差學步，格律豈能工。春草鋪新緑，寒梅吐舊紅。偶拈陶謝句，敢效少陵翁。

看雨

空濛一望裏，獨自上高樓。急響檐前樹，涼生竹外秋。亂雲蒙岫淡，斜雨入牆流。遥見邨西水，漫漫已滿溝。

渡泖

風勁檣飄速，潮平岸草齊。一舸秋水活，九朵曉煙迷。轉眼鈴聲寂，當頭閣景低。數聲漁唱晚，已到澱山西。

除夕

今夕知何夕，璿璣已一周。夜還兩歲共，年肯半宵留。幾點梅花逗，三杯柏葉浮。滔滔人不覺，霜雪漸盈頭。

贈馬少白集唐人句

遥羨書窗下，錢仲文。長吟有所思。劉夢得。凴闌堪入畫，王克成。出語總成詩。張道濟。柳暗鶯嗁處，牛延峰。荷喧雨到時。温飛卿。相思不我會，張象文。從此數追隨。杜甫。

霞晴山館紫牡丹謹和晴邨從祖韻

迻來魏紫植庭中，一點晴霞綴豔叢。金縷朝酣金掌露，錦袍晚集錦堂風。巧妝西子翻嫌白，醉舞楊妃莫妒紅。不必姚黃誇正色，已堪娱樂一詩翁。

一枝穠豔倚庭前，色比朱紅陪覺鮮。潑著墨痕留異采，滴將鵑淚洗晴煙。翻嫌西子妝來淡，還勝楊妃捻處妍。斜傍雕闌如欲語，花僊真可伴詩僊。

丙子元旦

春到人間斗轉寅，幾番景色度良辰。聊開臘甕傾三雅，試奠椒盤列五辛。隔歲梅花香不改，迎年爆竹曆維新。江鄉荒寂無珍飾，弦管喧闐祀穀神。

莫春感懷

軒窗寂寂雨過時，檢點牀頭幾卷詩。客爲看花歸去早，人非中酒起來遲。静中惜别惟迎月，閒處忘機罷賭棊。最是春光留不住，愁懷可有故人知。

與趙樂園容夜話

天生杜牧本多情，把臂相逢笑語傾。愧我雕蟲情嬾散，多君倚馬氣縱横。全芟縟節交逾熟，乍接高談夢亦清。相約翦鐙論往事，柝聲旋聽報三更。

柳絮

畫出蛾眉柳色新，謝家庭院詠殘春。花飛暗繞玲瓏月，絮撲平沾錦繡塵。好共煙光留舊迹，卻教萍葉認前身。鋪階糝徑香泥印，一架秋千映水濱。

池塘嫩緑幾重沾，點點還看落絮黏。涉想定疑春隱約，傳神好比玉廉纖。游絲共罥長亭路，密景微遮小閣簾。記取章臺曾判袂，卻將花信數番占。

看遍繁華匝錦城，輕描淡寫又新晴。三生粉本留花國，六代煙痕繪玉京。嫋嫋隋隄迷客路，依依霸岸釀詩情。何須陌上愁飄泊，寶馬香車處處迎。

纖纖嫋嫋又霏霏，惹草縈花密更稀。碎點幾回迷畫舫，漫空猶許到柴扉。長街景重露輕霧，小徑光融膩落暉。好趁陽春呈麗藻，莫瞋輕薄點人衣。

寄懷徐僊洲

茸城載酒記論詩，南浦迢迢感別離。涼月一簾照顔色，緑波三尺繫懷思。詞章欲受江郎盞，學問先垂董子帷。此去秋風當得意，蛟龍夜護渡江時。

蚊

蚊雷帷外起，終夜攪人瞑。豢汝愁無血，揮之轉自憐。

寄懷郁大

一抹斜陽慣畫秋，病來摩詰愛清幽。定知歗傲南窗下，劍景書聲共一樓。

幽居雜詠和張吟樵

紛紛古事細評論，多口交攻語更繁。別有青眸光一寸，莫將心孔寄籬藩。論古。

閒居本不戀紅塵，打破禪關味自真。一日客來參一偈，水流花落月前身。談禪。

窗前兀坐樹陰深，手撥朱弦欲寫心。一曲能陳情萬縷，天涯屈指幾知音。撫琴。
客來相對一枰棊，竹院聲聲落子遲。本是忘憂兼適性，局終何必論雄雌。對弈。
芭蕉淅淅打窗紗，聽罷書聲鐙景斜。我有一腔心事在，不知夜落幾多花。聽雨。
竹繁未便引清風，芟卻蒙昔徑始通。從此青雲當直上，生機即寓殺機中。芟竹。

夜聽鄰家吹簫

月映疏櫺夜寂寥，孤鐙挑盡篆煙消。漏長已恨難成夢，隔院何人度玉簫。

曉起自燕子磯到棲霞月白風清天然妙景不能無詩

悤悤曉起作山行，路轉峰迴月正明。古木幽深人迹杳，萬般秋思觸詩情。
人家疑在白雲中，竹樹風煙曉色籠。巖畔雞聲山市近，路旁殘碣舊王宮。

金陵

莫愁湖畔賸殘荷，水閣簾開載酒過。莫向白門賤秋柳，惹人情緒別離多。

莫愁湖

四面雲山繞古津，一湖收盡六朝春。多情最是風騷客，不弔英雄弔美人。

時右君不礙雲山樓集唐人句二録

蒼苔古道行應遍，郎士元。長笛聲中海月飛。李中。此外俗塵多不染，李頎。花開花落盡忘機。陸龜蒙。

數聲雞犬翠微中，劉威。孤島回汀路不窮。無名氏。俗客見來猶解愛，白居易。此心期與古人同。郎士元。

題畫梅集宋人句

一枝春曉破霜煙，朱松。戲折寒梅畫裏傳。張栻。慚愧通神三昧手，孫覿。乃於豪末發春妍。僧祖可。

漁樂圖集元人句

新得槎頭縮項鯿，楊維楨。老妻含笑小童顛。吴師道。江南江北山如畫，謝應芳。繫卻扁舟卧碧煙。胡長孺。

漁父詞集明人句

未免停橈紅蓼洲，張鳳翼。緑陰祇在水西頭。謝矩。鯉魚風起芙蓉落，王達。偷取瀟湘一段秋。李日華。

題畫竹集明人句

繞屋曾沾萬竿竹，王燧。雲景滿簾秋氣涼。樊阜。常見本來真面目，興來拈筆寫修篁。徐賁。

梅上林

字東嶠，布衣。居張澤東市。習大小篆，兼能醫。著有《吟香館詩草》。

題館壁

莫慨家無儋石儲，寄人檐下此傭書。論文且把狂情抑，入世終嫌禮貌疏。酒不靈時愁更長，涂雖窮甚傲難除。回頭四載棲遲處，可有春風滿徑噓。

梅坡餽帽

露頂尊前强作癡，以頭濡墨記當時。一巾惠我須珍重，兩鬢輸君好護持。愁易中人和酒漉，山如邀我任風吹。拜登偶憶王陽事，不敢輕彈俟故知。

封　瀚

字墨莊，號雲齋，邑諸生。性風雅，喜藏書，不知世間有詐僞事，以故家日漸零替。能詩文，尤工倚聲，平居著譔編纂甚多，卒後散佚殆盡。兹所録零章斷簡，皆得於友朋家云。

贈友

曾期奮翅敂瑶扉，纔阻雲程遽倦飛。恃有奇書堪遣悶，每逢酣飲即忘歸。一湖明月扁舟載，滿紙鴻文信筆揮。莫怪旁人羨且妒，如君清福古來稀。

飼蠶詞

陌上提筐露未乾，平鋪葦箔十分寬。蠶飢生怕絲痕斷，坐到深宵獨耐寒。忙過頭蠶繡户深，山花開遍不曾簪。工夫换得冰文繭，一縷春絲一縷心。

惜花

豔陽天氣露光融，薄霧輕煙分外紅。早起不嫌春寂寞，芳菲猶是笑東風。

落花

斜風細雨妒名花，片片飛來徑欲遮。掃盡殘紅香未散，尋芳蜂蜨繞窗紗。

封淵

字坤永，號花巖，松谷先生子。婁籍議敍，晚年遷居張澤南市。

寒夜

紅鑪獸炭煮新茶，冷逼書窗翠幕遮。深院閒吟聲寂寂，一腔詩思付梅花。

吴應泉

字椵三，籍亭先生從子。諸生，居張澤南市。少從姜孺山先生兆翀學，中年好藏書，嘗榜其門曰「爲善最樂，讀書更佳」。

道光乙巳六月續修家譜成詩以紀之

遺言未踐悵年年，嘉慶己巳籍亭伯父創刻族譜，先君子遺命續修。族譜亭邊意惘然。記事尤資姜葢筆，謂明經姜小枚世丈。敬宗頗賴阿咸賢。謂毓峰姪。纂修不改前編例，掌故無非昔日傳。述德書成頻俛仰，感懷風木望瓜緜。

吴志喜

字翰良，號毓峰，諸生。籍亭先生孫。著有《語園吟稿》。青浦何古心先生其超謂其詩性情肫摯，五古尤勝。讀之良然。

雜詩

美人顔如花，被服羅紈綺。脈脈情雖通，盈盈隔秋水。欲濟河無梁，朝朝采芳芷。飾此雲錦裳，配以明珠珥。長跪緘素書，蹇修托雙鯉。誓達此區區，中道波瀾起。結志空復殷，年華去殊駛。

白帝馭素秋，金風振林薄。一片調刁聲，長天亘寥廓。蒲柳既已零，爽氣度巖壑。盛衰遞相嬗，敷榮恨摇落。静觀悟玄玄，紉蘭聽鳴鶴。甲午年作。

明月上階除，流光何凄清。懷人擘衣起，之子方遠行。鴻雁逝不來，珠露下無聲。徘徊復徘徊，延佇傍前楹。愛此皎皎光，雙照千里情。輾轉不得見，宵寒鷗鷺盟。矯首望天末，玉衡正西横。幽思感河鼓，銀漢阻雲程。神僊有離别，華髮能無縈。懷内兄夏石君作。

十年種奇樹，鬱鬱揚華滋。培此梁棟材，藉作廊廟資。秋風忽奄至，竟折淩霄枝。匠石顧興歎，何況種樹師。忘情愧太上，揮涕空嗟咨。思垣兒作。

飄風吹海濤，壁立萬仞强。胥種前後馳，萬馬交騰驤。晴雷爆秋霽，烏兔浴渾茫。哀此人民居，幾作蛟龍堂。武肅去不返，空弮誰敢張。可憐精衛心，銜石作保障。丙申年作。

僊人藐姑射，蹋雪騎凍蛟。九天風力勁，飄墮庭西凹。月中弄清景，化作梅花梢。臘盡春將回，萬斛明珠拋。冰雪朝掩門，縷縷幽香交。有客共高潔，傍築瞑雲巢。永言結芳鄰，如漆還如膠。題芝秀軒。

有池可畜魚，有室可藏書。有飯供朝夕，有琴伴居諸。衆樂亦已具，安用高我車。高車誠足雄，出入無安舒。我足縱未裹，舉步行徐徐。

讀書二十載，所得苦未深。虛室夜生白，披卷更長吟。意逆稍有得，如見古人心。其心安可見，仍在字句尋。訓詁備一解，拘泥失正音。此意誰與證，默默思苔岑。即事作。

戊申冬仲葬先姊及前室夏孺人於祖塋既畢事復瘞垣見於其窆也哭之以詩

薶玉深土中，此事昔所歎。送汝出原野，白日何荒寒。汝生膽頗怯，夜臺恐難安。南望二祖塋，相隔一流湍。汝宜往相依，可以稱團圞。

我年踰四十，喪汝即無子。病骨復支離，常恐乏宗祀。春秋奠獻時，後顧顙有泚。顯揚夙所願，昔壯今衰止。魂兮歸來些，吾生恐已矣。

輀車載汝母，往即幽宮幽。汝妹髮垂肩，牽紼行道周。嬌稚有何知，亦能涕泗流。旁人歎幼慧，嘖嘖譽不休。終非主鬯人，焉能保松楸。生汝雖父母，撫育賴汝姑。汝母痛汝亡，汝姑今又殂。先後營窀穸，思之涕霑繻。我行縱未修，祖澤豈無餘。汝靈儻有知，尚爲合浦珠。

語園十四詠 并序

誦芬舊友居室之旁有圮屋隙地，爰闢治之，編竹分界，坎地成池，伐石壘甓，爲梁爲臺。工不逾旬而竣，名之曰「語園」。語之云者，謂人皆不以爲園，謂之爲園，特吾言耳。園既落成，製詩十四篇，貽知我者，屬而和焉，庶證吾言之不虛云爾。

竹藩 徑恐捷，藩止之。美易露，藩藏之。回俗士駕，紆主人步，於藩尤有賴焉。語園之成，蓋得青士之力居多。

招此竹君子，衛我地十弓。曲折高下間，麃眼何玲瓏。緯以豆蔓花，香霧吹濛濛。

盈科 園有内外池各一，此外池也。溝水由此達内，故名。

凡物戒暴長，求道詎不然。混混苟克繼，學海非無邊。勤我蛾術功，鑑取淵泉淵。

環魚島 竅大甕四隅，覆盈科，中疊石其上，游魚旋繞四出，蓋咫尺具江湖之勢。

寒碧環四圍，一島中流矗。欲躍必先潛，垂雲踞洄洑。體物得其情，呼僮事畚挶。

囊風簽月修廊 廊廣三尺，修數倍之，在語園東北。

團團皎月升，冉冉好風來。引之貯修廊，撫檻共徘徊。今夕復何夕，主人思悠哉。

尺石梁 觀水有術，峽之則鳴。架石池畔，垂虹埶成。夏時雨瀑，冬午雪晴。噌吰如鐘，錚鏦若笙。田水吾師，趣同淵明。

頑石不及尋，架之厲揭免。彳亍花畦間，明鏡雙池展。蹎垤古有箴，莫謂微波淺。

蘭隖 循尺石梁而西築隖藝蘭，挹朝陽之曦，避朔風之烈，位置國香，允爲宜稱。

孤芳侶羣卉，蕪蘼昔所歎。築隖避蕭艾，培茲九畹蘭。紉佩彼何人，望古思漫漫。

媚香磴 蘭隖後有磴十餘級，通得月臺。春風始和，蘭苗怒長。循磴上下，芬芳襲人。

初日照軒窗，苔級露猶濕。不惜芒屩寒，漱芳念何急。緬昔紉蘭人，伴花一佇立。

躍雲池 此内池也。明經姜小枚先生題先曾王父池上攜孫遺照有「小池應尚在，中有躍雲魚」之句，池名本此。

坎地五六尺，畜魚七八頭。師夷境雖隘，清波無橫流。翔雲定何時，爲霖遍九州。

得月臺 築臺躍雲池西，高不及尋。每當璧月乍生、瑶琴獨撫，燿金沈璧、結志清澄之區，玉宇瓊樓、契情縹眇之境，延佇展眺，豈復知人間世哉！

暝色延夕霽，凉月如可招。清泠風露中，夜闌斗轉杓。寫入枯桐枝，太古音蕭寥。

知樂坡 坡在躍雲池東，莊、惠濠梁古歡，誰繼魚樂之知？主人自謂方駕也。

十年學道人，見獵心尚喜。臨淵不羡魚，此言毋乃詭。貪廉兩相忘，静對一泓水。

池上書堂 昔曾王父春江先生有池上攜孫圖照，名人題詠甚夥。今其地已湮蕪不可識。斯堂在躍雲池南，爰署斯名，以存釣游遺迹。堂中藏書萬卷，皆先人所遺。

縹緗一萬卷，先人手丹黃。石室我未築，愧彼曹氏倉。波圍階戺閒，書庫規漁洋。

學愛廬 昔先大父籍亭先生爲武城宰，有「學道未能嘗學愛」之句，觀察淵如孫公題榜以贈僕。雖處菰蘆中，然此二字固尚志之初桄也。

心理本能愛，學之詎有加。嗜欲苟未盡，用愛能無差。努力守彝訓，庶免無術嗟。

涼風牖 此誦芬舊友卧心處，爲學愛廬之北楹。

犬吠警宵寐，奈此夏日長。午飯幸得飽，稅駕華胥鄉。羲皇世既遠，北風毋乃涼。

六如僊館 取《毛詩》「牖民孔易」之意，在池上書堂之南。嘗與抱真顧君爲扶卟之戲，有僊來降，故云。

峩峩僊之人，御風降天路。談理剖玄扃，還丹戒世誤。白雲深復深，何時欣再遇。

采蓮曲

拍拍鴛鴦飛，灼灼荷珠光。盈盈蕩雙槳，去去波中央。蓮絲拗難絶，歡情那可滅。儂心與歡情，密證江頭楫。爲歡采蓮房，滌硯訴衷腸。爲歡采蓮子，瀹茗芬沁齒。采蓮不采莖，刺手郎難擎。采蓮不采葉，作鏡顔羞妾。莫恃蓮花妍，莫愛蓮花鮮。鮮妍易消歇，妾貌長年年。歡勿冠遠游，應作花並頭。並頭解語花，豈慮秋風秋。

望夫石

悠悠江水高高山，藁砧一去何年還。何年還，不可必。身爲石，心如鐵。心如鐵兮堅難移，三生良遇會有期。不見樂昌破鏡重合時，石不我答點頭知。

古松行

高山峻嶺，千疊萬疊橫。中有孤松，突兀青空撐。銅柯鐵榦，卓立一百尺；鬣鍼瀉碧，疏密陰復晴。上有鶴巢，危住勢倚側；下有澗石，環拱形嵴嶸。四圍紫蘚，斑駁作鱗甲；一線蒼藤，纏絡疑簪纓。不知何年月日人手植，俛視唐槐陳檜皆孩嬰。冰霜雪霰歷刧數無數，仍覺參天黛色常敷榮。我來科頭箕踞坐其下，頓令溽暑煩渴消三庚。豈但陽烏到此斂威避，青陰綠靄直使塵襟傾。未幾調調刁刁起天籟，有若輕車駕駿爭前程。驟如飛雲凍雨掣電急，紓如寶瑟玉磬瑶琴清。勢則奔騰澎湃倒峽水，幽則清泠淅瀝韻瓶笙。松子墜落芬馥襲襟袖，娟娟蟬魄又向梢頭明。太息汝松閱世閱人久，冬心幾个不負歲寒盟。空山荒涼岑寂賴有此，如睹先民冠佩容老成。寒梅清芬，勁竹有直節，庶可位置左右稱弟兄。虬枝輪囷永作冬嶺秀，毋教一旦封爵來秦嬴。

古玉劍飾

鏡新老人諱以模，號筠亭，高王母施太孺人之姪孫也。嘗佐大父幕事，得此玉於山左。色具五采，紋細如秋豪。道光己丑招予飲其家，時予初昏，柘湖老人解玉爲賀，以身後相托，語甚悲摯。予感其意，商之姊氏，爲築生壙，繼又割宅迎養。越十二年，老人年八十八乃殁，距姊氏之亡已四年矣。往予結静安詩社，時社友嘗以此命題，予曾作七古一篇，今佚其稿，僅憶起四句，爰續成之，用以自勵，冀終養其配陳孺人於家，庶不負所托云。

夭矯一龍延平飛，波濤壁立雲雷圍。天風飄摇墮鱗甲，土花酣漬紅藍肥。浩刧茫茫數無數，紋孕千絲光燿五。珍瑶搜得衛河濱，鏡新老人善鑑古。買絲親紉山人絛，洗刷泥沙不憚勞。摩挲如睹飛僊俠，拂拭思酬壯士豪。里門歸卧頭盈雪，賸有寒氈少金穴。藍田種玉願成虛，彈鋏無魚向誰説。我時已作墮懷禽，被褐方爲澤畔吟。敢云抱璞無人賞，縱有明珠恐海沈。翁偏愛予如愛玉，自詡雙眸異流俗。攻錯殷勤保護周，如雲高誼鐫心曲。春風榮廌草堂開，手翦園蔬酌凍醅。自言白髮無依倚，復恐先塋委草萊。鐙前老淚雪縱横，親解腰間一片瓊。養生送死他年事，孺子當爲我郈成。我聞翁語涕霑裾，歸去家中告女嬃。脱簪爲築生時壙，割宅旋招翁共居。春秋十度年華駛，我哭鴒原翁亦死。遺嫠在室苦飢寒，解推何忍相歧視。翁今墓草未全荒，寒食年年酹一觴。豈真克踐平生諾，每對孤墳憶雁行。噫吁嘻，翁曾期我躍天淵，淪落而今鐵硯穿。斗牛紫氣憑誰識，一撫遺珍一惘然。

題家桂生（勤三）詩後

釀雪天寒夜，誰投感事詩。吾宗有名士，攄憤發新詞。病骨三秋瘦，雄心一劍知。圍鑪頻諷誦，此夕最相思。

卧病

小極亦堪娱，塵心愧未除。癡兒來索笑，黠婢解尋書。性僻交難廣，身閒樂有餘。龍麟遭脯醢，應復羨池魚。

自郡城步歸涂次口號

出郭二三里，江鄉熟稻天。鴨聲臨水樂，笠景蓋人圓。楓葉釀秋色，詩情起渚煙。瓜涇（渡名）

前面是，柳下泊漁船。

待月

雲散碧空浄，寥天一鶴鳴。閒庭警風露，獨客感凄清。如有嬋娟思，能忘故舊情。瑶琴爲遲撫，高詠答秋聲。

聞錢君水西益培赴未及往弔詩以哭之

摇落秋深夜，挑鐙哭故人。交游從弱冠，規勉互書紳。綺帙應無主，琴牀想積塵。何年具芻酒，來向墓門陳。

偶書

耕耨殊未易，萬事水流東。自信貧能耐，何愁道有窮。朋來惟煮茗，獨坐好觀空。雅雀嗤徒譟，機心付塞翁。

早行

回首荒郵控馬鞍，月光如水夜漫漫。灣環古道鐙盤景，蕭瑟平林露滴寒。遠轍欲礶輪鐵破，西風早警客裘單。謀生初試勞薪味，未敢長歌行路難。

廢冢

富貴繁華委逝川，松楸斫盡賸荒阡。碑文無復行人讀，姓氏空憑野老傳。衰草離離翁仲卧，夕陽閃閃馬牛瞑。旁人尚説當年事，蕭颯西風起莫煙。

夢登東嶽

天風高御不勝寒，鳥道凌空十八盤。脚下齊州煙九點，眼前滄海日三竿。雲旂霧幕圍天闕，玉檢金泥閟石壇。欲覓蒼苔僊篆古，飛來野鶴頂初丹。

不善治生家計日索人或咎之賦此解嘲

石火光陰掣電身，忍教畢世作勞薪。能除富貴功名想，也算聰明智慧因。緑水青山頻入夢，春花秋月肯招人。市朝幾輩營營者，可省邙山已化塵。

辛亥歲與介眉弟讀書語園喜而有作兼以勉之

樂事今年正未央，招呼予季共書堂。繞身高下三千卷，舊句推敲十四章。謂語園十四詠。池號躍雲波乍漲，廬名學愛訓毋荒。秋風儻振扶摇翮，便恐雲天各一方。

病起口占

濃陰漠漠罨平疇，雨力風聲併作秋。病骨畏寒宜對酒，知心久别强登樓。尚留書劍貧何慮，能廢耕耡賦不愁。況有一端堪自慰，已無塵夢落滄洲。

語園雜興

新闢町畦號語園，閒來展眺一欣然。縱無樓閣起平地，恰有藩籬界洞天。池水怒生檐瀑急，萍因吹破月珠圓。幽居如此甯非福，別署頭銜作隱僊。

評量秋月與春風，藥圃花闌趣不窮。知樂坡邊魚景亂，媚香隥上露華融。鼠姑逢閏花偏小，雅舅經霜葉漸紅。更向閒來頻策杖，遥從天際數飛鴻。

掩關謝客作潛夫，幽課頻沾亦自娱。清聖濁賢評美釀，秋菘春韭足山廚。探囊續句思能幻，倚檻看雲澹到無。虛室宵分人悄坐，自亨雀茗扇風罏。

呼僮縛帚掃蒼苔，清境從教絶點埃。花種種香春蕩漾，草茸茸碧蜨徘徊。夢回瓦枕茶初熟，酒醉檀槽友正來。相約明朝課何事，攜鑱采藥白雲隈。

庭梧浥露墜階輕，容易秋風又一更。待啟南樓看雁陣，先開北牖聽蛩鳴。高談敢向人前說，妙句多從夢裏成。月景團團鐙熖小，今宵枕簟嫽涼生。

新築茅堂傍小池，池邊緑樹景參差。空環書架峰巒疊，日蕩簾波綺縠披。秋水匣中宵吼劍，春風座上酒盈卮。幽懷妙境真堪繪，說向旁人恐不知。

紅葉

一抹楓林畫本呈，谿山平遠夕陽明。深秋景色無凡豔，千古文章重老成。人羡衰顏回少壯，天教晚境富光榮。浮生嘗遍風霜味，擬譔詩篇與證盟。

寒夜

寒夜孤蹤倍悄然，一鐙相對類枯禪。能除瞋愛方成佛，豈有癡頑不算僊。茗味太清因煮雪，詩心易好在忘筌。《南華》幾卷今慵讀，領徹無生近十年。

詠蠶豆

育蠶時節麥將秋，豆莢離離滿翠疇。氣備四時天賦厚，登先百穀稼功收。堆盤磊落珠光紺，入饌甘腴風味優。遮莫山廚編食譜，櫻桃燕筍足相儔。

訪顧小野乃德**於松隱歸後卻寄**

人生難得共壺觴，況值干戈烽火場。頑石昔曾勞拂拭，語園有石子一枚，君譽之爲璞，竝著銘一篇。名山今擬互編藏。文詞抗志驚流俗，情話連宵溢古香。何日慰予蕭艾思，語園三徑未全荒。

邨居秋夜

一鐙耿耿照書堂，絡緯聲中夜氣涼。無復塵心生感慨，但將詩筆寄疏狂。空庭鶴警三宵露，早稻風來十里香。太息鄰機聲軋軋，困無餘粟布盈筐。寇警日深，布皆不售。

泖湖春泛

莫春天氣雨初晴，一櫂中流自在行。爲是波光搖嫩緑，嬴青倒景不分明。

題荷鉏圖照辛丑年作。

遮莫詩人托興微，丹青點綴是邪非。稻粱謀足無他計，感慨歸鴻一一飛。

小游僊詩三首并序

天下豈有神僊哉，人生不過游戲耳。僕閉門學嬾，枯坐疑禪，偶因習静之餘，頗得會心之趣，遂賦《小游僊詩》三首。聲雖托於步虛，語必歸諸記實。貽諸朋友，知近況云。

人間事事不求工，爲怕微雲玷太空。新築小茅廬一箇，避囂身似遁壺中。

遮莫珊瑚管一枝，緑芭蕉上寫新詩。恐留字畫凡人見，浄洗緇痕仗雨師。

珊架牙籤碧玉廚，明窗鎮日好相娱。鸞皇宵降諸真誥，拜爵琅環上大夫。

書懷

非無顔色鬭嬋娟，每對菱花思眇然。容易承恩難報稱，故辭膏沐已經年。

風風雨雨晝沈沈，擬撥箜篌寫妾心。曲罷更無人共和，含情搔首一沈吟。

廿年往事記從頭，説向旁人也自羞。淪落此情誰曉得，天涯難遇白江州。

暴書

重繙珊架整芸編，汝蠹偏多翰墨緣。且喜翔陽秋燥烈，不教三食到神僊。

閒庭虚敞十弓寬，暴遍牙籤反覆看。檢到殘編頻太息，從來積蠹剔除難。

辛亥秋仲病痁昏卧夢有老人持素紙乞畫竹遂賦一絶醒憶所作都無忘失嘻異哉古稱夢是因想此何因何想歟禦寇有云非黄帝孔子不能決斯言允矣

謂我前身文與可，特來相乞寫琅玕。爲君横掃三千尺，持向白雲深處看。

蠟屐口占

人生幾兩感非無，志趣今偏異阮孚。世態廿年看爛熟，愛他扶藉到泥塗。

瓜蒂琴

琴内有識曰：「崇禎壬午秋日，古吳張瑄製。」岳山以外形類瓜蒂，向藏吳康如師家。道光壬辰，挈以相贈。嘗抱琴與亭湖朱氏淩風樓所藏衆琴相較，皆不及此琴發響清越。按，瑄名不見載籍，《別裁詩集》所載名姓雖同，然時代邈不相及，當再攷之。

一去成連竟不還，墓田宿草淚斑斑。康齋弟子頭垂白，猶憶相攜到海山。

安弦操縵坐春風，手付前朝七尺桐。地水火風礱鍊遍，尚餘清響送飛鴻。

瑢兒竊市果餌哺弟書二十八字示之

本是同源卻異流，情如祥覽足千秋。推梨讓棗兒時事，要葆初心到白頭。

封　淇

字春泉，午橋先生子。布政司都事。

詠庭前緑萼梅

爲愛幽姿絜似霜，獨饒春色冠羣芳。橫斜古榦棱棱骨，勁折新枝細細香。寄興人還吟日下，持觴我已醉花旁。教迻蠟燭看清景，竹嘯松濤共一堂。

封澗

庠名績凝，字松泉，金山諸生，古愚先生長子。幼讀書喜乙部，長有幹濟才。華、金兩邑有濬河、營造、築塘等有益民生之事，靡不盡力爲之，斥產舉債不顧也。有詩草一卷。

衛城夜坐

行役經三月，愁來輒憶家。荒城瀕大海，古戍聽悲笳。明月共千里，金山隔一沙。何時理歸櫂，兄弟話桑麻。

海塘玩月

碧天籠水月光寒，一片空明世界寬。隻景依人共來往，孤輪戀客久盤桓。波濤孰綬龍藏窟，荻葦聲讙潮上灘。夜夜何妨來此地，冰霜毛骨玉心肝。

海上觀日出

曉霧迷山色，春潮敵海風。一輪才奉出，萬里浪花紅。

封灝

字三泉，午橋先生三子。幼穎慧，十歲即能詩。卒年僅三十二。

乙未元旦按，是年爲道光十五年，先生年十三。

寒盡春來雨雪緜，燭花舒采五更天。虔誠敂祝重闈壽，更喜重逢未字年。

木芙蓉

夾岸芳菲似錦城，晚紅早白色輕盈。臨風不僅供清賞，一片創痍賴爾平。

封　濟

字巨川，號治堂，春山先生子。國學生。

花朝和許述堂

中和令節艷陽春，正是羣花誕降辰。拾翠招來新伴侣，尋芳沾得舊精神。佳人見出長生迹，僊子修成不老身。酒泛瑶觴歌介壽，枝枝應擬酹千巡。

采絲繫遍一枝枝，風景今朝勝别時。鶯戀游人歌宛轉，蜨迷團扇舞參差。題成新雨情無限，賦就宜蠶句亦奇。謂述堂。堪羨百花都壽侣，應教佳節各吟詩。

封　沅

字芷汀。居八圖。

菜花

轆軸場邊野色新，晴光爛漫不勝春。黄金滿地無人管，蛺蜨雙雙對舞頻。罨畫高低繡罫平，雲臺一色吐金英。年來定卜油花吉，黄過桑畦九陌晴。

種鞠

凌晨閒摘鞠花栽，籬角新枝好護培。三徑未荒容我嬾，看花人待九秋來。

封漣

字筱谿，午橋先生季子。幼不攻舉子業，讀《小學》《近思録》《大學衍義》《人譜》等書而好之，由是遍讀義理書，謹身修行。於乙部熟司馬氏《通鑑》，校閲數十過。平居孝於親，周於族黨，修祖墓，輯譜牒，建祠屋。文辭不多作，詩筆清矯近陸劍南，著《省身日記》一卷。

雨

放眼水連天，江邨雨似緜。流争千丈瀑，景染一蓑煙。飄重舟行緩，雲低樹遠連。不知何日霽，暗自卜金錢。

晚眺

極目江邨路，春風動客思。樵歸芳草渡，漁唱夕陽時。雅景穿煙澹，鐘聲度水遲。雲霞争絢麗，新月細於絲。

一望莫天景，吟懷忽感之。夕陽讙晚渡，新月繫花枝。鳥倦依依息，牛歸緩緩騎。日斜漁市散，沽醉笛横吹。

欲作家書意萬重

客邸思家切，修書頓起愁。人懷千里月，雁唳一聲秋。紙短言難盡，情長語未周。緘時幾回折，悵望路悠悠。

秋夜即事

秋月一天澹，光浮白版扉。凉風吹短袂，冷露濕單衣。蟋蟀吟聲細，梧桐葉景稀。征鴻旋塞外，帶否好音歸。

閒向曲闌倚，庭前桂子香。琴停聽蚓曲，鐙滅借螢光。待月因抛睡，吟詩不覺狂。忽聞一聲唳，孤雁苦征霜。

早梅

幾枝梅最好，尋到野橋邊。香冷林中逗，春争嶺上先。詩人探得句，高士倦忘眠。且喜江邨笛，從今曲未傳。

雨夜偶占

深宵獨坐思無端，雨打芭蕉夜怯寒。窗外落花聲欲碎，階前睡鶴夢初殘。孤鐙景裏人何寂，刻漏聲中夜未闌。醉酒小樓吟興嬾，抛書倚枕到邯鄲。

懷蘭臯二兄

江左兵方盛，游人滯未還。山河千里夢，頻到鳳陽關。

浦口别子敏八弟

昨宵纔敍破離愁，又唱驪歌到渡頭。遥望征颿漸無景，青山紅樹送輕舟。

初夏閒行口占

鶯兒已老燕兒嬌，花落春歸魂黯銷。忽聽一聲歌《水調》，前邨知是插新苗。

絶句

欲談衷曲恨無由，一刻千金不可留。萬種相思難自遣，爲誰驚喜爲誰愁。

秋夜有感

銀河耿耿水悠悠，誰與憑闌共訴愁。已是怕看千里月，蟲聲偏唱故園秋。

故居

癸丑夏日，予仍還故居。桑麻未改，松竹猶存。乃漬硯池水，拂窗紙塵。故友雖疏，而呢喃梁燕似樂舊主復還。可以人而不如鳥乎？爰作此以自歎云。

故居今又作新居，門外風光昔不如。只有多情梁上燕，雙飛依舊入蓬廬。

悼亡

記得新春初結縭，窗前笑語曉妝時。羞顔款畫眉深淺，今在重泉問阿誰。
只説歸寧是暫時，如何一去竟長辭。早知如此姻緣薄，忍使當時輕別離。

九日書懷

楓葉蕭蕭萬籟號，一天風雨阻登高。無端小醜擾華夏，將士何時脱戰袍。
萸紫橙黄滿眼秋，西風瑟瑟白人頭。擎栝且飲無塵念，閒看落英逐水流。
鳥自翩翩雲自閒，怡情酌酒嬾登山。箇中道理非凡樂，秋桂含馨孰繼顔。
思欲登高强自寬，一聲哀雁萬山寒。無端秋色增人恨，滿目凄凉鼻更酸。

期年哭亡妻吴孺人

不見君容已一年，每思往事劇堪憐。問今誰是鴻都客，爲引芳魂到眼前。

封　洤

庠名三祝，字華甫，號肖山，竹林先生孫。郡諸生。性至孝，父喪三年不入内，自幼言動不苟，潛心濂洛之學，篤嗜張楊園、陸清獻之書。生平手不釋卷，辭章非其所長，著有《聖室筆記》一卷。卒後門人私謚孝貞先生。

秋日苦旱有感

一月不雨大地枯，赤日當午炎如鑪。高田低田盡坼裂，欲求滴水同珍珠。候潮深夜潮不入，小河耗涸大港迂。家家束手無良策，相於隴畔争嗟吁。新苗半爲螟蜞食，一補再補完斯須。眼前若無雨水潤，立見萬頃皆荒蕪。上天降災曷有極，兵荒疊見民何辜。連年逆匪攪江左，殺掠幾遍東西驅。逃得殘生不敢死，流離忍棄妻與孥。海暵一帶尤慘烈，室廬灰燼無丁夫。餓殍遍地莫相問，沃壤大半成荒區。遭此大劫亦云數，淹然一息尚未蘇。那堪旱魃更爲虐，將來何以償官租。昨聞縣令比新餉，虎役四出來追呼。蒼天蒼天能救無，願天速降雨澤濡。愧我徒留七尺軀，空教歎息心踟躕。安得流民繪一圖，謹將哀苦鳴天衢。

述懷寄從弟書侯

我恨讀書少，頻年業未成。賊方肆荼毒，吏更擾清平。空慕孔顏樂，難償手足情。高堂虧色養，萬事寸心輕。

大暑行秋令，重衣未覺温。雨狂失阡陌，霧重羃乾坤。盜吏心相契，士民淚暗吞。世風悲日下，難報百年恩。

緑梅

同占東風裏，含愁別有心。一枝蘸春水，三弄醒瞑琴。月下苔痕古，雲間鶴夢沈。寒香生翠袖，清景滌塵襟。

紅梅

數點猩紅艷，疏枝更鬥奇。雲霞蒸粉黛，雨露暈燕脂。正爾青春富，難教白雪欺。妝成偏一笑，誰復識冰姿。

送春

兔走鳥飛不暫停，今朝又盡一年春。春來春去尋常事，莫遣空沾白髮新。

周毓慶

字藹庭，雪湖先生孫。諸生。有劄記數卷。

有感壬戌年作。

漫天烽火逼殘年，回首申江一惘然。得免危機魚脱網，偶存遠志鳥銜煙。賈生徒抱憂時意，杜老頻吟感事篇。恨不十年專學劍，滿腔壯志問蒼天。

北風凜冽雨連緜，卅六時光雪滿天。眷屬别離懷客路，田園拋棄過殘年。此間爆竹音偏寂，是處桃符俗尚沿。忽聽一聲歸不得，禽言格磔我凄然。

封文棠

庠名棠，字芾邨，號樵雲，香巖先生子。諸生。

有感

累歲烽煙逼四隅，滋如蔓草不勝誅。閒居徒負雕龍技，壯志空摹射虎圖。雲在天中分厚薄，人從事後論賢愚。半生閲盡炎凉態，且把枯禪説野狐。

病中

秋風漸逼絮衣寒，病卧匡牀夜未闌。入手黄金抛去易，當頭白日再來難。偶邀好夢夢偏醒，欲訪名花花已殘。塞上哀鴻逐南北，饑時誰授稻粱餐。

封文桓

庠名桓，字森源，號廉儒，花巖先生子。婁籍廩生。

題沈丹彩讀易隨筆後

先生名煒，初名鳳煇，嘉定諸生，後僑居崑山陸家濱。經學湛深，兼通術數。

卓卓亭林顧，炎武。皖皖詹事錢。大昕。後先誰媲美，今復見斯編。

菜花

東風吹出一畦花，滿地黄金望眼賒。我有小園香更遠，蜜蜂聲裏夕陽斜。

隋隄竹枝詞三十首一録

年去年來慣送迎，花開花落總關情。風前柳絮紅顔命，一樣飄零兩樣輕。

楊兆瓚

字瑟堂，由葉謝遷居張澤西市。習岐俞術，兼喜吟詠，著《焚餘草》。

旅夜有感

鹿鹿塵中事，光陰轉瞚過。囊空知己少，夜永旅情多。有酒難成醉，無瞑且作歌。遥憐金石友，聚散奈愁何。

秋風

丹葉吟偏冷，蘆花卷有聲。休嗟紈扇棄，且喜荔衣更。零落雲中信，飄蕭江上情。蓴鱸催客思，何用慕浮名。

秋林

㪺覺霜華重，丹黄取次開。縣知官是橘，莫訝尉非梅。樹秃籬根出，林疏颿景來。趁閒尋鶴迹，落葉滿山隈。

秋寺

秋入招提浄，閒雲伴老身。疏籬明野菊，古樹倚枯藤。露冷階暝鶴，風清案辟蠅。蕭蕭黄葉徑，一點雨中鐙。

秋閨

無端秋思逼，漸覺翠眉低。人共黄花瘦，詩隨紅葉題。砧聲風外度，雁景月中迷。閒擲金錢卜，征衣寄隴西。

蛛網

夕陽舍北畫樓東，蛛網重重罥晚風。經緯即教藏滿腹，罻羅畢竟礙長空。潔如蟬蜕超塵外，撲等蛾飛誤熱中。儻爾能將三面撤，解圍何必倩山僮。

登西林塔

巋然塔埶聳雲端，放眼乾坤世界寬。三泖波翻新畫本，九峰木落舊煙巒。雲隨去雁天邊見，風送歸颿水際看。更上一層一凴眺，始知高處不勝寒。

答陸芝艇繼雲**即用原韻**

士龍才思最心傾，掉鞅文壇久擅名。蓄硯堪誇田附郭，藏書奚羨璧連城。人傳李靚李小湖廷尉督學，時拔君第一。憐才意，我聽韋家讀《易》聲。寂寞一編甘守拙，幾時擊楫赴前程。

封文祥

字志成，號肖松。工書善畫，山水師石濤，花卉仿陳白陽，人物學陳老蓮。晚年專以指寫書畫，又能以箸臨顏魯公《與郭僕射書》，筆法酷肖，得者珍之。

辛酉年清明後三日感作一録

東風吹紙到柴荊，有客閒愁觸境生。寥落田園歸未得，一晴一雨過清明。

題畫

百丈山頭雲自閒，扁舟載得夕陽還。高人采藥入山去，賸有茅堂門未關。

兩扇柴門傍水開，采菱船繞泖灣來。秦山遥望不多遠，百尺高樓測海臺。

名媛

章有泓

字清甫，一字掌珠，節愍公簡第六女，與女兄五人多唱和之作。長瑞麟，名有淑，適舉人俞庭謌子爾奇。次玉筐，名有湘，適桐城孫進士中麟。次玉璜，名有渭，適嘉定侯泓。次瑗貞，名有閑，適金山楊芹。次迴瀾，名有澄，適華亭盛孫詹竝，負才名。有泓適張澤蔣雯矞，此末六世祖姑母也。著《焚餘草》，久佚。兹於章氏六才女集中謹録四首，得鳳片羽，嘗鼎一臠，可以知其概矣。

憶母

迢迢蘭若小清湖，清湖禪院，母割宅建。按，今作清河禪院。此是桃源古畫圖。母避家難居此。身坐蒲團非佞佛，夢中城郭血模糊。

歇浦蕭條一片秋，病深何日得拏舟。昨宵鐙蕋當空結，母在禪房説我不？

寄家姐孫夫人

白雲盡處是龍暝，遥指江波一悵然。赫赫侯門今寂寞，愁心萬種付枯禪。

仲秋歸家偕洄瀾姊有澄侍母省工部公墓旋至青堆庵按，庵係節愍公夫人沈氏建，時在順治丁亥。今改名清德庵。

丙舍蕭條花木摧，江東宫闕盡青堆。禪房偶説東昏事，門外秋聲倍覺哀。

薛　氏

吴縣人，蔣嘉民妻。嘉民居吴縣包山，嘗寓張澤。

之張澤訪章夫人

一櫂來張澤，秋高萬象縣。雞鳴僧寺後，犬吠客舟邊。獨喚康成婢，來迎莒婦船。主人真不俗，談罷悟詩禪。

病中呈外子

鳳鳴占後得君至，按蔣氏宗譜，其夫嘉民贅於丙埸薛氏，故云。春日求桑冬績麻。腸斷明年風雪夜，莫教兒女衣蘆花。

之松江泗涇省夫嫂朱夫人涂中作

十幅蒲颿下泗涇，眼中歷歷九峰青。雲間自昔稱名勝，梵唄漁歌倚版聽。

許　氏

蔣克昌妻。許氏爲末六世祖姑母清甫夫人孫婦，風雅萃於一門，藝林誇爲盛事。今子姓無存，庭堅不祀，若敖餒而曷勝感悼。

題太姑章太孺人焚餘草後

偶讀《焚餘草》，西風謖謖寒。當年荼蘖操，留與後人看。

此是忠臣胄，堂堂六女才。門庭今閴寂，太姑姪孫仁牧先生赴粤不歸，今乏嗣矣。地下亦增哀。

人但知湘渭，章有湘、章有渭爲太姑女兄，詩入《明詩綜》及《别裁集》。誰知此更文。一編重校録，餘彩化祥雯。

先舅譚前事，頻嗟嗣母慈。郝鍾遺範在，宗婦合師之。

徐氏

同里武生謂字半邨女，徵士封文棣元配。工詩。卒年僅二十有三，著《凌雲閣小草》。

秋夜聽吟圖

銀河星景恰平分，天籟鳴空静裏聞。學者胸襟盟白璧，丈夫意氣托青雲。裳縫月窟非關我，桂折冰輪好待君。恐擾吟情遲步入，夜深凉露濕湘裙。

顧瑛

字琴僊，廩生乃德女，歸周毓慶子諸生源。能詩工畫，善事舅姑。遭寇亂，源不治生計，氏私啜糠籺奉姑必以精鑿。處貧不怨，人以爲難。

自題梅花白頭翁鳥畫

海上有僊桃，山中有小鳥。僊桃千歲一開花，小鳥白頭同到老。我今偶寫此，願人長壽考。

燕

秋風吹别後，春到復雙歸。不戀豪家屋，偏尋舊主扉。綢繆須努力，飛掠若忘機。但見垂楊外，銜泥話夕暉。

秋風

樓外南飛雁，風來萬里清。碧梧千葉落，烏桕一枝橫。簾畔芭蕉響，窗前蟋蟀鳴。蕭蕭吹不盡，多爲作秋聲。

自題鸚鵡叢花畫

羨彼能言鳥，綠衣映斜暉。樊籠欣已脱，聊借一枝依。

對菊

葉落風蕭九月秋，黄花相對夕陽樓。花如一幅丹青畫，畫裹尋秋可破愁。

春曉

夜盡更深夢欲迷，子規啼到小樓西。紗窗隱隱天將曉，無限花光映玉閨。

冬夜聞外吹鳳凰簫

煙散雲流月色明，抑揚吞吐寓深情。郎君吹盡江南曲，但覺簫聲似鳳聲。

乙卯夏日回家作

今日高堂承色笑，前番離緒夢魂通。鄰兒若問歸途景，昨夜星辰昨夜風。

張澤詩徵卷三

婁章耒次柯 編　里人吴昂錫介眉 增訂

寓賢

林子威

字武宣，華亭人，諸生。與蔣雯階善，嘗客蔣氏。武宣詩有「憶昔弱冠求友時，杜陵兄弟交最早」句，著《貞娱草堂詩稿》。蔣雯階曰：潁川先生開闢正宗，勝時早偁入室，而僕繼之。武宣年少於我輩十餘歲，一出而名相埒。集中近體及七古，吴日千偁其高華響亮，而於五古尤歎賞不置。讀之良然。武宣在國初時，與其兄安國平子並以詩文鳴，然皆不遇，抑鬱以殁。秦宜兆孝力及其弟子華錫文綿古皆與武宣善，二人贈武宣詩埘刻於武宣稿中，亦唐人遺響也。

上巳大會虎丘作案，此即虎丘千英會也。吴梅邨祭酒執牛耳，我郡彭賓、杜登春及武宣諸人皆往赴，七世伯祖武謀公亦與焉。吴中宋德宜、章在兹等主其會，時在順治中葉。

命駕越長路，攬衣登高岡。文星曜南紀，佇景此山陽。滄海會羣川，大音協宫商。約略知名氏，宛轉結中腸。澹澹春容徵，明鐙照未央。位席進華尊，舒情藹無方。守真洵有素，榮期不可常。自非金石貞，疇與同衣裳。穆穆衆君子，願言永不忘。

對酒憶計子山按，子山名南陽，明季諸生。同治癸酉末偕朱景庵同年賡颺請於大吏，以南陽及吴騏、王光承爲明季三高士，祀於府學宫側。

午夜沈吟向玉巵，高陽舊侣忽相思。當年河洛同游地，今日瀟湘獨望時。

雜詩録二

西防楓嶺東分水，兩處雄關一騎無。更有龍泉通鳥道，空教聚米畫成圖。

五月錢塘大出師，清江旭日照牙旗。將軍新賜平南號，不問僊霞問武夷。

章有謨

字載謀，明大學士曠子，爲節愍簡後。著《禮記説》《景船齋雜記》。

弔茶山張相國鯢淵先生墓先生諱肯堂，順治八年辛卯殉舟山之難。部將吴江汝、都督應元葬之。

一夕翁城隕輔星，梅凄梨慘雪交亭。文山正氣公能繼，一様丹心照汗青。

徐希曾

字魯齋，華亭人。諸生。嘗館張澤沈氏。魯齋潛心性理，其學以王陽明、李二曲爲宗，姚臣福星五其弟子也。詩近《擊壤集》，故只録二十字。

題壁

疏水曲肱地，簞瓢陋巷時。孔顔有樂處，此樂誰人知。

陸明睿

字若璿，號文玉，華亭諸生。嘗寓張澤吴氏。先生嘗從惠徵君棟學，又學於同郡王孝廉永祺、殷布衣元正及未高王父詩遷府君，故經學湛深，當時推爲弟一。所著《呫嗶偶録》一百卷，可比黄震《日鈔》。緯書補其師殷氏之闕，至晚歲得一百二十六篇，今存張聞遠茂才錫恭處。詩非所長，然語多矜練，不同凡響。

題明相國章文毅公曠簉室陳孺人傳略後

孺人巴陵人，年十七歸文毅爲妾。未幾文毅薨於永州，所部大亂。有營將陶某欲娶之，氏不可。械其父，氏僞許以免。陶某迎以舟，氏佯喜，乘間躍湘江死。七日尸出，面如生。湘陰人醵金葬之。

卓卓忠臣妾，兼能以孝名。瀟湘萬丈水，巾幗亦鍾英。

汪大經

字秋白，號西邨，浙江秀水人。諸生。贅于婁朱氏，遂居郡西。工詩文，善書。與八圖封晴郵、香浦兩先生友善，時至其家，流連唱和輒旬日。著《借秋山居詩文鈔》《吹竹詞》。

過無錫不得登惠山

好山如麗人，聞名輒生慕。而況親覯之，那不爲小駐。惠泉我夙契，客經凡幾度。往來多夢游，曾未及一顧。昨返自廣陵，飯罷思策步。謂當恣幽討，竹鑪尋舊句。呶呶奈舟子，掉頭不肯住。撑颿飽受風，歸心與之赴。迅速轉山腰，白雲橫積素。平波開圓鏡，幾點煙光莫。回首孤翠鬟，猶見半身露。

野泊

三月春風顛，落花雜飛絮。舟行閣淺沙，野宿不知處。夜半暗潮生，孤篷載夢去。

醉吟歌

醉吟先生醉復吟，渥丹者顔冰雪襟。胸懷活潑藴衆妙，妙思還馮杯酒釣。三杯入肚泉涌如，天空放眼真吾廬。客來問事嬾揮手，笑而不答但指口。有口惟能飲醇醪，有手惟能揮素豪。百番紙盡風雨快，渴吻思吞江海大。恨不身化酒家壚，日日壚中傾百壺。黄封使，青州吏，報道三竿日高矣，酒星低墮先生起。

南潯歸櫂

百折苕谿水，無端往復還。船頭邀落月，艣背别青山。遵渚飛鴻杳，團沙宿鷺閒。五更霜萬點，蕭瑟上秋顔。

昭關

設險嚴關據，南來此上游。濤聲欺閣冷，山埶壓城秋。江漢流終古，英雄死即休。荻蘆飛似雪，風起見漁舟。

吴淞道中

照眼明於鏡，遥空浄晚煙。雨餘巒翠活，風細浪紋圓。秃樹如人立，閒鷗伴客眠。此鄉真澤國，魚蟹不論錢。

雨後

雨過夕陽透，微凉生户庭。霞烘一江赤，雲截半山青。古樹蟬聲集，虚檐雀語靈。有人歸罷釣，蓑笠出前汀。

春莫感懷

老去流光速，關心又莫春。爲花常病酒，見月每懷人。筆墨生涯舊，江天景物新。浮雲多變態，高枕轉緣貧。

一雨

一雨百事廢，所宜惟讀書。柴門稀剥啄，茅屋劇清虚。海岳模糊畫，江邨寂莫居。倒尊欣有酒，展卷且徐徐。

夜度春申浦

來往江湖意渺然，昏黃一艕破寒煙。驚濤直起孤篷外，明月常窺倦枕邊。静夜魚龍還出浴，忘機鷗鷺自安眠。曾兹風雪三朝困，彈指流光又十年。辛巳冬度浦風雪，守此者三日。

泖上

幾朵雲鬟罥莫煙，一篙新漲碧連天。飛來水鳥不知數，多就蓼花深處眠。

張寶璵

字蓴庭，太僕棠曾孫，婁縣人。歲貢生，候選訓導。著《蕉雪山房詩鈔》三卷。嘉慶時曾客張澤，未幾入滇，居陳雲巖方伯幕中，滇陽名勝皆紀以詩。後至錢塘，訪戴松門，弔古豪吟，積詩成帙，題伍員廟云「恩酬恥雪心原了，越覇吴亡怨未消」，題錢武肅祠云「賜誓書傳唐鐵券射，潮弩捍宋金甌」，題蘇、白二公祠云「青衫有淚曾經濕，赤壁何人許復游」，皆泠泠可誦。

點蒼山石歌

葉榆城西何所有，山列點蒼峰十九。峰峰蒼翠如玉盤，亘三百里環左右。頂有一河不測深，山腰積雪凝窮陰。炎天不化長堆白，氣懔六月猶寒森。割取此山石堪玩，青文白質光璀璨。亭臺花鳥狀分明，幾輩琢屏供几案。烏虖山産此石誠足奇，貽累每爲閭閻悲。明季征求一何急，輦運紛紛民苦之。古云不作無益害有益，曷爲以此疲民力。我朝天子常愛民，四方卻獻歌皇仁。不聞深宫徵此石，重困滇陽百姓身。

篙師行贈伍浩如

爾篙師，伍浩如，少小未讀孔顔書。一篙習作弄潮子，將母辛勤奉甘旨。今已春秋五十一，依然孺慕孩提日。出門未放埠頭船，忙辦薪米青銅錢。殷勤長跪阿母前，謂兒旬日當言旋。及得歸家到河涘，刺篙纔把舟停止。疾瞻衡宇載欣奔，省母平安心竊喜。烏虖至性率天真，一心眷眷惟所生。長年雖微竟能此，不愧持瓜墮橘人。君不見，碌碌風塵車馬客，爭名攫利紛南北。高堂白髮倚門閭，眼望兒歸悵不得。我所思，爾篙師。

姜　皋

字小枚，郡城人。道光十五年恩貢生。工詩文，尤究心農田水利，著述甚富，與里中吴氏、八圖封氏爲文字交，往來殊密。

詠史

陳思兄弟間，豆萁歌七步。謂有鏤金遺，此言太謬誤。作俑又何人，遂改《感甄賦》。

人生富貴耳，手足何關情。太宗不得已，白刃遺弟兄。遥知吮乳泣，易地分栖羹。不解宋高宗，歲歲輸金幣。而且壞長城，一聽奸相計。如此好湖山，如何安二帝。逐燕燕高飛，飛來渡江水。才啟金川門，天子竟死矣。記得相成王，周公不如此。

歲莫雜詠

塞北莽積雪，江南少層冰。綱紀造化權，風氣殊足徵。今年乃苦寒，經月重陰凝。凍雨介古木，嚴風裂荒塍。飲酒力易退，舉火勢不勝。蚩蚩柔脆姿，如已加創懲。此時望春來，先望冬日升。

佞富若佞佛，避窮如避仇。積習已成俗，不復恥輕浮。朱門藝益峻，白屋詞乃修。家具中人資，涉世尤講求。或當言色倨，何者禮數優。好惡因其家，昧昧相獻酬。鄉黨徵逐風，此誼高千秋。

我笑寒號蟲，區區不自量。一朝毛羽豐，即欲誇鳳皇。朔風西北來，哀聲殊可傷。天意亦有在，爲此警世方。立品無詐誇，修己休猖狂。百物盡如此，可非非文章。

邨北有疏梅，昨夜一枝放。疾風不能摧，嚴霜亦相抗。似此孤且寒，居然老益壯。朝華已軒軒，春氣獨盎盎。不學桃李花，東皇各依傍。所以品格高，獨立萬卉上。

夜雨

夜雨曉未歇，階草綠漸深。好鳥得春嬉，喈喈雙樹陰。幽人拂素几，獨坐彈瑶琴。聲落青松巔，散作太古音。古人已緜邈，古音難重尋。冥冥天地間，闃寂誰知心。

夢杏園弟

昭陽六月夏，奇災降我門。怪梟嘑白日，幽燐閃黃昏。我弟即長夜，升屋難招魂。此别一萬古，但覺天無恩。牀前一執手，須臾已不温。舉室起號呼，親朋爲煩冤。呼作優曇花，恐是夙緣存。

夙緣不可知，弟父白髮新。我父弟呼伯，愛弟皆如珍。去歲病魔來，爲弟勞昏晨。中或病稍閒，相語眉即伸。謂當獲天佑，二豎可去身。二豎不去身，乃已膏肓淪。舉手來馮棺，半是老年人。此情難慰藉，此境尤酸辛。

酸辛可如何，門户益顦悴。數世歎丁單，階庭失昌熾。況今十年中，年年與喪事。哭斷千寸腸，灑枯萬絲淚。弟負不凡才，又遭造化忌。有恨休問天，有憂莫埋地。夜臺弟有知，果來我夢寐。

夢寐亦可憐，似讀同塾書。我時侍父歸，一堂相起居。恍惚弟入學，意氣直充閭。白門去宛宛，武陵歸徐徐。平生瑣屑事，疊至還紛如。忽念君已忘，涕淚仍相於。起眡半枕濕，幻境嗟馮虛。

馮虛亦復佳，中心愈作惡。去年二月春，我櫂揚州郭。是後得弟書，尺紙平安托。一等且加人，小試蝥弧躍。詎料朔風前，歸來弟病劇。心知藝沈緜，猶望喜勿藥。詩篇藉排解，博簺資娛樂。回首一年中，事事驚魂愕。驚魂有餘痛，痛定神如癡。黄泉碧落間，弟也終何之。地下得相見，此説不可知。探環或重來，此事終然疑。我亦久病軀，悲秋鷄骨支。惟有發遺篋，讀弟生平詩。淚盡聲不續，似歌招魂詞。

重陽夜度泖

扁舟泛泛去，佳節辭故鄉。臨深不登高，一幅蒲驅張。薄莫入圓泖，河身何汪洋。露華濕不收，夜氣來微茫。水天交無涯，依稀太古荒。下有城郭淪，鬼境生船旁。得岸宵向中，四顧神彷徨。月墮菱花陰，風生蘆花陽。全身卧水華，心清沁骨凉。强起扣舷歌，驚飛雁一行。

呈張仲雅年伯

大木生遠籟，廣川無細流。植根德已茂，摛華文自優。公本曲江胄，才亦燕國儔。不爲廊廟珍，乃放江湖游。梁鴻寄吴廡，王粲登楚樓。近自楚歸。磊落發深喟，逸氣凌滄洲。心藏因筆宣，中自羅千秋。古人不可作，廣陵虚素琴。舉世空悠悠，莫知正始音。儞人一爲奏，雅風開自今。遥情既緜緲，元氣相酌斟。落落金石氣，蓬蓬蘭蕙襟。胚胎在百代，變化極寸心。

凡響任不諧，天地成孤吟。

末學思雕蟲，俗情矜敝帚。持布過雷門，自獻不知醜。藹藹春風來，餘温生户牖。點勘直筆加，獎許甘言誘。落筆宜蹈虛，執學在積厚。將追大雅蹤，名山自不朽。公論實津梁，此生甘法守。

驅瘧詩爲花農張丈賦

濕熱蒸廣輿，風邪張巨槖。疏防偶中之，有鬼乃行瘧。祖軒而父頊，（退之句。）狐鼠行假托。患不如風痹，輕亦類疹瘼。或卧層冰堅，或投洪鑪爍。如日景可期，如潮信可約。牝牡難分岐，温寒莫究度。齊侯有痎來，姚相且痁作。壯士或不病，君子竟來瘧。江鄉張步兵，稱翁頗矍鑠。龐然高原眉，快哉健腰脚。文能巨筆扛，酒復大斗酌。何意抱冬心，一旦如病鶴。子安伏衾枕，仲舒下帷幕。四體乃欠伸，中心況作惡。馬卿神自揚，休文體恐削。賤子廣陵歸，初聞一駭愕。亟爲問起居，輒詢病約略。怒聲呼鬼前，斥之自諤諤。汝在江水間，魈魔同跳躍。瘴母或不如，射工僅相若。堂堂景將軍，汝且加侮謔。唐天高力士，避汝功臣閣。縣蟹不遁逃，畫獅枉驚矍。俶詭數千年，未作支無縛。昧莫能閃形，難爲豎襄搏。有呼石虔名，聞之應膽落。有誦少陵篇，聞之亦氣索。況翁卻熊羆，譚笑神不弱。五鬼縱魑魅，三尸難謞謞。譴汝將有詩，療汝已有藥。檄自瘉頭風，鎞自退眼膜。棄疾行見陳，去病乃稱霍。

雜詩

虹梁桑海上，縹緲三神山。真僊亦有無，御風杳難攀。秦皇漢帝心，雪涕徒潺湲。玉文不死藥，湛然方寸間。桃棗即道腴，鸞鶴見性閒。何爲錬九華，辛勤駐紅顔。

翠鳥鳴珠林，素魚跳銀壑。於世泊無營，天然得其樂。達士狎浮鷗，沖襟洞寥廓。抱甕薄機巧，負甑甘藜藿。得喪視塞馬，屈信效尺蠖。冥冥天地間，莫使紛六鑿。

生小依碧野，遂與市垣疏。嘯儔理陽坡，裋褐常自如。東風一以吹，手足尤勤劬。良苗布南疇，新葵冒東畬。薄莫籬落間，閑話占天衢。牽牛亦已高，農丈豈不劬。箕斗各有庸，田倉皆待輸。一一星宿臨，我儕職所居。肆志無窊隆，過此非所須。

膴仕多紛華，豪賈倦奔走。日月擲人去，富貴亦何有。共爲盛世氓，常業貴自守。衣食固所營，相勖在不苟。方園理柔桑，斜陂翩短韭。霜後紅蓮香，晨餐待宵臼。芳和十月春，漉此新熟酒。命子招近局，解顔酌數斗。斂襟起閒謠，願言終甽畝。

登蜀岡最高處望江南諸山

男兒盛意氣，秋至生百憂。抑鬱不可舒，招邀湖上游。長歌淥水曲，斷岸呼扁舟。汀蓉委荒煙，橋柳脱暮秋。山水忽交煇，已際蜀岡頭。披榛拾級登，峰翠衣上浮。循雁送南望，濛濛濕不收。一氣上撲天，下有長江流。江外青山多，紛掃蛾眉修。山脚紅日晚，山頭白雲悠。鄉國非云遥，茫茫生莫愁。

登瓜州大觀樓

振衣上危樓，大風吹無邊。衣袂向江急，下視心茫然。樓前長江流，浮地兼浮天。江上六朝山，鬥古亦鬥妍。山水極雄處，百態生雲煙。水煙薄山生，山雲墮水暝。冬日抱春心，照景疑鋪緜。忽與輕飈翔，一縷攜袖閒。便作出世想，黄鶴來神僊。

飛鴻堂弔老梅歌

世間怪事乃有此，一樹老梅殉主死。吾生雖晚得傳聞，試爲梅花道終始。梅花舊在飛鴻堂，老皴手植留孤芳。陶濳自愛栽楊柳，羅隱曾經種海棠。江南幾度花如雨，彈指風光三易主。美人久已悵琵琶，香夢有誰尋翠羽。門前來泊季鷹船，雅與梅花有夙緣。移家轉就瑶華窟，別墅新開色界天。自拼滿地黄金布，繡閣雕闌起回互。從此留春檻已沾，那容漏月亭如故。堂仍舊額號飛鴻，堂後層樓聳半空。百弓拓庭愛明敞，梅龍夭矯盤當中。等是暗香與疏景，花媚主人轉華靚。璚朵蓑蓑點豔妝，冰柯嫋嫋迷僊境。自此巡簷興不孤，與梅爲侶寫成圖。頻招詞客題銀燭，愛伴游人倒玉壺。漫漫長夜催歌舞，花下彩虹（主人樂部名。）時按譜。酒半還催博進錢，鐙昏好結同心縷。此生長擬住花天，婆娑花國稱神僊。那知繁豔終消歇，那知華盛有推遷。花開花落風光瞥，轉瞚豪華如昨日。第宅依然羅綺家，田園漸改金銀穴。餘生遭際奈窮冬，星離雨絶易惺忪。時移每激殘年矢，漏盡偏鳴午夜鐘。此梅一哭荒園裏，惜花主人長已矣。護愛承恩似茝蘭，嬌頑作態休桃李。天荒地老雲夢夢，回頭往事知成空。固應燕子傷闗盼，且作蛾眉報石崇。寒晚風凄老鴞泣，蘚斑僵化蛟虯血。百四十年造化工，花魂無語空嗚咽。盼斷羅浮一笛哀，返真無路重徘徊。雲街月地悲滄海，玉骨冰肌付劫灰。烏虖老梅生時差，可記紀元順治十有二。江夏賦詩七十七，黄唐堂集看梅歌在雍正庚戌。吴興看時百十四。沈沃田集老梅詩在乾隆丁亥。自此推移又卅年，遂教紫玉化成煙。夢回五夜知無復，修到三生亦可憐。砌荒垣廢空留恨，迢迢小徑無人問。吕柳重榮定不祥，田荆再茂應無分。江頭芳訊又東風，蠟屐閒尋春雨中。搔首城南一惆悵，斷橋流水夕陽紅。

大泖觀打魚歌

蒼茫一片春無地，白浪風高矗天際。萬頃濃煙濕不收，狂瀾每作陽侯戲。漁人古汊鳴榔來，濤頭如山颿正開。昧險窮搜思一逞，蜃宫鮫室將爲災。蕩槳如飛挺叉怒，腥血攪波紅一路。星傷鱗鬣失飛騰，草擲泥沙半僵仆。小金山北更深潭，吴兒弄水水性諳。雲迷大澤氣尤壯，日落荒江神倍酣。橋邊斜攤波濤立，塔頂欲來風更急。苦霧濃生莫雨腥，凄凉多是蛟龍泣。谷水西來此大觀，臨風有客神爲寒。平生未學屠鯨技，此際心雄立岸看。

題宋梁楷説劍圖

英風獵獵森開張，生綃展盡十尺長，誰與點筆擅老蒼。意匠慘澹貌越王，長頸烏喙盤中央，雄心乃欲肆戰場。摩挲五劍騰星芒，亟進劍客楊具裝，蓬頭突鬢殊形相。相劍之經精而詳，開匣一一定否臧，就中純鉤天下良。邪銅堇錫非尋常，龍鑪帝炭太乙忙，淬出下視無干將。想像歐冶範陰陽，精靈牢護在革囊，風馳電掣不可當。以舌作劍騰鋒鋩，説時龍虎參躍翔，説罷天地爲低昂。會稽初恨甲楯防，濕薪可卧膽可嘗，沼吴之後伯業昌。觀兵中國匪一方，琅琊臺高迄海疆，乃知諸侯劍最强。直之無前運無旁，愛聽説客談浪浪，後人觀此心回徨。填胸興廢來茫茫，鳥盡已恨良弓藏，鴟夷一去空望洋。區區寶此三尺霜，無乃君王德已凉，作者寄意非荒唐。不見署尾字一行，畫史風漢乃姓梁。

西漢定陶鼎歌

焦山突兀浮江潮，自有古鼎騰光歊。西漢彝器復躍出，款識幸未虧纖豪。生朱活翠自斑駁，邈文斯筆還鐫雕。喻麋與汧共鼓鑄，範良金非合土陶。帝陵典禮供主鬯，園廟陳設殊私祧。寶貴應許等夏貢，流傳幸不輕秦銷。五十字體獨完好，二千年物仍堅牢。其如博古之圖考，古録雲煙過眼多寂寥。巨公一旦加拂拭，精靈感激吟寒宵。汾陰不容委榛莽，泗水不復淪波濤。海氣江天想位置，蝸牛廬畔開層椒。蘇公寶帶恰可付僧寺，陸家片石不異浮官艘。中間兩鼎作主客，蒼然肩耳欣相遭。烏虖恭陵蒼茫繞濟水，中安永信多宮曹。冢夷椁火巨莽掘，傅丁久矣除同朝。此鼎轉徙幾塵劫，可詠萬壽經黿巢。雉雊往事已渺渺，攏扛此際空嶤嶤。松寥各泝滄桑事，俛仰人代真古交。從此鶴魂亦有伴，游蹤不問徵君焦。

黃道婆祠神弦曲

烏泥涇畔敲冰弦，迎神神自厓州天。花裙綷縩紗廚住，酹罷瓊醪切切語。一弓彈雪一梭雲，天孫機巧前夕分。花暈水紋側新樣，幅翩神袍神所貺。青瞳小髻歌繁霜，靈筵伴食來丁孃。泠泠笙歌出門去，蝴蜨灰飛木棉樹。

渡揚子江放歌

南人性情習於水，我生已十渡揚子。洋洋大觀觀亦止，不料奇險乃至此。東風萬艦如山開，海門一綫潮正來。欲來不來天慘澹，雲師雨伯還相催。江濤忽立接雲霧，四顧昏黑冥無路。鯨呿鼉擲紛怒號，舟人驚呼海外去。陡然罡風一瞥吹，斜傾大雨跳珠璣。惡浪無情也頭白，馮陵風雨漫天飛。鼓颿怒張下不及，十萬生靈在呼吸。縱有千金無一壺，艙中已作黃泉濕。船頭向水尾向天，蛟龍饞伺噴腥涎。前舫後艇一齊没，此時忠信安馮焉。顛風送入瓜州渡，回視江天尚昏莫。雲痕深鎖焦先居，潮埶全吞郭璞墓。嗟予賦薄命亦窮，冒險竟出馮夷宮。江童含笑水妃戲，神奇一一羅心胸。江神怪吾落凡俗，幻境將爲洗耳目。海市居然坡老求，山川乃有燕公福。振衣重上大觀樓，塵世江天同一浮。古人北顧我南望，穩卧風波惟白鷗。舉袂當風向江急，回看歷歷堪垂泣。孤塔摇鈴語向人，明日江頭休問津。

浮山禹王廟觀山海經圖象畫壁

聖禹神功横絶萬萬秋，開闢鴻荒轍迹遍九州。維揚城西乃□浮山浮。山在地中狀如銕，一卷之多鎮泉穴。當年奠南條，行樏行輂勿憚勞。後世報明德，黄屋馨香后所息。雷霆在户龍在梁，河目下視雄百王。兩楹圖繪尤荒唐，山分五方海八方。楸螽峰可怪，敞鐵瀾更狂。操蛇卉服相跳踉，龍身牛尾不作生人裝。其餘文辣鳙鰤一一殊形相，上觀千古輒欲疑大荒。大荒不可疑，自笑少所見，此間才是古人面。生平夢想到葛懷，編年冢竹曾遥羡。草木況是《離騷經》，外多神姦亦非地獄圖中變。百蟲將軍經見聞，紀載何必非經傳。渚能蠱子原神奇，虎懆烏啄殊其威。秘書授神女，惡浪囚無支。庚辰童律掌所司，防風相柳刑且施。狂章命神罡步，檄鬼要非附會辭。更若狐女去，蛇神遇，蒼水使已降，黄龍舟可御。曖曖荒荒莫悉數，《禹貢》《咎謨》文不具，本傳大紀少疏注。遂令豎子紛然疑，魑魅魍魎僅知九鼎鑄。吾欲招良工，一一繪此中。再使滿壁慘澹生陰風，雅馴之説大笑太史公。

日本刀歌

白晝恍惚生雷風，精光上射日貫虹。鐵龍飛來東海東，殺人利器此最雄。欲拔未拔走魑魅，身晃蛟螭吼櫜韔。鑄兵不是蚩尤時，糢糊照出倭奴字。日本之都邪馬臺，文身黥面何怪哉。去中國萬二千里，蝦蛦相陪絶域來。扶桑荒荒日出處，鬱島如萍風引去。佩花珀箭劇跳蕩，皮甲骨鏃恣盤踞。五兵鍛煉何礌琅，太乙下燭金光芒。鸂鶒銜靶一條雪，鸊鵜膏鋒三尺霜。今年記得毘陵驛，有客攜刀土花碧。云是前朝倭寇來，拋殘久作沙沈戟。此刀摩挲重黯然，金環伊昔相流傳。腥斑古血芙蓉死，倏忽鳴躍風雨天。於戲頻年鹵南騰，象燧刀光潑雪照。天地誰奮長戈縛，虎心莫呈短劍屠。鯨技拔刀斫地寒，森森太白千丈寒。鋩侵冬釭試讀刀，劍録淋漓滿紙英雄心。君不見，月支刎，防風戮，區區萑苻易懾伏。寶刀寶刀須遇時，未及鋒時且雌伏。

曉起舟行經皇甫林達泗涇

侵曉乘潮去，蒲颿一幅張。萬家春夢破，九點野煙荒。壇古思宏景，墳高弔孔璋。經過嗟往事，芳草太茫茫。

訪何書田時校刻陳忠裕公集。

爲問何休里，孤舟冒雨尋。路窮青嶂遠，家在白雲深。貯簡名山業，挑鐙老屋心。忠魂飛紙上，波底不投金。周印武過忠裕死節處，以詩裹金投波中弔之，故云。

勝代黄門集，先從幾社收。唐風高百代，楚雨咽三秋。碧血荒城在，丹心古井求。甫林南望處，華表夕陽留。

京口

北固江山莊，南徐士馬驕。雄分吴地盡，威鎖海門遥。夜雨荒無岸，秋風怒有潮。寒衾不成夢，篷背奈蕭蕭。

題嘉定黄忠節公手書詩册後

殉節諸臣列，儒林傳且尊。一生才學識，百代德功言。有象良金寫，餘灰古刼存。數行空慘澹，留與弔忠魂。

一腔忠義血，慷慨作殷頑。父老呼成隊，昆朋效守關。死難回國步，生未點朝班。古廟留殘碧，從今重泰山。

赴舉南都日，還如盛世逢。沽來京口酒，聽到石頭鐘。十載干戈局，千秋翰墨蹤。想應遺魄在，猶戀孝陵松。

名士東南會，敦盤處處陳。公兼風雅事，自作聖賢身。筆亦真卿法，詩傳杜甫神。長歌留正氣，手澤況如新。

薄病

一枕鄉愁最黯然，聽風聽雨不成瞑。頻年身世真磨蝎，入夜心魂逐杜鵑。酒醒獨尋芳草路，春寒已是落花天。挑鐙起讀江淹賦，南浦頻經亦可憐。

家大人徵王孟公丈重刊管長史集謹次原韻

大雅能開一代風，當年題品自湘東。青山遺老師承後，朱邸清班唱和中。異地何容愁孝穆，竟陵原自重文通。羡他銅鼓鑾天事，不僅煙雲筆墨工。

蘭芷消沈幾百春，重來摩詰訂清因。一汀流水思前喆，千古名山仗後人。藜閣久經彰國故，芸編寧許秘家珍。青谿收拾湘真稿，風雅應知有例循。

酬金大曙洲

策馬秋岡起莫哀，亭臺處處夕陽開。十三樓畔争題句，廿四橋邊欲舉桮。江北秋螢成古物，淮南寒犬亦僊才。玉鉤斜畔雷塘路，憑弔心雄欲再來。

一年一度唱《陽關》，歸櫂盟鷗意自閒。三泖香蓴多白浪，六朝叢桂少青山。賦傳明遠君原擅，病到維摩我尚孱。此後秋鴻應有信，休如綺語一齊删。

漁鐙

風颭白蘋枯，熒熒遠景孤。一條光到水，指作曉星呼。

碧桃花

嬌欺紅杏艷欺梅，天上曾經帶露栽。一色短牆三四樹，是誰攜下紫霄來。

鏡臺嬌壓一枝枝，和雪香閨頮面時。祇愛容顔休說命，一分活色勝燕脂。

夜泊楓橋

陳陳霜風酒面吹，萬船鐙火立多時。客來此地休題句，張繼曾傳夜泊詩。

寒被生棱亦可憐，波清吟夢冷如煙。宵來篷背留殘葉，剛是吴江小雪天。

曹瑞龕

字竹君，諸生。郡城東門曹家橋人，館於八圖封氏甚久，遂家焉。

苦寒

西風瑟瑟雨絲絲，黯澹蓬窗自詠詩。廿載狐裘成敝鞹，一鑪獸炭沃新脂。檐前冰柱垂珠密，籬畔梅花吐蕚遲。何日艷陽蘇凜烈，禦寒惟有酒盈巵。

顧作偉

字仲英，號韋人，晚年自號無住老人，諸生。亭林鎮人，性坦易，嗜酒工詩，與八圖封氏姻婭。

時至其家，流連匝月，竝與里中諸賢分題唱和云。

斷指吟烈婦氏蔣名端姑，華亭人，爲李珍靖妻。李籍金陵，賣藥葉謝鎮，遂家焉。生一子而寡，其族利其財，脅嫁之，氏截指自誓，乃歸諸其家。尋卒。事在嘉慶十二年。

我悲斷指事，爲作斷指吟。苦調激幽怨，促柱纏哀音。嗟兹茹荼女，痛甚傷弦禽。危巢翼敗卵，漫天障毒陰。憤截一寸指，義傷千夫心。奇冤古未有，聞之涙涔涔。咄哉李家婦，可以風纓簪。

題章孝介先生焕**友石居詩**

先生孝行今孟宗，先生詩才今放翁。晚歲窮經宗孔鄭，其詩一變近邵雍。潘岳衡齋孝廉鏞權出先生門下。校詩分二集，前集雖少清而雄。憶昔扁舟過莫巷，先生舊居在莫家巷，即章節愍宅。名花萬本如霞紅。先生詔我入書室，論詩滚滚興不窮。時在戊寅三月。彈指韶光二十載，北望馬鬣黄雲封。先生墓在郭家溇。令子作詩守家學，先生子斗山茂才亦工詩。脱口已似香山工。鯉魚風起山容好，載酒邀我游九峰。歸來出此索題句，但覺先生之詩光芒萬丈摇長虹。

壽封西園先生丈光旭**七十**

筵開喜值構堂成，一片雲霞照眼明。繞屋有泉原益壽，巡檐無樹不長生。堂聯四世饒餘慶，壤擊三朝頌太平。況是蓬壺偕隱在，笑看桑果競敷榮。

雷良樹

字穫人，號硯農，華亭諸生。曾寓八圖封氏，工書。

同邑陸氏五烈女詩

三泖波清九峰緑，家山秀毓平原陸。遥遥華胄歷千秋，代有聞人相接續。靈淑之氣鍾婦人，乾坤奥妙從來獨。貞者藴桂辣而辛，節者松柏堅還卓。義者金石貴且精，烈者忠直氣嚴肅。志士仁人世豈無，那及閨中性偏篤。我於平原心骨驚，一門五烈光芒燭。庚申五月十三日，干山之濱賊兵趣。陸家五烈計無生，杜姑顧息河中伏。弟息沈氏奪門逃，未亡人豈遭汝辱。二姑攜手急躍河，五烈倉皇死真速。吁嗟哉，人鬼黄泉争路殊，鬼雄鬼伯紛屠毒。水佩風裳攤吉神，梅魂月魄瑶池録。貞義節烈共五人，干山千載留芳躅。

訪石樓沈侍御時來故居在通波門外。

一曲花涇石外横，鶴來猶聽誦經聲。女孫劫後思家淚，曾向秋風灑落英。侍御女孫歸章節愍公簡。鼎革後建清河庵於西郊，復建青堆庵於胥浦鄉。能詩，其集中有《過侍御故居》一章。

張鴻卓

字偉甫，號嘯峰，大五圖南塘人。歷署蘇、常、太諸屬訓導。少學詩于武康徐雪廬、典簿熊飛，尤工倚聲。性慨直，敦氣誼，與封春山先生昆仲友，居止其家者累月。著《緑雪館詩詞鈔》。

築塘行

長鯨掉尾飛霹靂，海景無塵浪花白。築塘禦水如禦敵，邪許不惜千夫力。塘脚挑土，塘外運石，法良意復美，一勞期永逸。陽侯乘風風不息，新隄未乾舊隄坼。安得秦王假我鞭石鞭，驅山填斷蛟龍宅。

吴勤三

字圭木，亭林鎮人。諸生。沈静寡言，遇事敢爲。咸豐十年，粤逆陷郡城，先生倡捐團練，一方賴以安息。因此傾其家，寓居張澤吴氏甚久，與毓峰先生最相契云。

修樹

蔥蘢不礙秃無枝，指望撑天拔地時。佳氣正逢春夏起，良材好藉斧斤施。文章疏密原相間，品格孤高與爾期。意匠經營渾入畫，每懷嘉樹賦新詩。

灌花

愛花成癖晉花愁，汲水辛勤褭甕求。餘潤當培佳子弟，傾膏如溉好田疇。密排功課畦勞夏，挹取芳馨圃有秋。卻羨補天馮隻手，恩深雨露感旁流。

温書

十年鐙火共追陪，重對陳編次弟開。如到舊游真境出，曾經久別故人來。静參桂粟香聞妙，細嚼梅花味美回。不負芸窗敦夙好，書生雅有出羣才。

臨帖

儘教奴婢學夫人，搨本流觀别贋真。波磔尚難稱結構，規模略似詡傳薪。巍巍柳筆心先正，卓卓顔書腕有神。收縮放垂皆古趣，明窗共賞墨池春。

病中吟并序

歲在庚子十月之交，余病輭脚六旬六日。藥石嘗而苦口，風雨復又痗心。閉置帷中，猶之新婦；息偃在牀，勿異陳人。衛洗馬之言愁，愴焉欲絶；江醴陵之賦恨，渺爾寡儔。假筆墨以言懷，我聞如是；即呻吟而述事，于意云何。詞曰：

乘風高唱大江東，弔古蒼茫目一空。猶憶小時還了了，那堪去日更悤悤。幾經燥髮霜沾白，半醉塵顔酒映紅。悟出鯤鵬能變化，翩然遐舉作冥鴻。

未是清狂未是癡，好官不惜自爲之。明珠薏苡書成篋，桮景弓蛇酒滿巵。偏壞長城檀道濟，竟忘良法鄭當時。練兵練餉紆籌策，下士菰蘆敢測蠡。

十月南風緑滿隄，賣來薺菜版橋西。碧波景煖斜陽活，黄葉聲乾古木低。輕颺茶煙看有篆，好拈詩句總無題。文園病卧何能擬，開到梅花酌一椑。

卅年小謫墮黄埃，天上人間夢未回。遮眼書知醫俗否，扶頭酒試學僊纔。千絲愁緒千絲繭，一寸心情一寸灰。堪笑老娘今亦錯，紛紛能免倒綳孩。

天爲車蓋地爲轅，日月山河指掌論。十二萬年花頃刻，須彌世界電流奔。長歌當哭猶餘恨，短札緘情不盡言。礧磈胸中澆未易，滄溟願化酒盈尊。

可爲痛哭可長歎，可有書生策《治安》。聽到空言籌畫易，古來積弊剔除難。丹黄匣護飛龍筆，赤白囊探走馬丸。朝夕由知應有漸，恬熙不惜樂盤桓。

大夢曾游色界天，哀絲豪竹繞當筵。一聲環佩娉婷態，百尺樓臺縹緲巔。褻境是生諸恐怖，阿誰勘破有情禪。愛河試渡知深淺，白玉孩兒浴更妍。十月二十八日夜夢境如是。

共誰低唱《定風波》，一曲尊前喚奈何。清話正堪銷白晝，濁流争得比黄河。俗傳鬼死憂先積，我覺人生累更多。解覓消除無妙法，藥罏經卷病維摩。

搜枯索隱慣塗鴉，珍重千金敝帚誇。格調何分唐與宋，性情要貴正而葩。卻愁醉酒勤斟酒，最愛看花懶種花。小坐窗閒頻弄筆，不堪持贈自咨嗟。

怒欲衝冠笑絶纓，江鄉風物其間評。昏喪禮廢誇張樂，蠻觸鋒交妄搆兵。藥待醫來知病久，鬼先巫祭願家傾。隨波陋俗伊何底，難療狂愚解宿酲。

清濁何曾辨渭涇，錢神有力共垂青。死知無病千人指，生愧難題一字銘。蘭草當門猶變艾，楊花入水便爲萍。可憐醉夢知誰喚，澤畔徬徨笑獨醒。

年來送客黯生愁，振策翻思賦遠游。奇氣蟠胸空咄咄，幻情入夢覺油油。要看嶽色陰晴變，愛聽河聲日夜流。拌作依人王粲去，不教十鹿九回頭。

黄金能糞溺如泔，僵卧絲抽未死蠶。詩好瘦常吟硯北，病多濕爲住江南。人先自費醫何誤，麪亦能炊我久諳。切莫幽憂還感疾，遍嘗良藥總無甘。

分韻敲詩信手拈，筆花入夢愧江淹。閒愁比草隨春長，幽恨如潮帶雨沾。英物生來垂碧眼，老饕心事見蒼髯。繪形敢詡臻微妙，頰上豪看筆不銛。

獨行踽踽畏譏讒，敢恨微辭惹恨銜。每見薪以憂厝火，莫貪風順飽張颿。閉門静坐原違俗，掃榻孤瞑總不凡。病起自將逋句索，圍鑪相對學三緘。

家毓峰喜志**索詩生輓予以婦喪遲遲未應今作此報之**

廿年前共秣陵游，握手相看已白頭。如此江山成昨夢，何堪風雨寫離憂。荒唐世事争譚虎，宛轉機心愧泛鷗。仰數晨星嗟落落，幾回忍淚過西州。子辛辭世已三年矣。

陪厲慕韓太守閲海塘自盤頭壩至北庫

塹水分畺犖作屏，頻勞紆策衛生靈。氣旋大海波瀾紫，春到荒原草木青。一綫蜿蜒虹卧景，三山縹緲鶴梳翎。迂疏幸侍朱幡側，高屋當看建瓴瓴。

海塘

狂瀾誰障百川東，蛟鱷長驅挾海風。百萬膏腴争一綫，幾時畚鍤告成功。

郭福衡

字友嵩，郡城望僊橋人。同治十二年舉人。品高學邃，深入宋儒堂奧。晚歲憤世嫉俗，迹類疏狂。然制行不苟，不能幹以非義。與八圖封書侯茂才爲中表昆弟，館於其家甚久。工書畫，篆分真草、山水人物花卉無不以真氣寓乎其間，每一點染，呼之欲出，此關乎天分之高也。

古意

儒冠一何拙，哆口羞文章。周孔師前型，班馬薰濃香。非敢侈博奥，心力亦已傷。誰家白面郎，衣冠矜趨蹌。良辰事游冶，聲譽盈廟堂。勵志在所先，得失不求償。學古乃有獲，千秋以相望。

有鳳翽其羽，失侣來自西。梧實生高岡，舍此安所棲。文章既不顯，乃與凡物齊。聲聲不如我，但聽號寒嘑。

磁石能引鍼，琥珀能拾芥。氣類之所投，不在和與介。鐘吕清廟音，藻火明堂畫。持向市井中，少見多所怪。江湖與川澤，鉅細流殊派。和光而同塵，君子以爲戒。

操舟婦

操舟歸，布蒙首。手持一竿蹋水行，問年不過二十九。太息丰姿嬌若春，泥塗憔悴殊愁人，鵜鶘雙飛，孤雁獨宿。夫死夫兒在妾腹，妾身可存不可辱。明珠翠羽金縷箱，吳儂不學青樓倡。跣足蓬頭打魚食，朝朝暮暮來申江。江水清且清，與妾曾相盟。妾情自異秦淮水，照人歌舞年年生。君不見，稜稜山上柏。又不見，齒齒水中石。木石堪明妾心迹，多少朱門女不識。聞言我欲擄舷歌，數聲欸乃東方白。

三字獄

殺敵天下欲和賊，百姓哭。荷花桂子君臣歡，一德閣成三字獄。金陀坊裏風凄凄，五國城中烏夜嘑。當□長脚大解事：一二聖若歸，置陛下於何地？

病中枕上作

纔識無家苦，蕭然一榻孤。鼠窺鐙景暗，鳥喚病魂蘇。了了心仍覺，沈沈氣欲無。鐘聲入窗牖，曙色尚模糊。

早行

草頭露猶濕，初日照征衣。回首顧來徑，當空但翠微。野花隨意放，好鳥向人飛。已少立錐地，南行不當歸。

舟中即景

蕭索行囊客緒牽，翻因憔悴得人憐。誰家墓草無情碧，到處春花著意妍。潮漲谿橋妨客櫂，樹藏邨舍羃炊煙。等閒鳥語都成恨，何獨巴陵有杜鵑。

有感

飄零書劍溷風塵，筆墨生涯侘傺身。但肯讀書猶是福，已無家累不妨貧。客中歲月依人老，酒裏情懷得句真。旅邸門前車轍少，青青草色漸成茵。

邨居

老屋疏籬傍岸斜，舍南舍北盡農家。鄰翁歲莫吟偏嬾，邨店年豐酒易賒。三徑風光饒竹木，一鐙兒女話桑麻。近來縣吏催科早，納稅歸時始種花。

自題山水

寒林回首夕陽紅，破帽騎驢對晚風。直北關山無限好，秋來都入畫圖中。

何元章

字子舫，同邑郡城人，諸生。寓居八圖封氏。

寒食

禁煙時節吹煖風，前邨一夜桃花紅。長安少年過紫陌，羡煞桃花好顏色。桃花向人空自好，人面如花亦易老。君不見，北邙山下冢累累，昔日朱門今碧草。

華亭陸氏五烈女歌

君不見，貞婦祠，清風嶺上輕生時。又不聞，渤海氏，覓井從容罵賊死。從來女子不重才，名節所在非等閒。咄哉平原五烈女，毓毓姓氏留人間。人間爾時正鼎沸，天馬峰前賊鷹至。五女惟知閉户居，鼓鼙動地儂心慘。未幾賊來紛打門，如鷹鸇攫無幸存。阿婆語息幸自愛，此身甯受魚龍吞。娣聞姒死志早決，正氣閶闔不可奪。入水猶聞詈賊聲，一聲一淚隨波汩。珠沈玉墜會有期，姊妹花開連理枝。倉皇攜手出門去，彷彿湘江沈二妃。吁嗟乎！天生節操洵奇特，恨海渺茫填未得。指日寰區奏太平，旌閭定荷天恩錫。

吴肇恩

字伯鷗，吴縣諸生。嘗寓八圖封氏，工擘窠書。

同治癸亥五月賊出没太湖予館舟山鍾氏其家爲賊所掠主人遷南滙予遷張澤舍舟登陸風景與前大異憶與封君友漁棣文不相往來者八年於兹矣因成五律四章贈之録一

未得枝棲穩，飄零等落花。此間頻作客，咸豐甲寅，予曾客婁學申廣文綺珊師署中，與友漁始相識。故土竟無家。入室馨雙桂，兩賢似皆髫年露爽。乘潮泛一槎。淩雲敞高閣，淩雲閣，友漁藏金石書畫處。蓑話夕陽斜。

玉簪花

天然開出樣玲瓏，髣髴夫人字格工。晉衛夫人書名「簪花格」。簾月成梳搔夜露，池波對鏡插秋風。石牀相倚斜疑墮，苔髮初披細欲籠。何處新裝偏掩映，海棠遥曳夕陽紅。

黃家麟

字哲生，咸豐元年青浦舉人，居郡城西新橋。性端謹，研精濂洛關閩之學，取里中顧氏。時主其家，樂育義學是其創立云。

題華亭陸氏五烈女

西風嗚咽干山濱，杜鵑嘑血悲黃昏。誰與死難五烈女，雲間陸氏傳名門。庚申五月賊麕至，漫天烽火騰鄉邨。倉皇臨難志不亂，波濤争赴甘殺身。一家骨肉知大義，生氣凜凜衝層雲。我聞此事感且歎，人非金石誰長存。云何折衝疆場者，賊至不戰空狼奔。鬚眉七尺愧巾幗，裹尸馬革曾幾人。猗歟五女挺奇節，同心之碧全天真。水僊宫闕集瑶佩，素鸞爲駕雲中輪。魂兮歸來作儕伍，蓉裳蕙帶流清芬。山高水遠不磨滅，卓然勁骨撑乾坤。會見九重下丹詔，巍峩綽楔標松筠。采采梅花與叢菊，庶羞偕薦春秋陳。長與干山峙千古，女貞嘉木盤輪囷。

沈　蓮

字日初，號希庭，同治十年進士，官刑部主事。嘗寓八圖封氏、張澤吴氏。吾郡精疇人之學者，昔有屠文漪、沈大成、陸明睿、倪思寬、徐朝俊，而皆不逮顧觀光。希庭與韓孝廉應陛游，探賾索隱，幾與觀光相埒。著有《希庭秝草》《龍門劄記》及《泖東草堂詩文》一卷。

訪南匯欽公塘外土城

川南盡處是欽塘，塘外堤封百里長。何日種花人到此，海濱餘地作河陽。

讀鹽法志有感

少時曾讀李雯書，我郡李舒章先生論鹽法以就場徵税爲最善，顧氏《日知録》采其説。尤喜陶公積弊除。制軍陶文毅公改引鹽爲票鹽，民皆稱便。今日海濱誰弭釁，可憐奇貨被商居。

沈廷揚

字賡甫，同治六年副貢。曾館張澤封氏，研摩理學，以程朱爲宗，詩雖寥寥數章，然亦有感而發。

老農歎

田間遇老農，容枯如槁木。曰昔遭凶荒，妻子已俱鬻。耕耘敢辭老，有事勞誰服。行行烈日中，一鞭叱黃犢。辛苦歷三時，庶收米十斛。自輸豪家租，終難飽蔬菽。安得生古時，衣帛復食肉。

出鐙謠己卯春作。

填街塞巷鼓喧豗，濤驅風涌聲如雷。蠟炬千行照大道，何物鬼工巧翦裁。東西趨騖舉國狂，獨我聞之心惻傷。好作無益害有益，嬉游無極民志荒。君不聞，晉豫苦旱非一年，蕭條萬里無人煙。雲間幸未遭斯阸，宜行義舉酬蒼天。儻以此錢拯哀鴻，哀鴻亦可活百千。烏虖，人睹此事歌升平，豈知矜奢鬬靡獄訟生。升平景象我告汝，士行禮讓民息争。

夢故居在悦安橋南。

爲是先人宅，中宵夢尚牽。不知三易主，猶似十年前。檻外波痕上，城邊樹景圓。依依風景在，醒後意茫然。

宿白鶴江

落葉前朝寺，孤篷此夜舟。高翔無白鶴，江水去悠悠。

張澤詩徵續編卷一

里人封文權庸盦 編

吴昂錫

字介眉，興仁街人。同治六年舉人。熟水利，譔《松江續志》《水道圖》，精堪輿；以鄉先哲蔣大鴻爲師，爲學不自滿，晚年尚求師不倦云。

柳絮

曾向離亭折短條，又看飛絮倍魂銷。悠揚有態黏香徑，輕薄無端度綺寮。風起隋堤煙漠漠，雨餘漢苑雪飄飄。春狂莫向征衣點，多少行人悵灞橋。

封　濂

庠名裕道，字修之，春山先生子。松江府學廩貢生。自幼好學，平居手不釋卷，敦孝友，飭廉隅，淡於榮利。精熟史事，文論古爲長，詩宗陶、陸，著《史評》二卷，詩文稿二卷。

擬古

人生駒過隙，行樂須及時。一尊但常滿，萬事任所之。長繩日難繫，役役將何爲。醉與天姥會，醒見庭前枝。枝枝盡含笑，似笑未傾巵。斟酒且更酌，無使桃李嗤。

擬曹子建樂府四首

箜篌引

名流笑逐逐，肆志傲公卿。興來惟自適，置酒招良朋。庶羞陳几席，百壺共相傾。名謳與奇舞，齊瑟龢秦箏。耳目窮所好，聲色堪怡情。惟恐歡娛促，流光不我停。天地等逆旅，自謂能忘形。豈知愚與達，彼此俱不經。分陰苟莫惜，草木同凋零。三才詎易配，反顧當自驚。所以古君子，冰淵存戰兢。人生貴不朽，放浪曷足矜。

名都篇

名都重妖冶，京洛争雄奇。翩翩佳公子，車馬共驅馳。被服都且麗，寶劍手自提。僕從如雲集，紛紛聽指揮。年少氣正盛，力欲輕熊羆。挽弓展絶技，巧捷無與齊。上山射雙兔，下山逐羣麋。飛鳶應弦落，餘巧尚能施。烽煙未盡息，好武宜有爲。得禽和侶返，疑唱凱歌歸。歸來飲美酒，下箸厭肉糜。擊鞠猶未已，東郊復鬭雞。莫還朝更出，惟恐日景迻。誰知郭門外，埜老半嘑飢。

美女篇

美女麗且幽，舉世無匹儔。年紀十五六，采桑南陌頭。桑葉何沃若，桑枝何脩脩。纖纖出素手，攀條折其尢。金環束皓腕，秦珠耳後留。羅衣被玉體，飄飄均欲流。細要如削素，皓齒閒明眸。顧盼生百媚，丰姿孰與侔。止者盡忘餐，行徒駕欲休。借問女安居，遥指城南樓。少小慕高義，素願終未酬。鉛華非不備，争妍竊自羞。秉志堅金石，體態倍温柔。容光人共羡，貞静苦難求。盛年甘獨處，珍重計已周。

白馬篇

白馬飾奇珍，馳驅出郭門。問是誰家子，王公劇孟倫。少小尚游俠，意氣壓同羣。稍長至沙漠，義勇冠三軍。威猛脅虎豹，巧捷勝猴猨。暗嗚崩山岳，叱咤變風雲。冒頓驚遠遁，月支畏若神。窮迫過絶塞，直欲清胡塵。英名欺衛霍，詭辯笑儀秦。捐軀冒白刃，辟易千萬人。疆埸經百戰，百戰餘此身。此身豈不惜，志在酬主恩。壯士老牖下，湮没同編民。奇勳建異域，畫象圖麒麟。

擬蘇長公游金山寺

長江浩浩水流瀹，一山簇翠江心立。萬頃波光攤畫圖，宦游經此暫停楫。山中勝境期窮搜，纔臨絶頂思頓悠。岷山遥隔幾千里，鄉關西望增羈愁。涉山何事苦涂蹙，世路如今更躊駮。無端感觸欲歸舟，山僧留我復駐足。晚鐘已動日回谷，初月方升去更速。炬火忽從天半來，江山奇境驚重開。我睹此物心更悸，擾靜反常爲誰祟。江神示我我已知，人事顛倒概如斯。他年有田返茅屋，敢負江神今日屬。

詠懷

世事任紛擾，人心難强同。醉吟思白傅，高卧企陶公。幕燕情堪憫，泥龜計自工。素懷期永適，何暇問窮通。

過廢寺有感

昔日梵王宫，今成荆棘叢。頹垣聚狡兔，精舍賸梧桐。不閲滄桑變，誰知色相空。當年登眺再，回首感無窮。

碌碌

碌碌居人後，才疏拙反臧。新詩堪諷詠，老境任頹唐。竹苦節終勁，蘭幽氣自芳。莫嫌嬾酬應，吾鬢已如霜。

秋晚舟行口占

斜日千峰駐，空波一鏡明。船從樹杪過，人在水中行。幽愛遠山碧，囂傳近市聲。黄昏猶未迫，度口已喧争。

夜泊偶成

泊舟郡城外，竟夕寐難成。寒柝催更急，繁星漏隙明。艱難獨吾道，冷煖看人情。舊事方重憶，羣鷄已亂鳴。

病榻口占

欲寐終難寐，通宵强自支。殘燈分曙色，滯雨引愁思。衰邁應多病，拘牽甘受嗤。無生如可學，願得一從師。

柴門

柴門無事日常關，門外紛紛任往還。破架殘書信手展，經霜高桂看人攀。養真不必同巢許，至樂何由尋孔顔。掃地焚香師老衲，得安閒處且安閒。

任運

行樂誰言須及時，委心任運是吾師。劉琨對敵猶長嘯，陶令臨流惟賦詩。薄飲長談均足適，春花秋月更無私。一枝幸遂巢林志，此外浮名總不知。

遣興

得失何須鑑塞翁，白頭誰見再成童。人生幾度逢圓月，世事從來似轉蓬。但使升沈置度外，豈憂磈礧梗胸中。阮公不免窮途哭，猶是閒愁未盡融。

重陽

重陽衰病强持梧，蟹未團臍鞠未開。舉世久無青眼顧，扣門豈有白衣來。茱萸醉插興猶昨，峰泖暢游志漸灰。聞道倭塵近稍息，王師何日凱歌回。

雜感

人事惟應作達觀，食麤衣惡勝飢寒。寬心幸有消愁酒，媚世難求换骨丹。性拙不妨株獨守，才疏何用鋏頻彈。無多知己半凋謝，到處稀逢青眼看。

病後偶成

目漸加蒙耳久聾，龍鍾老病一冬烘。枝頭好鳥音空囀，檻外名花色減紅。酬應本無適俗韻，樸誠徒慕古人風。營生苦乏陶朱術，且效昌黎暫送窮。

封　漼

庠名裕臣，字鎮藩，號書侯，亦愚先生子。諸生。精醫，著《攡書樓醫説》。詩文隨手散佚，僅于丁集中得此二首。

題丁椒圃衍繁好古堂詩稿

詩人老去托征袍，名重騷壇壓部曹。經史波瀾文壯闊，胸襟磊落酒匏匋。風情到處春潮長，鄉思頻年夜月高。漫説祧唐兼祖宋，遺篇直欲薄《離騷》。

山容水色蕩胸中，筆底煙雲變態工。琴韻碁聲消晝永，蠻風瘴雨鍊才雄。晉唐人物言多雋，漢魏文章體最崇。愁絶羈魂歸故里，如何名士輒涂窮。

封　濠

字小蘭，蘭亭先生季子。性至孝，養親不取，喜飲酒。工詩不自留，稿隨手散佚。兹録數首，蓋盡於此云。

呈筱谿四兄

十年潦倒此浮生，一覺鐘聲醒五更。月景寫花知境幻，酒餘讀史輒心驚。安貧抗志希前哲，問道砭愚仗我兄。最是秋來愁絶處，高堂菽水未經營。

客中送春

寂寂荒江堪自憐，春風桃李不知妍。讀書有味斯真樂，涉世無求即是僊。客舍韶華今又别，故園月色幾回員。最難依戀高堂邁，侍養何堪俟隔年。

放懷

縱然百歲幾多秋，安可胸藏萬斛愁。笑我襟懷如月朗，看人富貴似雲浮。安期春至孱軀健，惟願微名印爪留。斜日蓬窗瞑一覺，蘧蘧蝴蜨夢莊周。

勖弟姪

蠅頭蝸角莫相争，欲共千秋托管城。詩若無真難見志，花如解語亦牽情。故園樹色當年好，壬午冬，屋前大樹爲族人伐去。客邸簫聲此夜清。富貴騰驤同一夢，不忘根本始求生。

瓶花

枝枝葉葉舞春風，淺粉深脂色不同。離土可憐難耐久，眼前留得幾時紅。

冬夜獨坐

吉日辰良得最難，一年容易又冬殘。高堂色養何年遂，獨坐捫心淚暗彈。

封文棣

庠名棣，字友漁，花巖先生孫。居興仁街，婁埘貢生。咸豐十一年以團練禦賊功加五品，賞花翎。光緒元年舉孝廉方正，授崇明教諭。病未赴，旋署武進教諭。年餘歸。性耽風雅，工書畫，精鑒别。杜門卻掃，不問世事。著《凌雲閣詩鈔》。

亦愚叔祖石湖釣月圖

石湖湖水碧於油，石湖月色清且幽。蘆荻花飛兩岸柔，忽聞擊楫驚瞑鷗。舟中人兮迴不侔，手把魚竿鄉上流。臨風一擲白雲收，寒江月碎射斗牛。冰輪捧出縣滄洲，清光皎皎豁雙眸。我思人生巧營謀，名韁利鎖爲餌鉤。紅塵馳逐足輕投，飄然誰復相綢繆。何如泛棹石湖頭，蘭橈桂槳看夷猶。登臺不披子陵裘，絲綸垂手興悠悠。扣舷獨坐發清謳，一枝詩筆凌千秋。擲竿狂笑誰爲儔，滿谿明月送扁舟。月兮月兮莫沈浮，與君共鄉五湖游。

采茶歌

采桑未了采茶忙，枝頭攀落長條長。雨前雀舌饒香味，摘來嫩葉盈傾筐。今年茶比去年好，輕黄樹樹迴環裊。布穀聲中夏令新，采茶歌裏春光老。天半晴出山，十里夕陽明。天半陰提筐，一路濕煙沈。滿取龍團與雀乳，采罷歸來檢茶譜。解渴須憑活火亨，天泉清冽心香吐。

罱泥歌

東鄰借輕舟，西港罱泥去。隨波水面行，夾岸聞人語。四顧寂無人，此心正猶豫。停橈審所從，蘆葦花深處。轉舟入蘆中，夫壻理漁具。道我獨力難，待郎來相助。郎鄉湖心先罱泥，妾結網兮爲郎助。

答章次柯拔萃末

西風瑟瑟屋角吹，霜裘典盡寒難支。蓬窗兀坐日無色，良友忽賁琳瑯詩。披箋雒誦數十遍，口齒舒芬沁心脾。憶昔識君前廿年，胸襟磊落多英姿。君今著述等身富，學略百家黄全追。志乘載筆每徵實，敬恭桑梓搜闕遺。愧我孤陋守岑寂，耆古往往多繁疑。多君謂我勿抑塞，且約吟詩泛酒巵。白墮三梧愁自遣，高吟百韻俗可醫。君不見，謫僊斗酒詩百首，升沈榮辱都不知。

蟹斷

不許横行過，重重障晚潮。疏籬篩碧浪，遠火隔紅橋。簾景隨波漾，船聲逐水遥。鞠黄橙緑後，荻港列條條。

述懷

插脚煙霞裏，埋頭墳典中。澄心盟水白，醉面襯霞紅。撒網張新雨，揚帆趁順風。古來稱大隱，只有子陵翁。

晚眺步樵雲大兄韻

一抹斜陽裏，青峰江上環。莫煙横古渡，落日接西山。野店征車歇，深林倦鳥還。牧童驅犢過，遥指寺門關。

水僊花

輕黄淡白態盈盈，綽有僊風寄遠情。小洞春深香一縷，瑶臺夢冷夜三更。洛神月下淩波步，漢女江邊解佩聲。迻植銀盆供爾室，窗前含笑恰相迎。

新燕

曲闌静倚自凝神，燕入書窗絮語頻。相識無忘前度約，故巢宜補一番新。低穿畫閣尋知己，小啄香泥傍晚春。莫道主人情更重，主人怕爾厭清貧。

春草

草色芊緜野興閒，蹋青襯得鳳鞋彎。鞭絲人景清明路，細雨東風上巳山。三月鶯花深淺處，六朝金粉有無間。年年河畔增離思，盼斷征人去未還。

新柳

一點新黄雨後萌，從今漸動惜春情。纖腰猶怕多暝起，媚眼居然解送迎。去馬乍停隄外路，流鶯初試曉來聲。青青遍覆章臺畔，有客攀條問遠程。

題畫

江上峰巒疊疊，天涯雲樹茫茫。明月深林獨坐，幽蘭空谷流芳。

巖畔數閒茅屋，橋邊一帶疏籬。雨過呼童薙草，酒醒對客圍棊。

泖湖櫂歌二録

阿儂家住泖河頭，只解風波不解愁。舟到橋邊忽停櫓，要將心事托閒鷗。

鐘送潮音透碧峰，潮來古浦浪花濃。停橈客夢難成處，一半潮音一半鐘。

松江竹枝詞

家住吴淞東復東，芙蓉九朵列屏風。貓頭鄉味誇佘麓，虎樹亭邊夕照紅。
潮音閣上晚鐘鳴，三泖微波一色清。最好風光二三月，緑楊深處聽嚦鶯。
清明上冢是誰家，六幅湘裙著地遮。一路紙錢飛不盡，新紅開遍野棠花。
采菱舟泊澱河邊，采罷紅菱又采蓮。儂采紅菱剛一掬，郎采紅蓮已滿船。
九日登高歷九峰，青山一逕白雲封。攜花載酒茱萸會，古洞斜陽訪白龍。
吴王昔日耀干戈，吴王去後近如何。獵場留與閒人話，碧草萋萋明月多。

寒夜雜詠

紅鑪卻愛煮新茶，窗破侵寒翠幕遮。深院讀書鐙一點，庭前有鶴守梅花。

育蠶詞

蠶乍眠時緊掩扉，門前不管落花飛。劇憐辛苦繅絲日，仍浣當年舊嫁衣。

雨霽

小雨連天潤緑苔，推窗無復濕雲堆。詩情卻似長江水，落筆應教滚滚來。

題神山白雲洞四之一

曾經洞口訪僊蹤，疊疊峰巒煙樹重。不見吉人真面目，青山依舊白雲封。

菜花

東風吹出一畦花，滿地黄金望眼賒。我有小園花更好，蜜蜂聲裏夕陽斜。

封文翔

字子平，八圖人。喜吟詠，能鍼醫。

晚眺

策杖西陂落日中，春來景物樂沖融。隄邊楊柳無情緑，天半殘霞别樣紅。世少瘡痍需化雨，人敦倫紀扇祥風。書生自是忘機客，緩步行吟月上東。

封文㮣

庠名汝颺，字燮君，書侯先生子。郡廩生。家貧善病，詩多愁苦之音。

朱涇道中口占

水鄉東流船鄉西，柳絲裊裊草萋萋。布颿欹側知風厲，岸樹横斜識路低。心爲尋詩忘遠近，眼因中酒自離迷。樓頭思婦停鍼坐，似訴鴛鴦繡未齊。

客館偶書

故居别去客佗鄉，唧唧秋蟲欲斷腸。若問五更誰作伴，半窗明月一鑪香。

犬吠黄昏人静時，欲瞑偏又起相思。可憐萬丈愁城裏，只有青鐙一點知。

客夜

蕭騷一陳枕邊鳴，起看殘鐙已不明。堪恨西風吹斷夢，無端㪷起故鄉情。

封文梅

庠名作梅，字若羹，古愚先生孫。年十三入婁庠，光緒二十六年歲貢生，候選訓導。性耆探索煩瑣之事，凡天文、地輿、律曆、壬遁、山龍、水脈之書，無不博覽精熟，於水利窮源竟委，邑中濬築隄防之事，經其擘畫，事半功倍。著《春秋列國畺域圖説》十卷、《張澤志》四卷、《蠡離啟蒙》二卷、《代數演新》四卷。

贈衡甫弟

弟研精理學，好讀宋五子之書，守河津、當湖之學，修世譜，建宗祠，修復祖墓，贖郡中先賢祠墓，其志其度未可量也，作此貽之。

程朱純粹陸王龎，學術同涂絜短長。君是吾家白眉子，好從名教勵綱常。

徐士瀛

字味腴，中市人。諸生。

金陵秋試留别恪齋

扁舟發張谿，渡江應秋試。我學不自信，敢説求名易。子來送我行，鼓我摩天翅。我勖子求名，子言無此志。抗志學翁春，字石瓠，布衣。張，崇懿，字麗瀛，布衣。詎敢希高位。翻然我自慚，聞言佩古誼。佗日白門歸，花下須共醉。

金重賢

字訪梅，蓴谿先生曾孫。諸生。居鎮東南街。好善精醫，創設接嬰局，調攝愛護，夫婦親之。鄉里稱好善世家云。

贈友

羈人乍別鳳池頭，恰喜黄花殿素秋。杜牧正逢開口笑，陶潛幸免折腰羞。茫茫世事勞成幻，漠漠寒香盍小留。賸有仲容老圃在，羽觴聊續竹林游。

封文檜

庠名沈慶芳，字冠蓮，金山歲貢生。居張澤興仁街。

六十述懷

六十年華轉眼過，此生畢竟付蹉跎。遄征徒作奔波客，耕鑿還賡擊壤歌。書到用時方恨少，財毋苟得不曾多。功名奔競羞稱道，差慰兒孫膝下羅。

試拋學業轉經商，倏上場來倏下場。時局紛爭難下子，生涯寥落轉他鄉。縷金箱在增新恨，碧玉奩封息舊香。余兩次悼亡。憶到頻年深感事，幾回無語對斜陽。

小築三間傍水隈，數弓隙地足徘徊。籬分蘂卉成芳圃，石卧池塘亦釣臺。修竹幾竿存晚節，古梅一樹絶凡埃。養生味道無他術，坐看名花次第開。

百年歸宿豫生前，夢覺黄粱任倦眠。世事厭聞甘隱遯，漫吟無稿付雲煙。古書有益堪貽後，經術無傳愧繼先。炳燭餘明期不負，仍從修省猛揚鞭。

封章煜

庠名煜，字質人，樵雲先生子。松江府諸生。

楊柳

長隄春滿景光鮮，舞鄉東風任起眠。橋畔昔年曾手折，陌頭今日又情牽。鶯歌燕語清明路，日麗花嬌上巳天。隔岸漁舟剛繫纜，青青深護晚炊煙。

徐震熙

字敬廬，晚自號大徐，中市人。附貢生，代理吴江訓導。研精許、鄭之學，詩非其所長。平生鈔纂甚多，皆未竟之稿。宣統辛亥後杜門變服，侘傺以終。

蠅籠

南山截竹編爲籠，青蠅青蠅此歸宿。營營可憎已有年，幾輩常思拔劍逐。逐之飛去復飛來，此籠竟能赤爾族。持此責蠅蠅不服，當世讒人半寵禄。

徐復熙

字恪齋，敬廬先生弟。章次柯拔萃弟子，有《詩草》二卷。

病中勖慎庵弟

最樂莫如善，讀書亦甚佳。休荒秋後課，庶慰病中懷。身漫游廛市，心須束冷齋。何時霍然起，砥礪與君偕。

封章煒

字用晦，筱谿先生孫。刻苦力學，讀儒先書深入理窟，通音律，善鼓琴，惜早卒。著《安素齋文稿》四卷。

游秀甲園謁明陳忠裕夏忠節國朝陳忠愍婁縣卞大令四忠祠園中芙蕖已殘叢蘆蕭瑟緬懷前哲愴然於懷賦此志慨

寂寂荒祠祀四忠，瓣香展謁過牆東。荷殘不改端人態，藤萎空懷相國風。隔岸蒹葭連水白，遶門楓楷染霜紅。倚闌憑弔情無限，一片煙波落日中。

封華冑

字雲蓀，質人先生子。

漁鐙

荻葦花深處，鐙光入夜青。孤罾迷野岸，遠火映寒汀。榔響三更月，舟迻一點星。晚潮喧極浦，知有釣船停。

金光耀

字鈍葊，訪梅先生子。諸生。性純孝，每外出念念不忘父母，至形諸篇詠。父母歿，日展其墓，數年不怠。處世必敬，待人必誠。丁丑辟難，遇盜數次，憂傷而卒，鄉人悲之。

勖及門諸子三首

戲言出於思，戲動出於爲。而況筆於紙，而況吟成詩。君子重存誠，存誠先祛私。作詩何爲者，陶淑以敬持。五倫殿朋友，朋友重箴規。箴規多骨鯁，爾我兩心知。問君何所思，問君何所爲。提筆窄天地，天地都成詩。君氣一何豪，胸次不留私。努力酣白戰，寸鐵不許持。馽羈天所脱，那顧矩與規。李杜蘇黄去，此音惟君知。性外匪所思，分外匪所爲。性分兩歉仄，愧讀高明詩。萬物各太極，大鈞本无私。嗟我不努力，敬義失夾持。皎皎他山石，朝夕有箴規。我愛張夫子，唱和兩心知。

丁卯生朝感作

今日知何日，母難痛罔極。兒生庚辰年，哀哀勤育力。生我鞠我恩，出入莫或息。四歲授《孝經》，從兹識書墨。十八取冢婦，劬勞不遑食。兒生命運蹇，爲兒再繼室。二十爲人師，教以養正德。教育亦稱員，教以毋私忒。奈何兒孽深，己未别慈色。甲子作孤兒，哀哉失護翼。戰戰復兢兢，出門防荆棘。日照春草青，日落關山黑。舉頭呼昊天，低頭淚沾臆。

己巳十一月十五日聞雷

十有一月十五日，雷電交作天昏黑。仲冬如何夏令行，老天震怒小民惻。《春秋》魯隱九年春，震電猶爲災異特。矧今未洎日短至，陰陽方争宜静默。一陽始生天地心，雷在地中象曰復。連朝氛霧已冥冥，震來虩虩更无極。午火蒸騰非其時，總由人事工善背。熊羆咆東虎號西，前有渾敦後檮杌。笙鼓喧喧隴畝荒，民之回遹職競力。索索瞿瞿作此歌，執我匕鬯省我懕。

答王綏丞茂才平格次韻

不將長歗自呼名，王魯齋。袂拂清風合座傾。王導。摩詰獨行多勝事，王維。河汾異代有同情。王通。

家規傳至先生遠，道貌依然老氣横。六十四齡吟興足，擲來新句作金聲。

再次綏丞韻

丈夫五十不功名，讀罷《離騷》淚欲傾。新句到時開笑口，先生於我最關情。詩同白髮青氊慨，氣作南山北斗横。十載弦歌鳴灃畔，天教空谷聽傳聲。

謝家須顧任投竿，泖水无情夏日寒。休作六三能視履，要知初九利磐桓。行乎素位惟《周易》，如此蒼生孰謝安。野老只談鄉土愛，電風免過太公壇。

次王適園茂才文元韻

莫將吾道慨沈淪，絶地通天大有人。白髮放歌攄壯志，丹心有夢掃胡塵。煙籠申浦河光黯，草緑槐庭物候新。此老胸襟誰識得，舉頭明月是前身。

庚午五月既望綏丞過訪詩以謝之

柴扉鎮日不輕開，花徑繁紅信手栽。客有可人懷舊約，叩門知是巨卿來。

春雨

風光澹蕩恰花朝，話到春樓雨昨宵。紅紫尋常供點綴，老農心事在新苗。

游春

晚來忙裏作閒人，極目長天萬象新。身外春光知有限，願而養活一腔春。

贈友

飯餘喜接古人書，華衮褒榮不敢居。願借他山攻錯力，西窗共燭惜三餘。

霧

大好山河遍地煙，春光深鎖有誰憐。蒼茫四顧无人語，聽到愁聲卻杜鵑。

里人封章焕用拙校

張澤詩徵續編卷二

里人封文權庸盦　編

寓賢

章　耒

字韻芝，婁縣人。居闊街，節愍後人。同治十二年拔貢生，孰於鄉邦掌故。爲人慷爽好義，勇於爲仁，愛才若命，誘掖後進，惟恐不及。敦尚氣節，發潛闡幽，不遺餘力。光緒乙酉、丙戌年間館於鎮中徐氏，與吴孝廉昂錫共編《張澤詩徵》，又欲譔《張澤鎮志》，未成而卒。

神兵行

陳雲慘淡怪鵄叫，十萬神鐙閃殘照。從横旗幟森戈矛，呼叱風霆作吁嘯。是時穴蟻方披猖，登城四顧心彷徨。忽見大兵竟雲集，孤撑螳臂焉敢當。歇浦水師乘機迫，礮燄騰紅劍非白。軍中周處恐無援，更挈蠻君與鬼伯。時倩英夷相助。擲刀捲旆賊争逃，尖風射面風怒號。回首青燐結成串，鬼聲隱隱呼長毛。吁嗟乎，官兵亡，賊膽張，數行僞示稱忠王。神兵至，賊心悸，一曲凱歌奏聖世。

贈封友漁徵君 棣

黄葉墮地秋風吹，徵君飲我酒一卮。我與徵君舊相識，酒半猶話童試時。是時徵君家猶盛，滄桑一變常嗟咨。長公頗能畫，次公頗能醫。君年五十猶學萊衣舞，況復桐孫稻孫相對皆怡怡。勸君勿抑鬱，約君同吟詩。詩成噴酒化爲淚，階前洒遍淩霜枝。酒酣有言君勿棄，他年秉鐸請復安定之學規。

題宋六子

濂溪周子

光風霽月浩無邊，太極圖中萬象傳。想到道心高寄處，遠香蕩漾一池蓮。

明道程子

接跡濂溪道邁倫，和風甘雨氣如春。目中有妓心無妓，漳浦他年得普人。用譚友夏以顧横波嬲黄石齋先生事。

伊川程子

大程易近此難親，弟後兄先學竝純。蜀黨紛紛多異議，我嗤坡老不知人。

康節邵子

理數交推立古今，乾坤秘竅獨能尋。圖書不信陳摶術，大愜千秋學士心。

橫渠張子

關中學藪此垂刑，釋老逃歸講九經。不遇希文一噓拂，恐無椽筆著《西銘》。

紫陽朱子

升堂配食是公評，邁漢超唐集大成。近睹浦南民拾橡，社倉良法幾時行。

題雲間三高士

吴日千

名騏明，諸生。入國朝不復出，以詩文名。刻苦自勵，所著有《顑頷集》。

觥觥高士産雲間，穴史穿經身自閒。倘使中丞來見迫，鳳皇飛去不飛還。湯文正公爲江蘇中丞，時以書幣來聘，先生作《鳳皇説》以辭之。

王玠右

名光承，明諸生。入國朝爲布衣，與弟烈竝以詩文鳴，著《嵰山堂集》。

嵰山堂畔日論文，晜弟聯鑣世孰聞。幸有當湖作知己，陸當湖論王夫之學問，以玠右見比。三高祠裏播清芬。郡城人以三高士崇祀府學宫，稱三高祠。

計子山

名南陽，明諸生。入國朝不復出，隱於幕府。所著有《江楓集》。

淪落天涯拾橡終，舊時詩鉢寄江楓。何須薦牘煩知己，康熙己未詔舉鴻博，總督麻公以先生薦。先生見麻公薦稿，擲之地曰：「是豈可浼我邪？」尚有夷齊薇蕨風。

題國朝雲間諸儒

張長史

名昺，華亭人。官翰林院庶吉士，陸當湖弟子。潛心性理，爲雲間第一人，亦爲當湖弟子之冠。所著有《中庸精義》《西銘圖論》。

天心水面忘機地，一卷《西銘》手展圖。論到當湖諸弟子，端文學問冠三吴。學者私謚端文先生。

焦廣期

名袁熹，居浦南焦邨，學者稱南浦先生。康熙三十五年舉人，選山陽校官，不赴。以李文貞薦特召，亦不赴。所著有《此木軒四書説》《春秋闕如編》等書。

南浦名賢老注經，生平敬恕早垂刑。先生生平以敬恕二字自勵，故命其子之名一曰以敬，一曰以恕。昌黎原道今猶在，請作先生座右銘。

曹諤廷

名一士，青浦籍上海人。雍正八年進士，官至給事中。著《四焉齋詩文稿》。

晚年登第志何如，屢上彤墀一獻書。先生在官時，嘗密奏河東總督不法事，未幾即卒。回首王陳諸舊雨，先生未第時，與王學舒、陳麟詩以理學相鏃礪。幾人絃誦幾犁鉏。

陸若璿

名明睿，字文玉，華亭人。諸生。明文定公裔孫。所著有《呫嗶偶録》一百卷、《時憲記》一卷、《劄記》二十四種、《古緯書》十六卷。

淋漓大筆獨嘘春，著作如山稱等身。太息廣文今老去，西郊誰作守元人。廣文朱大韶爲先生弟子。

王農山

名廣心，字伊人，華亭張堰人。應童子試時名誰，文宗詢其義，曰：「取漢相蕭何之義。」文宗大奇之，擢弟一。順治六年進士，官御史。著《蘭雪堂集》。

蘭雪文章徑寸珠，更聞高義世間無。先生敦族誼，族人廷宰任沅江令，殁後貧甚。先生分館穀與之，而已與夫人姚食糠粃。袁安國梓。才調原堪竝，太息瑕多不掩瑜。

彭燕又

名賓，華亭人。明崇禎三年舉人，幾社六君子之一也。著《搜遺稿》。

先生學古挽狂瀾，太息賢郎負荷難。先生子師度字古晉，諸生。才過其父，王漁洋、田山薑皆與之友。晚節不終，爲世所惜。著《省廬詩文稿》。春藻堂前幾社譙，客譚遺事淚闌干。指蔣平階。

葉忠節

名映榴，上海人。順治十八年進士，官湖北道，殉夏包子難，賜謚忠節。

血書寫罷欲號天，先生在圍城中，以血書上大吏，乞救兵，旋自縊。正氣如君萬古傳。可笑無稽裨乘筆，紅衣索命述當年。小說家稱公嘗殺一妾，至是索命。

沈上章

名天成，本姓俞，監生。佐閩督范承謨幕。康熙十三年耿精忠反，執承謨及天成、稽永仁等，拘於獄中三年，不爲屈，聞承謨殉節，遂自縊。贈國子監學正。

聊向閩中寄一枝，狂蛙忽起主賓悲。獄中屑炭堪爲墨，書筆行行絶命詞。

徐聖期

名鳳彩，明諸生。入太學，工詩古文。通壬遁歷算之術，與兄闇公竝擅才名。著《詩經輔注》，尚書王鴻緒奏呈采入《欽定詩經》中凡數十條。其書至今未刻，藏於裔孫朝俊處。《華亭志》云學宗程朱，六經皆有著述。

壬遁精窮入杳冥，接蹤嚴粲注葩經。阿兄久向閩中去，帶草庭前不復青。

曹魯元

名思邈，以詩古文名，而書法尤精。

曹唐三絶筆淋漓，從子高名亦竝垂。先生從子名重，字十經，亦以詩名。洙水指夏之夔西球。青谿指沈麟、友聖二人，俱爲先生友。多舊雨，懷人各有幾行詩。先生有《懷人詩》三十首。

王述庵

名昶，字德甫，一字蘭泉。本姓孫，與孫淵如星衍同族，青浦人。乾隆二十二年進士，累官刑部侍郎。先生性好古，蚤歲見知於沈尚書，與王鳴盛等稱吳中七子。所著有《金石萃編》《春融堂集》《湖海詩文傳》。

聞道漁莊近泖湖，先生歸田後居朱街角，築三泖漁莊。陶侍郎梁，少從先生學。錢同人先生侗，亦先生弟子。幾輩樂于于。不知春燕飛來候，猶識當年舊巷無。

沈學子

名大成，婁縣人。金山衛附貢生，從黄之雋學。先生於學無所不通，尤精《三禮》及算學，其著作數十種，皆藏挹秀街。吳氏學士樹本，其門人也。有《學福齋集行世》。

四傑雲間號博聞，先生與劉讓宗惟謙、殷立卿元正、章詩遷德棨竝以通經稱，今祀於谷水道院，稱四先生祠。先生算學更超羣。侯芭老去桓譚死，殘稿都從劫火焚。

許莘甫

名錫祺，青浦人，諸生。隱於白鶴港，名不甚顯。於性理書靡不研究，有語録數十種，未刻。

性理覃研學自精，良知惜未闢陽明。先生之學以良知爲宗。窮居鶴港誰知己，釣餌耕犂一寄情。

題雲間四怪案，四詩體應列前，兹依手稿附雲間諸儒之後，故仍列此。

車積中布衣以載

詹橋有車公，能畫兼能醫。嘯傲長風中，此心問誰知。

陳實庵茂才樗

陳子古奇士，痛哭孤廟中。一日出而試，狂名播江東。謝學使墉歲試松郡，古學拔樗弟一，甚爲歎賞。偶摘其誤，樗歷舉古書以對，對畢長揖而出，學使愕然。

鄔浣香騎尉雋

二十赴金川，七十歸故鄉。老爲城門卒，罷官歸里，仍爲騎卒。詩名海上揚。李味莊觀察屢與唱和。

戴春泉茂才因本

蕭然一書室，藥囊間詩囊。忽聞剥啄響，詈聲驚道旁。門上繫鈴，若擊之則詈矣。

題雲間九峰案，以上諸詩曾移刻《恪齋詩鈔》，兹依手稿《學略稿》改正，以存其真。

鳳凰山

昔城北去翠雲迷，小鳳佳名問孰題。衛宗武《秋聲集》云：吾郡諸山以杭天目爲祖，鳳凰東飛來自虎林，虎林有鳳凰山，故以雲間爲小鳳。偶向梅花樓莫如忠別業。上望，但聽凡鳥此間嘑。

庫公山

隔谿遥望罨朝煙，數仞崢嶸雲外連。太息庫公今已去，亢桑一卷世徒傳。諸嗣郢《九峰詠》稱，庫公，秦時人。有《亢桑子》三卷，相傳鐵鎖金匣，埋於山下。

細林山

本名神山，《青浦志》作「辰山」，唐天寶六年易今名。

攜朋閒入神鼉館，舊有神鼉仙館四字，相傳呂洞賓書。共說南朝古寺基。一笑後人多傅會，此閒安得簡文碑。陳繼儒《府志》載梁簡文帝神山寺碑，國朝黄之雋辨其誤。

佘山

國朝康熙五十九年賜名蘭筍山。

水部清風占此邱，吾家水部憲文築白石山房，陳徵君以書五千卷易之，見府志。徵君高隱亦千秋。一朝海客從東至，亞孟聲聲出畫樓。

薛山

景華橋橋爲董劍華建，故名。外菊媥孄，明曹時和、時中種菊於此。學士亭里人築亭自祀沈度、沈粲兩學士。前放白鷳。先哲遺蹤銷鑠久，樵童但說薛家山。相傳薛道約居此，因以爲名。

機山

山前邨落是平原，古徑煙深樹色昏。多少緑雲河畔竹，漁家攜去葺柴門。

橫雲山本名橫山，唐天寶六年易今名。

劫後蕭蕭改舊容，望雲莊張温和公祥河所作。畔莫雲封。當年二俊今何在，但剩空壇祭白龍。

干山又以形如天馬，稱天馬山。

百丈青山舊姓干，秋風颯颯石魚寒。故家僅有瞿周瞿氏、周氏爲山中著姓。在，不見余生紅蓼灘。余瑾有《干山紅蓼灘歌》。

崑山

紫藤徑費隱和尚與其首座天則所植。外荒煙罨，緑柳橋在秦皇走馬塘西。邊古石橫。欲乞弇州花十種，山下有陳眉公乞花場，王世貞有記。孤舟對月訴閒情。

得家母書感賦

開函忽漫動離愁，欲寄相思路阻修。自恨不如江上水，東流常繞舊時樓。

張澤雜感二録

偶焚一檄逐妖狐，人笑書生志太迂。誰道明朝狂燄息，箇中消息總模糊。耒於四月中浣，間洋涇莊氏有妖狐能醫，恐其惑衆，焚檄祛之，妖遂絶。

天邊梟獍破空來，忽墮深淵亦快哉。獨怪水邊羶氣重，蒼蠅飛去復飛回。指葉謝富人費氏子弒母事。

張定

字叔木，婁縣青松石人。諸生。精小學，工篆分書畫，與八圖封氏有姻，客居甚久。爲人高介，卒後門人私謚貞介先生。

封庸盦親翁權文深山讀易第二圖

空山之中，杳無人迹。執卷高吟，愛此地僻。剔蘚尋碑，搜求秘賾。石壁巍巍，遠峰涵碧。一望無垠，天涯咫尺。

封筱谿先生閉門養晦圖

披讀《歸來》辭，高風不可即。田園恐荒蕪，耘耔杖每植。舒歗登東皋，交游從此息。先生養晦時，奉陶爲準則。讀書通大義，持躬如矢直。凡事黜紛華，謂奢不可極。治家著訓言，知白宜守黑。自遭赭寇亂，斯圖多剥蝕。令子善承先，保守無遺力。徵題及鯫生，鯫生辭不得。索句搜枯腸，自愧荒學殖。《下里》《巴人》曲，無以發潛德。

封堉用晦煒章遺象

自昔係舊姻，新特誼甥舅。回憶館甥時，十二年非久。夙譾子家世，耕讀敦孝友。并悉子爲人，宅心本仁厚。克守舊家聲，動作豈苟苟。閲世雖未深，不爲外物誘。惟審禮俗宜，衣冠遵漢有。接物與持躬，黑白善分剖。父母昆弟閒，人言無閒口。終日惟讀書，風雨扃户牖。質美學且勤，理窟探二酉。舉筆能扛鼎，戰文冠儕偶。似此矯矯才，豈肯居人後。一旦病相侵，遽爾棄父母。父母哭號咷，苦吾斷臂肘。妻慟女哀嘑，子泣血稽首。戚族盡銜悲，悼歎里鄰叟。今子窀穸安，慘怛孤與婦。聲沈景滅矣，臨穴奠以酒。永作長瞑人，形魄歸土阜。諺云無屈生，此言是乎否。蹠壽回也夭，顛倒天昏黝。吾欲問彼蒼，蒙蒙有何敂。今題子遺容，忍淚一揮手。地下若有知，應歎厄陽九。子既赴修文，内子哭紛糾。接踵到黄泉，吾爲閻羅咎。儻或一見之，道吾苦喪耦。差幸一息存，不聞豺虎吼。無奈精力衰，揺落如敗柳。日後尋子來，肯否俟道右。

日本刀歌胡雲起表叔藩公屬賦

先生好劍更好刀，寒光上騰秋月高。昆吾之刀世難覯，大食之刀輝久韜。二者搜羅不可得，日本有刀求之亟。往時日本來觀光，寶刀流傳入中國。中國尚文不尚武，藏此刀者半傖父。有誰拂拭鸊鵜膏，素練横空下階舞。先生得之喜欲狂，摩挲珍重如球琅。酒酣奮袂出示客，長虹三尺輝寶光。吾謂先生可一試，莫使毛錐誤我事。挺身投筆學班超，塞外立功酬素志。先生一笑鬱塞開，諸公狂飲歌莫哀。夜半此刀作龍吼，願從先生登燕臺。

封庸盦親翁深山讀易圖

深山人罕到，攜卷坐須臾。《易》理頻參悟，捫心過早無。忽焉雲四起，翠岫辨模糊。澗底聽泉響，歸途路曲紆。

題畫

鞭豪驅墨扇春風，四季花開片刻中。全仗丹青施幻術，敢將游戲奪天工。

堪歎生涯食研田，吮豪伸紙自年年。應時疏果求田種，客至嘗新摘露鮮。

黄恩煦

原名爾澂，字淵甫，哲生先生子。光緒十七年舉人。爲學深於義理，性好善，常若不及。勇於任事，每爲小人所忌。詩文雄贍，卒後未經編蒼，兵燹散佚無存。張澤顧氏其母族，時常往來，并經理同仁堂義塾事，以繼其父志云。

陳蓉曙太守聲適泖峰宦隱圖

太守來，兒童夾轂歡如雷。太守去，父老攀轅泣如雨。太守顧與父老言，服官無以對黎庶。泖峰靈秀俗清嘉，吾率吾真安吾素。此身雖羈仕宦場，此心仍戀水雲鄉。他年得請謝簪紱，卜宅願居峰泖旁。鯫生敬隨父老後，敢進一言介公壽。公蓄道德能文章，學士才人齊頫首。公居詞林劾權豪，風節更比九峰高。樞府逡巡引疾去，太阿出匣鋒不韜。公上封事談經濟，才華遠逾三泖大。請纓幾欲翦倭奴，耿耿長劍倚天外。濱海瘠郡照福星，一麾出守瞻儀刑。玉堂僊即萬家佛，安良除暴清訟庭。杞梓諸才講舍闢，萑苻弭盜懲博簺。嘉猷美政不勝書，利鎖名繮盡解脱。末流宦隱判殊塗，即宦即隱大丈夫。舉世甘爲俗吏俗，維公獨守愚公愚。公不見，孔明抱膝隆中卧，三顧馳驅報知我。宦情殊少隱情多，可宦可隱稱王佐。又不見，謝傅絲竹避東山，蒼生托命只等閒。處爲遠志出小草，身隱心宦殊羞顔。吁嗟乎，蠻夷猾夏氛日逼，學術紛歧吏治絀。一木誰將大厦支，宦非巧詐隱非激。九峰之高高可摩穹蒼，三泖之大大可達津梁。天民大人公以一身任，庶幾求志達道證公之行藏。

顧鍾泰

字泰雲，七保二十一圖鴿莊人。恩貢生。性風雅廉絜，工詩。常客張澤及八圖，與同志諸人談詩論學，孜孜不倦。卒後無子，士林惜之。

客館

西風起遥夜，游子動歸心。一點鐙如豆，三更月照林。寒衣慈母授，幽夢病妻尋。況有飛鴻過，傳書思更深。

秋思

我身本如寄，天地一蜉蝣。仍繫梓桑誼，何來離別憂。歸心聞雁起，吟興與蟲謀。感此物情苦，方知今夕秋。

新秋

天地爲鑪火，難將溽暑收。忽然數點雨，併作一庭秋。玉鏡圓如昨，羅雲淡欲流。瑶階凉似水，獨坐看牽牛。

静坐

静極能生悟，天倪觸處尋。禪機參鳥語，秋景澹人心。有水皆明月，無弦亦弄琴。最憐情栩栩，瘦蝶舞花陰。

客感

贏得梅花骨，紅塵未易修。家貧常作客，詩瘦不因秋。凉雨一簾夢，羈人十里愁。何時寄豪興，長笛倚高樓。

哭琴僊胞姊 瑛

淑慎何爲不永年，幾回搔首問青天。多時善病相扶攜，七日沈疴竟不痊。蕙質空教埋碧草，椿庭重許侍黄泉。先君子已棄養。而今阿弟何人唤，賦得臨風倍惘然。

一枝斑管盎然春，妙繪清吟竝入神。姊氏遺有畫册數幀，《映薇居詩鈔》一卷。大造何心偏忌巧，浮生若夢本非真。
蓬萊有路前身認，花鳥無情滿紙新。寄語夜臺莫愁悵，丹青留與後人珍。

夜讀

攤書剔短檠，照讀還自照。勿縈干禄心，恐被青燈笑。

題畫

近水遥山共夕暉，坐綸深處静忘機。橫艖一任風吹去，只在蘆灘舊釣磯。橫艖坐釣。
約伴尋芳到水濱，穠桃纖柳景光新。青山澹冶渾如笑，寫出江南一段春。春日尋芳。
故人家住白雲深，石徑紆迴不易尋。今日攜琴問何意，欲從物外訂知音。攜琴訪友。
讀罷青蓮蜀道歌，天梯石棧險如何。那知過此重關後，錦里春光占卻多。蜀岡覽勝。

夜雨

涼意無端透碧紗，銀釭相對静無譁。多情翻幸春歸去，不復空庭怨落花。

對鞠

簾卷西風一逕斜，落英餐處足生涯。祇憐幽澹如人意，不似人間富貴花。
誰家老圃占秋芳，笑指東籬鞠綻黃。不是愛花偏愛鞠，爲他晚節獨馨香。

張錫恭

字聞遠，婁縣南埭人。光緒十一年拔貢，十四年舉人，禮部禮學館纂修。學問純粹，孰於《禮經》。甲子年辟難八圖，病發而卒。

書禹貢合注後

故人久不見，聞道陷賊中。賊中安能脱，相思淚溶溶。乘雲令豐隆，爲我施神工。雷電下取將，護送歸江東。擔簦辛苦至，剥啄叩蒿蓬。相見俱無言，各自搘其胸。弗嫌環堵陋，弛擔且從容。與君長御窮，天地無時終。

病起

病起暇無事，向晚出門望。山低落日緩，屋遠炊煙長。倚門偶仰觀，歸鳥空中翔。時下啄滯穗，四顧常謹防。有風西北來，吹動吾衣裳。兜入籬閒竹，音如離羣羊。《管子》：凡聽商如離羣羊。夕陽婉孌好，莫色須臾蒼。葵心猶向陽，日馭杳茫茫。新月始生覇，衆星競争光。返身闔雙扉，長歎歸繩牀。

讀齊策

吾觀臨淄士，乃知王澤長。丹書周祓齊，韶樂嫣育姜。迢遥七百載，霸圖更舊章。猶然超羣雄，秦楚非能望。仲連天下士，東海波湯湯。談笑斥帝秦，威鳳千仞翔。田單公族雋，義激壯士腸。惴惴即墨城，竟復全齊疆。賈也孝能移，賊齒血飛揚。蠋也忠不貳，昌國心感傷。矯矯太史敫，女子能存亡。松柏童已謡，阿鄄策猶良。賢君誠愛才，羣策資匡襄。上雖遜閎散，下實勝申商。云何山韞玉，不聞達圭璋。遂令之罘顛，臣斯碣琳琅。

讀楚世家

縱觀七雄事，女環彼何人。豈通一經故，而作二姓嬪。良史述世家，辨誣石粼粼。熊悍有母弟，幽王名悍。譖系書汗筠。入宮已有年，詎復闕春申。考烈不宜子，再索何由娠。乃知短長言，雜糅玉閒珉。沙披金出水，濁汰珠呈蠙。環兮有靈氣，爲我無含顰。他日歸江東，泠泠出江濱。用衛靈公宿濮水事。

平原東

君不見，光武創基托緑林，帝業因之遂中興。《詩經·大明》七章興與林爲韻，今本之。緑林能戴漢天子，千秋猶激英豪心。漢家世世無失德，有道之長年萬億。何物狂奴移社稷，天乎天乎急誅殛。但能誅莽即忠臣，秋風何日揚緇塵。天豈未欲遽興漢，烏虖折馬車埋輪。烏虖折馬車埋輪，國殤暗弔淚盈巾。

劍

金剛躍冶成雄雌，雲中夭矯虹與蜺。問君鑄此欲何爲，亂臣賊子罪當治。濤塗欲誤齊桓師，大邦爲讎首斬之。盛德世祀絶遂戲，輿嬖應懸小白旗。漢廷强幹須弱枝，除忠害善乃袁絲。本初公路皆鯨鯢，據地叛主皋奚辭。況復遺醜貙生羆，去疾務盡三族夷。劍兮劍兮仗汝威，吾將手提髑髏馳。報天子之丹墀。

髮

賴此千鈞繫，誰言一髮微。靈均行共被，皋羽約同晞。灑淚疑新沐，悲歌代進機。幾人心不覆，素志勵全歸。

書近事

烽火連邨震赤熛，鼓鼙聲挾浙江潮。觸蠻自鬭無虛日，風鶴頻驚竟徹宵。彭越反梁如有助，東城馘項諒非遥。嗟余息景長攀柏，且免飛蓬任野飄。

不寐

中宵不寐偃繩牀，追憶生平淚百行。永夜挑鐙誰笑語，中秋對月倍淒凉。嶧桐半死哀音在，寒雁無歸隻景翔。秋水洞庭徵舊夢，見予所作《愍逝》。靈修儻可共徜徉。

朱運新

字似石，婁縣吾舍西旺邨人。光緒十九年舉人，二十四年進士，刑部主事，浙江即補知府。篤於倫理，識見高妙。改革後杜門不出，與八圖封氏姻婭，時至其家。卒後門人私謚貞文先生。

舟誡

楚人善操舟，江湖恣游行。篙師坐舵尾，生來狎蛟鯨。春風萬象開，中流如鏡平。巨艑高峩峩，百物闐充盈。一舟曳滿颿，快若登蓬瀛。一舟美甚澤，錦纜牙檣擎。中有大腹賈，列食彈銀箏。粉白與黛緑，歌舞相咿嚶。此樂一何極，望之神僊驚。俄焉黑風起，雷雨飛縱横。舟子發狂叫，呼天天無聲。奔騰失駕馭，檣摧舟亦傾。貨財悉蕩没，不啻趙卒阬。可憐千金子，滅頂捐浮生。野人操舴艋，游於天地清。稻泥補艙罅，瓜皮并無棚。舟小不受風，一葉隨波輕。飄摇閣淺渚，竹篙與支撑。歸來舉家慶，猶及殘照明。世塗本如此，崇高何足營。

書夢

夜來夢殺賊，鉛刀快如風。蕩決三萬里，流血神州紅。平原起京觀，積尸高衡嵩。眇爾中山狼，瞋息爲沙蟲。二馬一款段，抱頭竄林叢。於時意氣盛，撫劍摩蒼穹。射麋項城北，屠龍東海東。道逢張睢陽，怒馬嘶長空。相見各慰勞，置酒臨新豐。爲言略地來，誅莽爰及雄。漢室今再造，聖主坐法宫。收召極海内，左席虚三公。予謂離亂後，塗炭生民窮。仰賴廟社靈，得見日再中。郊天作禮樂，獻俘獎元戎。孤臣老且病，庸敢貪天功。時平幸無事，願以畎畝終。鷄聲忽唱曉，陰雨天濛濛。

封丈筱谿漣**閉門養晦圖**

先生家住歇浦濱，日飲浦水清且淪。南渡迄今八百載，傳家尚有楹書存。早年屏棄舉子業，介節高睨無懷民。榮枯世事瞚百變，蠻攻觸戰何紛紛。先生閲歷頗有得，晝卧常閉蓬蒿門。杜陵花徑久不掃，陶令栗里清無塵。客至尋詩待剥啄，車來問字徒逡巡。虚齋習静養吾素，王侯將相誰敢嗔。方今時局益衰敗，人情險似瞿塘津。白日蛟鼉走入室，青鐙狐鼠陰成羣。我欲移家深山谷，數間破屋誅茅根。柴門雖設轍迹絶，理亂黜陟俱無聞。平生有志苦未逮，終日碌碌心如焚。題罷斯圖三太息，先生之行純乎純。

螟蟲歎

九秋禾稼蒸如雲，鄉邨刈穫何紛紛。苗心十莖九莖死，螟蟲爲虐不忍聞。蟲於我民誠何讎，食苗直欲窮其根。比鄰婦子走相哭，造物似此太不仁。我聞人爲倮蟲長，人心日夜資培養。一自世變遭淪胥，經畬廢棄同朽壤。大而都市小邨陌，蠕蠕遍地皆蟊賊。人心之賊不能除，苗心之害永無極。人心苗心危乎危，哀哉斯民日瀟饑。民脂民膏朘削盡，坐看民瘠蟲日肥。我欲手持寸鐵桿，砍除民賊根株斷。坦然皇路還清夷，區區螟蟲何足歎。

放言

耕田以爲食，織布以爲衣。勤織俾禦寒，力耕斯免飢。四民各有業，有生豈虚縻。士爲四民首，所在繫安危。三綱義不明，弁髦君父如等夷。六經棄不講，陷溺子弟尤足悲。子雲不識忠孝字，介甫翻貽官禮譏。書生孟浪蒼生哭，流毒海内無孑遺。吁嗟乎，我生之初食舊德，我生垂老罹兵革。秕政起，朝事劇。異學興，國變亟。天柱一摧折，神州遂瓦裂。侏離變正朔，左衽易服色。顛倒五行志，蕩析諸侯籍。日星既易位，遑問黑與白。彝倫且失叙，浪説膠與漆。公私悉捆載，苛細窮搜索。癸辛無此暴，秦隋無此厄。五季無此亂，五胡無此逆。凶荒屢見告，水旱兼盜賊。仰視浮雲鬱不開，中夜起坐長太息。生民之禍方滔天，而我白髮已盈顛。匹夫無力能討賊，《春秋》大義炳於篇。徒手無計可殺賊，出師一表聲琅然。君門萬里愁追攀，虎狼魑魅相鈎連。市朝改革古來有，似此奇變無聞焉。安得聖君賢相乘時出，大蘇民困解倒縣，取彼亂賊羣聚而殲旃。

難民謡

浙兵來，心膽摧。蘇兵來，哭聲哀。閩皖贛豫馬礮隊，紛紛輜重邱山堆。秋郊稻熟刈不得，國利民福安在哉。革匪倡亂時動以國利民福煽惑愚民。今日掘壕溝，明日修礮臺，拉夫拉去一月尚不回。丁壯不敢出，婦孺空徘徊。浦江礮火聲如雷，偶爾波及室廬爲飛灰。流離轉徙十八九，死亡枕藉江之隈。良民叫苦姦民舞，白晝入室搜錢財。九天不可陟，九閽不可開。側聞我皇卹民如嬰孩，我儕白骨何緣委荒苔唉。

前婁令卞公私印歌白文小方印，文曰「卞乃譝印」。

卞公殺賊賊終滅，公軀被戕氣愈烈。數十萬賊如雲屯，公馳一騎喋賊血。中興再造曾胡功，先聲懾賊公亦傑。時平私印落人間，知公鑄就肝腸鐵。印乎印乎將安歸，六十年來滄海決。君不見，賊民興，民彝絶，抱印呼公公永訣。

顧泰雲明經鍾泰**遺象**

我少求友得顧君，名曰鍾泰字泰雲。華亭占籍爲子民，纍世棲隱松谿濱。讀書談道何恂恂，先人名德貽清芬。君之尊人小野先生績學早世，陳太夫人母教極嚴。師承本出游揚門，復齋太史尤所親。光緒乙亥歲紀元，與予同補弟子員。文壇旗鼓嚴三軍，下筆汗走籍湜倫。棘闈纍戰不得伸，食餼晚乃貢成均。夫人沈張賢能文，伉儷相得真如賓。生年甲寅卒壬寅，有子不育乃嗣孫。孫不能讀家益貧，詩人奇窮聞者嗔。君殁世亂三綱淪，故家遺籍今無存。碩夫念舊交情敦，謂封庸盦。

得君遺象茸城闉。攜以示我相悲辛，山陽鄰笛豈忍聞，將詩作傳存其真。

張間遠徵君恭錫遺象

君不見，秦漢之際魯兩生，秉節高蹈辭簪纓。鄙哉叔孫事十主，乃將禮樂干公卿。又不見，東漢之季鄭康成，研經兼匯衆説精。道逢黄巾爲羅拜，相戒不敢窺其楹。先生束髮治《三禮》，師承家學舊有聲。晚年辟登禮學館，通喪三年數廷争。是時邪説競倡亂，中原梟獍方縱衡。朝士更出叔孫下，屏棄六籍投滄瀛。先生掉頭去不顧，廬墓一紀聊待清。獨抱遺經守殘闕，義熙甲子書春正。一朝賊騎趨谷水，彌天烽火中宵驚。先生聞變遽出走，扁舟飛渡茸南城。渭陽一病卧不起，知交涕淚黄河傾。弦歌故里弔灰燼，遺書零落隨榛荆。吁嗟乎，黄巾寇盜何足論，即今觀之猶是聖人氓。

春莫偕錢復初孝廉同壽封庸盦直刺文權方雲生茂才存緒泛舟弟九峰訪張聞遠徵君恭錫用復初韻

舊雨扁舟約，春風十里塘。年光催柳緑，陳迹話槐黄。野店醅初熟，山肴味更長。臨岐各珍重，來日正茫茫。

别後寄懷封衡甫

揮麈高談意氣雄，竹籬茅舍亦生風。别來衣帶盈盈水，疑信音書問斷鴻。

感舊 時在丁丑之亂，録二十三。

倉橋東去接錢涇，一片荒榛不辨形。聞道西城門已閉，故家圖籍散零星。封庸盦老友購得數種，歸還故主。

貴與論文是我師，幾多後學得追隨。昔年絳帳今何在，望益堂前蔓草滋。馬軼才師惇福。

笏東問字數停車，天際歸舟好讀書。門帖早經題賣宅，一朝浩劫付焚如。仇笏東師炳台。

仁安堂額尚高縣，舅氏門庭瓦礫攢。一陣腥風吹鼻觀，横尸撐拒在階前。張氏母族。

清名雅重蔡西齋，甥館伶俜蜨上階。始信黄楊真厄閏，今歲爲閏七月，蔡氏庭院有黄楊大數圍，旁有鐵梗海棠。花前酒盞孰安排。蔡氏外舅家。

三年兩試重明經，南國文衡此典刑。凄絶觀音橋畔路，更無人問舊居停。貢院前有南國文衡坊。

宿望亭林衆所欽，抗懷往古與來今。名言雅具人倫鑒，千載相期證素心。顧復齋先生蓮書齋有素心簃額。

度粲才名比二蘇，大開講舍集生徒。後昆寥落今誰繼，樂志詩文版在無。沈約齋祥龍、儀庭祥鳳二表叔。

文穀後人多令名，蘭亭百八勝瓊瑛。年來萬事傷離亂，只是難忘翰墨情。章覺盦士荃。

叔重傳經是故交，不堪兵火卷蓬茅。空餘一角危樓在，燕子歸來認舊巢。許筱聯綆修。

書生憂國等憂家，友笙同年之殉，予輓之有「書生憂國」之語。閉户研精未有涯。陋巷塵封三十載，茫茫秋水弔蒹葭。

顏友笙祖望。

南埭書堂締造新，星軺初返即歸真。當年快壻重相識，往事都門話夙因。雷譜桐補同。

鶴灘心事在尊王，滬瀆僑居涕泗滂。幸有故人徐孺子，扶持左右得安康。錢復初同壽。

叔度曾聯兒女親，西辛橋畔結比鄰。筍名安樂饒佳味，安樂二圖之筍與佘山並美，黃氏園中有之。一叩園林一愴神。

黃淵甫恩煦。

吾舍蝸居近卅年，弟昆誦讀意陶然。一株毛栗童童在，遥指春申江上船。吾舍舊居。

黃橋小隱有希馮，采藥松根倚短筇。慈母篝鐙勤織紡，耕餘讀暇話黃農。鞠庭老友有「耕餘讀暇，話黃農」齋額。

松隱停橈問鴿莊，詩人後顧太凄凉。粟園觴詠連晨夕，此景依依迄未忘。顧泰雲鍾泰。

封氏烝嘗奉祀虔，莘莘俎豆禮無愆。蕭條張澤塘前路，張澤鎮殘破最甚。渴想偏慳一面緣。封庸盦文權。

元龍意氣抑何豪，身似雲霄一羽毛。變起倉皇即西走，又經浙水向吴皋。陳寒岑貽芬。

姚氏書齋萬卷儲，韻梅郡丞文清爲張閬遠徵君錫恭所器重，藏書甚富。紛紛踐蹋已無餘。榱崩棟折誰司咎，若輩穿窬更不如。

樂簃萍社遍荆榛，無復清談瀹茗人。王謝堂前雙燕子，飄零猶記昔年春。楓涇樂簃萍社爲同人瀹茗之所。

顧九論交歲月徂，卻從身後結葭莩。兩家兒女嬌憨甚，出入兵戈若坦塗。顧怡如思温。

鍾期平昔訂知音，有子承家鶴在陰。我疾沈繇求藥石，倉公一去最傷心。鍾稻蓀爾墉。

王平格

字綬丞，金山增生。居郡城錢涇橋，館張澤徐氏數年。

贈金鈍莽茂才耀光

仁山樸學久知名，聯袂登堂笑語傾。南阜芳園堪養志，北堂仙馭最傷情。窈如盤谷風泉古，静似桃源桑竹横。圖史縹緗多樂趣，隔簾喜聽讀書聲。

泉唐謝渭文齋鐫字